ROMAN ÉROTIQUE

SOUVENIRS DE PLEINE LUNE

"POUR ADULTES AVERTIS"

AUTEUR: PIERRE ANDRÉ PAQUET

Éditions CAMIMA

ISBN : 978-2-9814555-1-2

Dépôt légal - Bibliothèque et Archives nationales du Québec, 2015

Dépôt légal - Bibliothèque et Archives Canada, 2015

souvenirsdepleinelune@gmail.com

MOT DE L'AUTEUR

J'ai pris la liberté d'investir du temps pour un roman   car j'avais le désir d'écrire un premier roman à saveur érotique. Sachant qu'un auteur de roman policier n'est ni un voleur, ni un fraudeur et ni un tueur à gages comme ses personnages... il vous en conviendra de savoir que je ne suis ni un obsédé sexuel, ni un gigolo et ni un être immoral et sans valeurs. Il y a les personnages à un niveau et l'auteur à un autre niveau. D'ailleurs, je tiens personnellement à souligner que ceci est loin d'être une autobiographie ou un curriculum vitae sexuel et encore bien moins le récit de mes fantasmes sexuels. C'est un roman à saveur érotique qui, je l'espère, agrémentera votre temps de lecture avec ses quelques aventures, ses orgasmes et faux orgasmes tout au long du récit...

Bons SOUVENIRS DE PLEINE LUNE!

Pierre André Paquet

À mon père… 1924 – 2014

Avec amour, je me souviens…

1

DÉCOUVERTE, INITIATION ET PREMIERS PLAISIRS

- … Bonjour papa. Tu diras mes salutations à maman. On se voit toujours demain?

- Oui, faut bien fêter ça une occasion comme celle-là. La vie est si courte, aussi bien en profiter. On t'attend demain mon gars.

- C'est certain. Merci papa. À dimanche.

La discussion téléphonique à peine terminée, (il faut dire que je ne suis pas le genre à entretenir une longue conversation avec mon interlocuteur) je m'installe confortablement pour débuter un projet personnel concernant des choses très personnelles… J'ai décidé de mettre sur papier tout ce qui me passe par la tête et qui touche le côté sexuel de ma personne. Surprenant me direz-vous? Peut-être.   N'empêche que cette intimité, j'ai le goût de vous la raconter. Par le fait même, vous reconnaîtrez en moi un être tourmenté par des questions existentielles. Un être torturé par « l'obsession obsessif » d'avoir des réponses…Enfin, un être à la recherche de la vérité absolue, s'il en est une.

De quoi parle-t-il celui-là? Me direz-vous. De quelles questions fait-il allusion? Sur ce, vous verrez mon insécurité ressurgir de temps à autre lorsque je serai tenté de me justifier…C'est sûrement mon petit côté anxiété généralisée qui ne veut pas se faire oublier qui me fait parfois douter. Alors, aujourd'hui, je mets mon anxiété de côté. Je me repose. Je relaxe et je me détends afin que vous puissiez justement apprécier ce que je m'apprête à réaliser. Alors, aussi bien commencer. Je vous préviens : mon univers est particulier.

Bonjour, mon nom est Mark. J'ai vingt ans et 11 mois.

Ici, à Fleuri-des-Monts, le village se prépare à fêter l'arrivée de la nouvelle année car 1994 tire à sa fin. Tout semble prêt à y accueillir le nouvel an dans quelques heures. Ça sent la fête. J'entends à la radio la chanson «Happy Xmas (War is over) de John Lennon et Yoko Ono. Bien qu'elle ait plus de vingt ans, cette ballade basée sur les accords d'une autre chanson nommée « Stewball » me donne à tous coups des frissons et me rend nostalgique à chaque écoute. Allez savoir pourquoi? En fait, je n'ai pas le goût de fêter. Je suis seul aujourd'hui. Mon amie de cœur est partie rendre visite à sa mère. Je me sens vraiment seul. J'en ai presque le vertige, tellement la vie va vite… Au lieu d'aller festoyer et célébrer la nouvelle année en ce 31 décembre, je préfère m'arrêter. D'ailleurs, j'ai parfois l'habitude de bouder mon bonheur comme ce soir. Pourquoi? Je ne sais pas. Alors, comme je le disais, j'ai pris la décision de m'arrêter et prendre un certain recul vis-à-vis ces dernières années pour faire un bilan de ma vie. Bien sûr, je pourrais commencer par faire une dissertation au sujet de ce qui me préoccupe davantage comme les animaux en voie d'extinction ou bien regarder les façons de protéger l'environnement; je pourrais aussi bien tergiverser au sujet des bienfaits des progrès technologiques ou bien parler des saines habitudes de vie… Mais, ce qui m'importe vraiment aujourd'hui, c'est un bilan de ma vie mais pas n'importe quelle vie; celle de ma vie sexuelle. Bizarre? Peut-être… et j'en conviens! N'empêche qu'il y a une voix intérieure qui semble me dicter quoi faire, quoi écrire et quoi penser. C'est plus fort que moi. De plus, pour ajouter un peu de piquant à mon bilan, je vais mettre sur papier et ce, pour la première fois, ce que je vis en secret depuis quelques années à savoir que j'ai cette faculté de communiquer avec des gens par la force de ma pensée sans me déplacer. Ces gens, je les appelle mes amis imaginaires. Suis-je atteint d'une folie? Peut-être… et j'en conviens! Pourtant, je demeure convaincu que j'ai été choisi parmi plusieurs milliards d'humains sur Terre afin que je puisse utiliser ce don pour communiquer dans un monde parallèle et de sauver le

Monde, rien de moins. Mon père avait cette faculté également. Il me parlait parfois du club sélect : les 300. Je ne comprenais pas ce qu'il voulait dire. Je savais que mon père avait hérité d'un don étant le septième garçon d'une famille de sept garçons… et paraît-il, qu'une femme qui donnait naissance à un septième garçon consécutif faisait en sorte que le septième garçon héritait de pouvoirs insoupçonnés. Mon père était la preuve vivante de cette véracité. Quant à moi, je ne pouvais prétendre être comme mon père mais la génétique a sans doute laissé couler dans mon sang ce pouvoir de communiquer d'une façon télépathique. De plus, parlant de sang, j'étais fier que mon père soit un donneur universel comme moi. (seulement 7% de la population mondiale est de groupe de sanguin O négatif) Je trouvais que cela nous rapprochait davantage. Le lien entre lui et moi me semblait davantage plus fort. On pouvait se sauver l'un et l'autre et on pouvait sauver la vie de tout le monde… Quel plaisir d'avoir la chance de sauver une personne s'il y avait lieu. Cependant, de notre côté, on avait une chance sur dix d'être sauvé. Seul notre sang O négatif était compatible avec notre sang. Où était la justice? Et bien là, je ne pouvais point répondre à mon interrogation.

Un autre phénomène qui ne me laissait pas de glace était la pleine lune. Comme certains compositeurs dont Schubert (Le voyageur à La Lune), Debussy (Clair de lune) ou Vorak (Hymne à la Lune), moi aussi, j'étais subjugué par cette sphère blanche et parfaite. Elle était ma muse, mon esprit créatif. On dit que dans la cartomancie, la lune évoque l'illusion et peut mener de la folie à la créativité tandis que l'astrologie attribue à la lune, l'énergie féminine… En fait, bien que la Lune se situait à une distance moyenne de le Terre de 384 000 km, la pleine lune m'avait toujours fasciné. J'étais tellement fasciné par elle que je rêvais de devenir le 13e astronaute à marcher sur la Lune. Dans mes lectures d'enfance, j'avais su qu'il y avait eu 12 astronautes américains qui avaient marché sur ma belle Lune soit du 21 juillet 1969 au

14 décembre 1972. Mais, pourquoi avoir arrêté chers membres de la NASA? Me disais-je dans mon jeune temps. Ça revenait à moi, d'être le 13e astronaute... J'attends encore... Mark phone home! Mark phone home! (E.T. sors de ce corps). Et quand j'ai vu le premier astronaute canadien Marc Garneau s'envoler dans l'espace en octobre 1984, je voulais être le deuxième canadien à y aller, du haut de mes dix ans.

Alors, pour toutes ces choses dont je viens de vous parler, je décidai de combiner mes souvenirs de nature sexuelle, mon don de communiquer dans l'au-delà avec mes amis imaginaires et la dévotion que je porte à la pleine lune pour écrire mes aventures. Ainsi, je décidai de commencer mon récit en suivant ma voix intérieure. J'entends ses directives. Je me laisse imprégner de cette énergie, je me ferme les yeux quelques instants et je commence.

Voici "SOUVENIRS DE PLEINE LUNE".

On dit que les deux plus grandes découvertes de l'homme furent le feu et la roue pour amener la civilisation de l'homme. Quant à moi, je dirais plutôt que ma plus grande découverte fut le sexe pour ma propre civilisation, car au moment même où je découvris enfin mes premiers poils sur le menton et près de mon pénis, et où, je prenais connaissance que les filles de ma classe portaient pour la première fois un soutien-gorge, je savais pertinemment qu'un nouveau statut social s'installait pour moi. Je ne serais plus tout à fait le même. C'était l'âge de la transition, le commencement de l'homme dans la fin d'un enfant.

Également, c'était le temps d'avoir la tête dure mais le cœur tendre. En fait, les parents paraissaient quelquefois démodés avec leurs idées bien arrêtées mais combien grande était leur diplomatie pour négocier avec un ado qui se promettait de vivre des expériences diverses. C'était le temps de se laisser aller: "Quand le chat est parti, les souris dansent" disait-on. Je me croyais grand sans qu'on me reconnaisse le droit de l'être.

De plus, c'était le temps de se chatouiller, de s'effleurer, de se frôler, de se frotter et de se toucher... avec les jeux de docteurs, bouteilles, "tag BBQ" et bien d'autres. L'heure de la découverte battait son plein. On se titillait la libido. D'ailleurs, le pénis était le premier objet de compétition chez les garçons selon moi. On se comparait, on s'observait, on parlait de sexe à savoir qui avait la plus grosse et la plus longue bite, ou bien qui urinait le plus loin, ou bien qui avait osé montrer sa p'tite queue à la p'tite voisine du coin. Que d'expériences! Justement, parlons-en de ma bistouquette. Je savais qu'un jour, mon phallus se développerait et s'exprimerait, mon bourgeon s'épanouirait. De fait, j'étais bien conscient que nous passions un tiers de notre temps à dormir. Néanmoins, je me posais la question à savoir si mon pénis (que je considérais le prolongement de mon moi) prenait le temps de dormir, car à chaque matin, il était d'une fierté, au garde à vous, comme s'il n'avait pas baissé les armes la nuit durant. Mes érections avaient l'air de ne pas régresser, il me paraissait que j'étais en état d'excitation permanente... Étais-je atteint de priapisme? De satyriasis? Il faut dire que mes rêves étaient assez particuliers. Je me souviens encore de ce rêve érotique où Blanche Neige et les sept nains s'étaient fait toute une partouze! Bizarre! Parfois j'étais convaincu que j'avais vraiment vécu un de mes rêves de la nuit que je venais de passer. Tenez, l'autre nuit, mon corps astral avait été déporté sur l'île de Pâques. Mine de rien, j'étais là, seul, parcourant l'Île à la recherche de guides spirituels. On aurait dit que les neuf cents statues de basalte, mesurant quatre mètres de haut et pesant quatorze tonnes voulaient m'avertir d'un danger ou bien elles voulaient me laisser un message important. Les moaï, représentaient peut-être des êtres venus d'un monde parallèle au mien...C'était peut-être cela...et j'étais sur le point d'avoir une révélation. Et effectivement, toute une révélation me sauta au visage, l'expression tombait à point. J'y avais découvert mon visage sur une des statues… J'étais un des leurs… Vivais-je encore un rêve? Un rêve éveillé? En tout cas, je pouvais confirmer que je voyais sur l'Île, une statue dénudée, ayant mon visage et mon corps avec en prime une érection!!! Et toute une érection! Parlant d'érections, que d'érections matinales avais-je connues! Étaient-ce des bandages de pisse? Car j'avais toujours envie d'aller au cabinet d'aisance. Mais comment pisser droit... de l'urine? À moins d'avoir bien envie... C'était vrai que mes ongles, mes cheveux continuaient à pousser pendant le sommeil, mais qu'en était-il de mon phallus? L'utiliserais-je un jour pour aller au saut à la perche? Frapper un grand chelem? Faire un tour du chapeau? Parcourir un marathon de 42,195 km? Que de questions...

En fait, apprendre à se connaître était le premier des soins. Je voulais en savoir plus sur mon corps. J'avais appris que le cerveau humain était constitué d'environ 100 milliards de neurones capables d'établir chacun jusqu'à 10 000 connexions… J'aurais beaucoup aimé discuter avec la personne qui avait pris le temps de comptabiliser les 100 milliards de neurones?... Un avis de recherche était lancé.

Bien sûr qu'à l'adolescence, aux moindres comédons, à la moindre acné, c'était la panique! » On ne parlait plus d'avis de recherche. On y allait par priorités. Il fallait abattre ce bouton si indigne de nous.

Mais, j'avais d'autres préoccupations. Le plus dramatique dans tout cela, c'était qu'à l'aube de mon adolescence, pendant la nuit, mon "pinceau" laissait des dessins nocturnes sur mes couvertures en flanelles...mes organes sexuels étaient actifs même durant le sommeil!...et ce n'était pas de l'énurésie! Je mouillais mes draps. D'ailleurs, n'est-ce pas que l'on disait en ce temps que l'art était la purgation des passions. En fait, je m'exprimais dans mon œuvre et l'œuvre s'exprimait sur mes couvertures et sur mes bobettes... Je reconnaissais mes potentialités...de mon esprit et de mon corps...Je libérais mes pouvoirs cachés. Mon adolescence se mettait en branle finalement. C'était le cas de le dire! Je commençais à jouer avec mon passe-temps en lui faisant faire l'hélicoptère et le yo-yo. En fait, je bandais aussi vite qu'un sprinter dans une épreuve d'athlétisme du 100 mètres. Pour moi, avoir une érection en moins de 9 secondes et 85 centièmes était monnaie courante. J'exagère à peine! Mon pénis défiait la loi de la gravitation, les lois de l'attraction universelle se tenant debout la plupart du temps. Je chamboulais la force responsable de la chute des corps d'Isaac Newton.

D'ailleurs, étant donné que les désirs naissent des besoins, j'éprouvais un besoin pressant, urgent, impérieux et irrésistible de jouir et pour les besoins de la cause, je me tripotais souvent sous les couvertures, devant le miroir, sur le banc des toilettes, dans la baignoire etc... Il valait mieux s'user que de rouiller; c'était l'avènement, j'éjaculais. Les papiers mouchoirs manquaient... En fait, j'explorais de manière presque compulsionnelle toutes les facettes du plaisir solitaire. C'était presque une activité ludique. Je découvrais ma matière grise...

Je faisais l'expérience de la masturbation. De l'onanisme pur, du fait à la main, de l'auto-érotisme. Je jouissais a cappella, sans accompagnement. De l'autosatisfaction, du "do it yourself" à son meilleur. En solo, mono, en plaisir solitaire. On n'était jamais aussi bien servi que par soi-même et jamais aussi bien branlé que par soi-même. Vérité absolue? Cependant, on disait que la masturbation pouvait causer des boutons, la cécité, la surdité et même la folie, qu'elle détruisait la santé et l'intelligence. Je me voyais déjà comme une personne non-voyante, malentendante, prise d'acné et confinée dans une aile psychiatrique! Beau plan de carrière. Moi qui étais à l'apogée de mes hormones sexuelles...

Et dire que je me masturbais, ou du moins me stimulais les organes génitaux depuis l'âge de 5 ans!!!   Pour moi, avoir la main occupée était normal. J'avais les mains chaudes. Un adulte typique a 206 os… et moi, je m'occupais de mon 207ème os!

Je disais que j'avais une main microscopique, ce qui voulait dire qu'elle agissait comme un microscope sur le pénis car elle le faisait grossir. Je prenais plaisir à me polir "l'os", à me l'allonger, à me secouer le prunier, à me tirer la queue pour me soulager. Il va sans dire que mes valseuses en avaient dansé une claque. Je tripotais souvent mes deux compagnons avec mes doigts, caressant ma bourse, mon scrotum. En fait, ces deux glandes sexuelles, ces témoins de la virilité, ces serviteurs du pénis m'avaient permis de prendre connaissance en maintes occasions de ma sauce d'amour, ma rosée de vie, de mon jus et mon sirop de corps d'homme. J'aimais jouer avec ma décharge, ma confiture, mon essence spermatique. De fait, j'avais l'impression de toucher à l'essence même de la vie avec ce jus de couillon. Je l'aimais mon compagnon fidèle et là, je ne parle pas de mon chien.

Néanmoins, j'y allais de mes commentaires personnels à savoir que nous nous pomperions mieux si comme la race canine, nous avions pu sans gêne et sans mal nous gamahucher le canal. Mais ce n'était pas le cas. En fait, quel gars n'aurait pas profité de l'occasion s'il avait pu se faire un suçage solitaire, une auto-fellation, le gars courbé en avant, la tête entre les jambes? Quel gars? Un sondage s.v.p.!

En fait, j'avais été sensibilisé très tôt à l'importance de la sexualité tout comme à développer des attitudes positives face à cela. En fait, une de ces attitudes consistait à jouer avec ce qui bougeait dans mon pantalon; j'avais trouvé mon passe-temps favori. J'utilisais de façon productive mes temps de loisirs. J'étais porté sur la bagatelle, porté à jouer avec mon petit bâton mince, mon bras de transmission. Je le surnommais sans fausse modestie:

mon hautbois... ma clarinette... ma flûte... mon pic de la guitare! J'étais devenu l'esclave de mes habitudes. J'astiquais ma baguette. L'allongement, le grossissement, l'élargissement tout comme le gonflement du volume de mon pénis occupait une place prépondérante dans mon heure du temps. Malheureusement, cela n'augmentait pas à vue d'œil! En lui faisant faire de l'exercice, je pensais le faire développer. Utopie!

En fait, je considérais mon pénis comme étant une plante. J'avais beau l'étirer, tirer dessus, je savais pertinemment qu'il ne rallongerait pas plus vite. Que de déceptions... Il était comme l'étrier du squelette humain! D'ailleurs, je m'étais fait une ligne de démarcation (le nombril), et avec mon "pénisomètre" je mesurais la longueur de mon engin car j'étais timide et ne voulais pas faire rire de moi, j'avais un souci exagéré de l'opinion d'autrui, je craignais la critique, l'ironie...mais pourquoi?   J'avais vite compris le pourquoi de cette timidité lorsque ma cravate me montra la direction de mon musée pour rire... De plus, rien pour m'encourager, il paraissait   que la longueur des pieds, du nez ou des doigts était proportionnelle à la longueur de son sexe? Néanmoins, dans les p'tits pots, les meilleurs onguents disait-on! Me répétai-je... En fait, ce n'était pas la grosseur des vagues qui comptait, mais l'agitation de celles-ci...cela me réconfortait.

Une autre chose qui me faisait rire, c'est qu'étant jeune, je jouais avec des poupées. Mais quoi? Qu'avez-vous contre les poupées Barbie? D'ailleurs, cette année Barbie célèbre ses 35 ans. Elle fut créée en 1959 par Ruth Handler... Alors, bonne fête Barbie. Ta créatrice devait sûrement aimer le sexe avec un tel prénom : Ruth... Bon, revenons à nos moutons. Je disais que j'osais jouer avec des poupées.

Oh la! la! On se posait beaucoup de questions quant à ma virilité future! Un garçon jouant avec des poupées...c'était l'atteinte de la masculinité, une tare à ma virilité...

Cependant, tout était revenu à la normale lorsque j'avais avoué que je jouais le sultan et que mes poupées étaient mes femmes!!!

Pour contrer mon état solitaire, j'avais des copains imaginaires. Je pouvais entrer en relation avec eux. C'était un monde particulier; invisible à l'œil nu. C'était comme de la clairvoyance : l'art de voir un peu l'invisible. Nous étions dans l'au-delà sur une fréquence supérieure. Pourquoi avais-je accès à cette fréquence? Je ne sais pas. N'empêche, qu'à chaque mois, il m'arrivait d'entrer dans un état second car un phénomène inexpliqué m'envahissait. Je pouvais voir le futur de certaines personnes si je réussissais à atteindre la même fréquence qu'eux et parfois j'y réussissais. Cependant, je n'osais pas en parler. Et pourtant, s'ils savaient…. J'étais la courroie de transmission entre l'énergie divine et eux…Tout un contrat! Mon monde imaginaire était très imagé!

Mes amis imaginaires étaient une sorte d'exutoire de solitude; je vivais un genre de psychodrame où il y avait jeux imaginaires mais avec des effets réels... Je voulais apprendre une manière de penser, une manière de façonner des images mentales qui auraient créé ma propre destinée. Je me disais, si je pense le bien, le bien s'ensuivra, si je pense le mal, le mal se manifestera et si je pense sexualité...eh bien là... Ça pourrait être mes songeries érotiques. J'excitais mon imagination. Je titillais mes hormones. La grande vérité fondamentale que je me posais était: Étais-je normal de penser toujours au sexe? Je savais que chaque humain était unique au monde. Cette unicité corporelle s'exprimait en moi par un développement de mes potentialités sexuelles. Moi qui devais passer des nuits blanches à chasser mes idées noires... Étais-je normal de penser toujours au sexe, de m'intéresser plus à mes désirs lubriques qu'à la destruction de la couche d'ozone? En fait, je produisais sur mon écran intérieur le film, l'image voulue que je souhaitais et j'en sentais la réalité. Je rêvais de plus en plus, et de plus en plus la réalité s'approchait de la fiction. Je ne voulais pas changer de projection. Une fois entrées en mon âme, ces idées fixes me dévoraient littéralement. En fait, créer, c'était donner une forme à son destin. L'imagination est plus importante que la connaissance disait un certain Einstein! Souvent je jouais le rôle d'un acteur dans mon cinéma mental...une image vaut mille M.T.S., oups mots...les scènes que je répétais dans le studio secret de mon esprit m'excitaient au plus haut point. En fait, je me prenais pour Steven Spielberg remportant l'Oscar du meilleur film, pour la meilleure réalisation. Je couchais en imagination avec toutes les femmes rencontrées dans la journée. En fait, je couchais en imagination avec toutes les femmes rencontrées dans la journée. Oups, j'ai l'impression de me répéter! Mais, ce n'était pas assez. Il me fallait vivre concrètement ces scénarios maisons... Jouer avec son bijou de famille, sa flûte à bec à un trou, son dispensateur des plaisirs c'était excitant mais... y'avait plus! Bien sûr, il y avait les pelures de banane. Quel délice, la banane. Mais après avoir mangé ce fruit, il fallait faire fructifier l'investissement en utilisant les pelures de bananes pour entourer notre organe mâle. Vous ne pouvez pas penser aux frissons garantis... Alors, pourquoi gaspiller ces pelures? Quoi d'autre? Faire un trou dans un melon d'eau et vérifier la température intérieure par son thermomètre personnel par un va-et-vient perpétuel... Frissons garantis aussi. Mais j'en avais ras-le-bol de ces feux de paille, je voulais un vrai de vrai brasier. En fait, je voulais donner suite à ce désir intense de celui de me masturber. Je désirais une vie plus heureuse, plus pleine et plus riche en émotions. Je voulais arrêter de broyer du noir et de cultiver ma mélancolie. De fait, je me souviens de ces recherches où, évidemment, à la moindre pensée, où à la vue des organes génitaux de la femme, cela constituait une source certaine d'excitation. D'ailleurs, l'attirance à l'égard de l'érotisme et de la pornographie, comme les photos, films érotiques, catalogues d'articles de sexe, brochures, affiches, matériel audio-visuel, vidéo était une chose naturelle pour moi.

Ce qui était naturel pour moi également, c'étaient les soirs de pleine lune. Sachant que le cycle lunaire durait au total 29 jours et demi et que la pleine lune arrivait au 14e jour, il fallait absolument que je joue avec ma mine d'or pour traire...oups ... extraire la substance. Comme l'eau prenait la forme du tuyau dans lequel elle coulait, je regardais ma semence jaillir comme une fontaine.

Moment magique!

Alors, je prenais possession de cette crème d'amour, cette puissance merveilleuse transformatrice, cet or liquide... de mon lingot d'amour, en contemplant la pleine lune... et mon pénis dressé pour la circonstance. La masturbation, la branlade personnelle, était ma soupape, mon activité de compensation...

J'avais extériorisé mon inspiration.

Je rêvais de grandes choses sexuelles pour me permettre d'en faire au moins de toutes petites.

Je le trouvais beau mon pénis, mon asperge, dans sa splendeur, dans toute sa plénitude; je le nommais: Oscar, pour ne pas le nommer Narcisse, celui qui tomba amoureux de son reflet...

Pour moi, il n'était pas question que mon muscle sexuel s'atrophie et demeure inactif. Je bandais, donc j'étais, donc... je me passais le poignet!

De toute façon, j'avais décidé d'aller de l'avant et de découvrir le secret qui se transmettait de génération en génération. Je voulais aller au-delà des plaisirs solitaires, d'où je compensais mon ennui par une satisfaction sexuelle. Je voulais apprendre par observation ou par action... mais je voulais apprendre. C'était en forgeant qu'on devenait forgeron. J'en avais assez des filles qui me disaient toujours non! D'ailleurs, à force de s'évertuer contre une porte close, il venait un moment où l'envie me prenait de la casser... J'avais besoin d'une démonstration... sans grabuge!

Ma curiosité était assez éveillée pour que je la satisfasse! Je trouvais que j'avais assez cultivé mon jardin secret et qu'il était temps de faire les récoltes pour avoir une connaissance adéquate des exigences d'une relation sexuelle. C'était bien beau les films XXX avec Sylvia Cristel. Cette Emmanuelle qui a bercé mon adolescence était mon fantasme. Ce que je trouvais bien chez cette actrice de talent c'est qu'elle avait un excellent Q... I. De fait, elle parlait quatre langues... ses films ont été plus que dix ans dans les salles de cinéma en France... Il fallait le faire!

Je ne voulais plus de film, plus de séance d'information sur les séances de masturbation... sur comment épouser la veuve du poignet, sur comment se secouer le bonhomme et en venir aux mains; sur ce point, je m'y connaissais fort bien. J'en avais ras-le-bol de me prendre en main!!! Et de me faire un ramollo pour me la faire ramollir!!! Quoi faire? Me demandais-je. Eurêka! Larguons les amarres... et partons à l'aventure... Mais où? Direction l'Hexagone! La maison l'Hexagone. Cette maison était connue comme une ambassade française. Elle faisait miroiter aux clients qu'ils se retrouvaient en France. C'était la maison mère. L'endroit pour choisir sa française... De là, on pouvait donner rendez-vous à son fantasme dans un « club école »... Un autre endroit.

J'avais trouvé que pour accroître ma créativité, satisfaire ma curiosité et mon désir d'expérimentation et d'exploration tout en me faisant sortir de ma coquille et favoriser mes interactions sociales, qu'il fallait absolument prendre le taureau par les cornes et passer à l'acte. Une once d'action vaut bien une bonne tonne de théories! Et comme disait un proverbe chinois : « mieux vaut tisser un filet que prier pour avoir du poisson ». Ma tâche quotidienne à partir de cet instant consistait à repérer dans les petites annonces, les clubs privés, où je pouvais apprendre et être initié aux choses de la vie. Je devais identifier, localiser et utiliser les ressources disponibles. J'étais fin prêt pour draguer, j'étais mûr pour mobiliser mes énergies en fonction d'un but primordial: faire du sexe avec mon idéal... pour ne pas dire: forniquer avec une belle chatte en chaleur! Et là, je ne parle pas de l'animal! Devais-je prendre quelqu'un d'expérimenté, de très expérimenté ou de très très expérimenté? Je voulais saisir toutes les opportunités pour atteindre mon potentiel sexuel.

Dans ces petites annonces, il y en avait de toutes sortes; on disait que la lecture agrandissait l'âme, je pouvais dire également qu'elle agrandissait d'autre chose! Surtout lorsque je lisais ces petites annonces dans le genre:

« J'aime contempler ma femme faire l'amour avec un autre homme bien membré. »

« J'assisterai comme voyeur et pourrai participer pour plaisir à trois. Amène ton "cock ring", ce sera sensas! »

« Couple uni, désirons rencontrer couple comme nous pour soirées intimes. Première expérience. Femme seule bienvenue... »

« Qui veut bien remplacer mes boules japonaises qui ne s'entrechoquent et ne provoquent plus cette fameuse vibration à l'intérieur de mon vagin. Qui veut me réchauffer davantage que mes doubles paires japonaises? »

À cette lecture, je sentais le sang affluer à mon pénis. J'avais comme un porte-manteau dans le pantalon. Je n'étais pas fait de bois, de pierre; j'étais facilement excitable. De plus, il y avait des photos, comme celle d'un homme avec des seins et un pénis ou était-ce une femme avec un pénis et des seins? Il ou elle était prêt à faire tout pour me plaire semble-t-il... Il pouvait servir de maîtresse aux hommes et d'amant aux femmes. De l'androgyne à l'hermaphrodite...Passons... Que dire de cette femme qui affirmait posséder un clitoris aussi gros qu'un membre viril... Passons... Ce qui m'excitait le plus, c'était de voir des photos où l'amour lesbien, le saphisme, le tribadisme prédominait. Voir ces doigts fouineurs de ces gaies, de ces pédés au féminin, de ces marchandes d'ail qui se donnaient au culte de Sapho me faisait toujours bander. Si Cendrillon avait vraiment voulu avoir un rendez-vous avec le Prince Charmant, elle l'aurait appelé... Alors, j'avais le choix : soit d'aller au syndicat de l'initiative, à l'office du tourisme pour demander où est-ce que je peux trouver l'élue de mes rêves ou bien simplement faire un appel téléphonique. Je pris mon courage à deux mains et décidai de boire une pression, une bière pour me donner l'étoffe d'un garçon téméraire. J'étais anxieux mais il fallait bien affronter, confronter et vaincre ma peur. Quelques « francs français » bien investis et direction « Maison l'Hexagone ». Arrivé sur les lieux, j'avais pris une revue à la recherche de mon fantasme. Ce n'était pas évident de trouver la bonne personne... Je cherchais nerveusement, je lisais et…

Eurêka!

J'avais trouvé. J'appelai pour un rendez-vous. Mon cœur battait à tout rompre. Je tremblais. J'avais les mains moites et une petite boule au ventre. On sait tous que Cendrillon s'est sûrement fait baiser par son prince charmant, alors, moi aussi je voulais baiser et abreuver ma Belle au Bois Dormant. Enfin, le "jour J" arriva. Je me souviens comme si c'était hier. Année 1989. Un mardi soir. Un 18 juillet. Le petit garçon de Fleuri-des-Monts deviendra grand. Malgré qu'il me manquait environ une dizaine de saisons pour atteindre la majorité, on m'avait reçu comme si de rien n'était. J'étais majeur pour eux. Je l'étais moi-même mais dans ma tête! Mais, enfin, on n'était pas à un poil pubien près! De toute façon, en frais de jeunesse, il n'y avait pas juste Wolfgang Amadeus Mozart qui pouvait   passer à l'histoire en écrivant son 1er opéra à l'âge de 11 ans avec Apollon et Hyacinthe créé en 1767… Il y avait eu aussi Louis XIV qui n'avait pas encore eu 5 ans lorsqu'il avait accédé au trône de France… Maintenant, il pouvait y avoir Mark, MOI! Moi aussi, je voulais passer à l'histoire même en étant jeune.

Je me présentai sur les lieux d'un immeuble (un club école de l'Hexagone)… un hôtel de passe, un marché aux putains: Le Pandémonium. Rien de rassurant lorsque l'on savait que cela voulait dire capitale de l'enfer! En cette nuit de pleine lune, étais-je pour me changer en Loup-garou? Il était d'usage d'associer malédiction et pleine lune et des rites occultes pratiqués lors des soirées de pleine lune …

J'étais terrifié. Moi, un canadien, terrifié dans le club école de l'Hexagone? C'est alors que j'ai pensé à tous ces courageux militaires canadiens, qui, il y a 80 ans, le 28 juillet 1914 débutaient la 1re guerre mondiale et qui, terrifiés, il y a 50 ans, le 6 juin 1944, débarquèrent sur la plage Juno, en Normandie, pour vaincre leur peur et réussir leur mission de mettre fin à la 2e guerre mondiale. Moi aussi, je voulais réussir ma mission. Cependant, ma mission était loin d'être aussi noble que mes patriotes… Néanmoins, c'était pour moi une fenêtre ouverte sur un monde inconnu… Chacun ses batailles. A ce point, je me disais que la forte éducation puritaine par quoi mes parents avaient façonné mon enfance, allait disparaître. Pourquoi faire toujours des choses sous la bénédiction de l'Église? J'acceptai d'être confronté à l'inconnu, de l'exploiter davantage au lieu de m'en détourner. Il était temps de m'épanouir et l'inconnu est le terreau de l'épanouissement. En fait, je me sentais un pion sur un jeu d'échec. Je ne savais pas ce qui m'attendait. Allais-je devenir le fou du roi? Du haut de sa tour, la reine me bouffera-t-elle tout rond? Je me retrouvai sur le plancher des vaches. L'échiquier composé de 64 cases m'attendait. Y'avait-il un cheval pour déguerpir au cas où? Face à moi-même, je fonçai et j'entrai insécure mais fier d'avoir eu le courage de me présenter à cette puterie pour m'être prouvé que dorénavant je n'étais plus le gamin, le jouvenceau d'autrefois. Je désirais me sentir plus homme, montrer mes capacités. C'était mon Pigalle à moi: là où les poules font le tapin... Mon Bois de Boulogne... L'atmosphère était digne du Cimetière du Père Lachaise mais sans la présence de Frédérick Chopin et celle d'Édith Piaf. Qu'à cela ne tienne, vous ai-je dit que mon fantasme était une française? Oui, oui, de la France! Quelle coïncidence. J'avais une envie folle de la connaître.

Car tout ce que je connaissais de la France m'avait plu lors d'un de mes voyages. Que je pense à cette abbaye bénédictine, le Mont St-Michel, à la cathédrale Notre-Dame de Paris, Cannes, la croisette, les remparts de St-Malo et la place Trocadéro, tout était sublime. En fait, presque tout! J'avais oublié, les bidets, les WC et les toilettes à la turque.   Moi qui n'utilisais qu'avec précaution des toilettes bien entretenues. Mais bon, passons...

Je voulais me faire dévierger et franchir le pas une fois pour toute. Terminé de me poigner le moineau tout seul! J'arrivai face à face avec mon idéal, mon aspiration et mes impulsions altruistes... Mon fantasme vivant! Je me voyais, comme le 28 août 1963, sur les marches du Lincoln Memorial à Washington dire : I Have a Dream...(Martin Luther King sort de ce corps) et ce dream était devant moi...L'allume-libido idéal! La beauté absolue. J'étais en état d'admiration éperdue, en extase. Je la voyais en chair et en os. Elle était parée de ses plus beaux atours. Telle une grande Dame drapée de blanc, elle était semblable à La Basilique du Sacré-Cœur...Pardon? Je m'explique. Cette dernière, ses pierres ont la capacité de blanchir au fil des intempéries, quant à elle, mon fantasme était vêtue de blanc... rien que de blanc. En fait, une toute petite robe blanche. Cette jolie à croquer présentait les points principaux de ce qui était offert dans le magazine que j'avais lu ...oups... regardé. D'ailleurs, c'était le genre de magazine que les hommes ne lisaient qu'à une main! Le genre de magazine où se trouvaient des têtes bien faites plutôt que des têtes bien pleines! Le Magazine Playboy fondé par Hugh Hefner en 1953, pour ne pas le nommer par exemple. De fait, les caractéristiques spéciales de cette jolie dame m'intéressaient, aucun doute sur cela. Une sorte de poésie se dégageait de tout son être. On aurait dit qu'elle était sortie tout droit d'un poème du prince des poètes Paul Verlaine : Mon rêve familier du Recueil: poèmes saturniens 1866. J'étais ravi d'avoir loué cette fille "clé en main", cette belle femme aux formes sculpturales, bien balancée et bien roulée. Cette location du prêt à l'usage m'exaltait. Elle attisait cette concupiscence de la chair qui me rongeait avec cette tenue audacieuse. Étais-je vraiment prêt à assumer mes responsabilités de mâle, seul?... Je me disais qu'il ne fallait pas remettre à demain, ce qu'on pouvait faire le jour même. C'était cette incertitude qui me força à agir pour me prouver que j'étais vraiment ce que je voulais être. L'occasion se présentait et je ne voulais pas rester stationnaire. Mon cœur battait rythmiquement. On aurait dit qu'il y en avait deux tellement je sentais mon pouls s'accélérer. Dans ma tête, tout se bousculait également. Croyez-le ou non, j'avais la comptine de la « souris verte » dans la tête à ce moment-là. Vous savez : 10 moutons, 9 moineaux, 8 marmottes, etc... Mais pourquoi? Peut-être avais-je un gros frisson sur ma petite souris!!! Parlant d'animaux, je savais que la vache avait quatre estomacs, que la pieuvre avait trois cœurs, que j'avais deux testicules et qu'elle, elle avait un beau cul! Le décompte était on ne peut plus clair. Je vous l'avais dit, mon monde était particulier. Elle se faisait appeler Maria. Elle n'avait rien d'une Marie! Son surnom: autoroute. Pourquoi? Parce que tout le monde passait dessus! Naturellement, je savais qu'elle avait un faux nom. D'ailleurs, pensez-vous que pour cette occasion, je m'appelais Mark? Bien sûr que non. En fait, pour cette rencontre, mon nom était Robert... Robert Zimmerman. Je trouvais que ça sonnait très bien.

Cette madone était mariée... avec le public. Je la considérais comme la Butte Montmartre, la place du Tertre. Pardon? Je m'explique de nouveau. Maria était comme un grand atelier à ciel ouvert où artistes et bohèmes lui rendaient visite. Elle m'invita dans sa chambre. J'éprouvais une certaine délectation, celle de l'adolescence qui enfreint les règles par bravade. L'entourage était agréable et me donnait des convictions et conditions favorables. Inutile de dire quoi que ce soit: Je voulais la grimper, l'envaginer et me vautrer dans la débauche, bordel! Maria, cette vendangeuse d'amour, cette blanchisseuse de tuyaux de pipe, cette prêtresse des voluptés banales utilisait la méthode du calendrier. Lundi, c'étaient Maurice, Claude, Jacques et Marcel... Mardi, c'étaient Richard, Antoine, Fred et Pat... Mercredi, c'était Béatrice?...

Blague à part, Maria n'utilisait que le condom comme moyen de contraception car la pilule perturbait son équilibre hormonal ce qui lui occasionnait quelques problèmes de santé et le stérilet lui entraînait un état inflammatoire de la muqueuse utérine... J'étais content qu'elle m'en parle!!! Ma foi... moi qui n'étais pas là pour l'entendre raconter sa vie... Je n'étais pas là non plus pour discourir des propriétés du ruban de Möbius, bordel de merde! J'étais là pour découvrir ses monts, sa vallée et surtout, je n'étais pas là pour des raisons démographiques; j'y étais plutôt pour ses courbes particulières sur les cartes topographiques de son corps céleste et idyllique.

Maria, la branleuse me demanda si je voulais lui infliger ou recevoir des brutalités pour que je puisse atteindre la satisfaction sexuelle? Je n'étais pas sadomasochiste à ce que je sache... Je refusai. Elle demanda de la payer... Je lui donnai l'argent. Était-ce de l'argent sale? Moi qui a toujours impression d'avoir les mains sales après avoir touché de l'argent. À ce prix-là, elle ne devait pas vivre dans l'indigence. En fait, on recevait pour le montant que l'on payait! Alors, je m'attendais à tout. Elle, qui ne vivait que de ses bras... devrais-je plutôt dire que de ses poignets me semblait prête à commencer.

Je me posais quelques questions... (normal pour la première fois) Que devais-je faire si je n'arrivais pas à trouver son "point G" pour qu'elle atteigne l'orgasme Gräfenberg? Je ne voulais pas l'amener au point mort! Me disais-je ironiquement et nerveusement. Quelle était la longueur de son antre de l'amour, de son trou charnel, de son portefeuille à moustache?

J'espérais que sa tirelire soit la même longueur que mon pénis en érection. (environ 16 centimètres, au dernier relevé)

Qu'arriverait-t-il si...; et au même moment... elle se déshabilla et m'amena sur le sofa...Oh la! la! Oh la! la! J'étais entouré d'un fouet, d'une cravache d'une cagoule, d'un anneau sexuel, d'un vibrateur etc... Heureusement ce n'était pas pour moi. C'est pour le client suivant. OUF! Je l'avais échappé belle... Je la voyais nue, elle me paraissait comme la fille nue d'un tableau de Vincent Van Gogh (sorrow, nov. 1882).   Je me voyais à la salle des peintures au Château de Versailles, la contemplant. Elle était la déesse des fantasmes...

Examinant sa nudité, ses belles fesses développées et les mouvements suggestifs de son corps, je me trouvai dans un état second. Cette callipyge, cette charmeuse de serpents était bien roulée et avivait mes désirs érotiques. Je m'étais mis dans un état de passivité et de réceptivité pour apprécier les minutes s'écouler. Je voulais enregistrer le tout dans ma tête. Je me prenais pour Gutenberg et faisais l'impression de ces images dans ma tête. Cette vendeuse de chair humaine, cette fille publique était en train de m'émoustiller, de m'affrioler. Vous pouvez rire mais, je sentais la présence d'un fantôme du cimetière du Père Lachaise à ce moment. Étais-je un hurluberlu? Avais-je une hallucination auditive naissante? Je sentais la présence de … Jim Morrison du groupe The Doors. En sourdine, en arrière-scène, la chanson « Light my fire » y jouait… Confirmation de mon hallucination. N'empêche que cette déesse me vivifiait et me faisait vivre des scènes logées dans mon esprit depuis belle lurette. J'avais les yeux fixes et béants sur elle. Elle fixait le renflement, le gonflement de mon pantalon. Elle décida de tâter mon gros nerf, ma saucisse, mon machin. Elle éveilla en moi les pouvoirs latents. Elle était irrésistible, aguichante et affriolante. J'étais assoiffé d'amour. Et mettant sa main sur ma braguette, qu'elle s'empressa de dégrafer, elle me disait pour ma santé:

- Robert, J'ai trouvé des condoms à ta taille pour tantôt. Aimons-nous quand même, mais à l'abri.

Elle me déculotta. J'étais gêné de me montrer nu comme un ver devant elle. J'étais sur le point de faire mes débuts dans le monde adulte de la sexualité et ce, sans angoisser. Pour ma part, le syndrome de Peter Pan où l'on a peur de devenir adulte ne m'était pas destiné. C'est alors, avec la rage au cul, que tout a débuté. La fille, (elle avait le cul chaud aussi) s'appropria de moi. Elle mordilla et caressa doucement mon pénis du bout des lèvres et le prit dans sa bouche. On sait que l'être humain possède trente-deux dents… et je puis vous dire que j'en ai fait l'expérience. En fait, j'avais l'impression, lors de sa caresse orale que mon pénis touchait un peu trop à ses quatre canines et ses huit incisives. Malaise. Je retenais mon souffle pour ne pas dire : Ouch! Ayoye! J'aurais voulu lui offrir un limage de dents. Un polissage? Pourquoi pas? Quant à moi, ça faisait longtemps que j'attendais que mon machin aille toucher ses huit prémolaires et surtout ses douze molaires. De fait, elle ingurgita mon petit bout, mon pénis, mon joyau tout entier en agitant vigoureusement la tête de bas en haut et de haut en bas. Elle n'a pas hésité à me faire une longue fellation amoureuse, une pipe goulue avec ses lèvres langoureuses. Elle suça mon sexe turgide comme un veau... une vache...une professionnelle de la sexualité. J'avais la truffe du Canada pleine de rouge à lèvres. Cette gentille conasse avait un plaisir de me sucer, de mordre à pleines dents mon pénis. Je me sentais comme Mozart et elle jouait de ma « Flûte enchantée ». Elle était ma langue fouineuse. Plus elle me flattait et plus je ronronnais. Messaline et insatiable qu'elle était, je l'adorais, même si on ne pouvait qu'adorer un Dieu, une Déesse. Elle était ma Déesse, ma fellatrice, ma suceuse experte. Nous avions de l'agrément.   Elle était adroite en amour et moi gauche en sexualité. Qui avait dit que la femme était le sexe faible? J'avais plutôt un faible pour cette femme! Pour ma part, j'avais ce plaisir imaginé, ce désir de voir son clitoris, son bouton, sa clé de plaisir... je le cherchais du coin de l'œil. Et finalement, cette masturbatrice professionnelle me montra comment lui chatouiller le con, comment lui minoucher son clitoris avec mon index, mon majeur, ma langue... tout en mettant mon majeur à l'entrée de son anus. Je lui faisais l'octave, les p'tits ciseaux! Lui plaçant mes doigts dans l'orifice anal et vaginal, comme un pianiste touchant de sa main toute l'étendue de la gamme. Ce genre d'affaire demandait du doigté et moi qui ne savais pas quoi faire avec mes dix doigts!

J'appris vite l'art de la baisologie. Mais apprendre ne suffisait pas, il fallait aussi retenir! Alors, je commandais à mes passions, à mes instincts d'y aller à fond de train, comme si j'avais beaucoup d'expérience sans être éjaculateur précoce. Difficile à faire... Je découvrais ses beautés cachées, ses charmes féminins. Cette gonzesse, cette pin-up avait un petit tatouage sur la cuisse pour suivre les lois de son milieu me disait-elle, sans tergiverser davantage. Je lui peignais les poils pubiens, flattais sa touffe et son repaire de morpions? Devais-je aller dans son triangle des Bermudes? Je saisissais maintenant l'expression "sentir le fromage". Son entrecuisse sentait la marée. Une grande marée. Une marée montante. On aurait dit que les tourteaux et bigorneaux s'étaient donné rendez-vous.   Néanmoins,   cette   maniaque   de   la nymphomanie avait plus que jamais cette fureur utérine, cette fureur d'amour, cette envie furieuse de forniquer. Mais j'y allais étape par étape que j'en étais surpris moi-même. J'écarquillais les yeux lorsque j'augmentais l'écart de ses jambes; je pouvais voir ses grandes lèvres, ses babines, de même que ses petites lèvres, communément appelées: pétales. Je découvrais ce fameux passage... le passage de l'adolescence à l'âge adulte! J'avais l'Origine du monde devant moi comme l'artiste Gustave Courbet l'avait si bien peint.

Je l'examinais sur toutes ses coutures attentivement, et je commençais à faire mes classes en m'occupant de son petit organe érectile de la vulve tout en lui palpant ses seins, ses amortisseurs. Cette pétasse, cette nénette avait toute une snatch! Et toute une paire de boules! J'en étais bouche bée. En fait, sa gorge plantureuse tout comme ses miches, faisaient le délice des clients. Elle était comme un dictionnaire; il suffisait de l'ouvrir pour approfondir ses connaissances. Je me prenais pour Zeus, le roi des Dieux dans une époque lointaine... je lui touchais les nymphes et elle était ma nymphe. J'étais dans les limbes... Je mis le condom car j'avais appris à ne pas être pompier mais à voir venir le feu et à agir en conséquence. En fait, je ne voulais pas recevoir de bibittes sur ma bi...te! J'étais ravi qu'elle ait des condoms, car je n'avais pas pris le temps de faire un tel achat. Timidité mal placée? Peut-être...

Je parcourais ses plaines, ses collines de l'amour et j'étais sur le point de m'aventurer dans sa vallée et dans son jardin d'amour. Je me sentais comme un astronome découvrant un corps céleste. Un beau corps. Étais-je une réincarnation de l'Italien Galilée utilisant son télescope nouveau genre pour explorer sa Lune avec ses quelques cratères et sommets montagneux? En fait, je découvrais ma Lune, parfois douce, parfois rugueuse et pleine de cavités. Une pure découverte. Étais-je revenu au 17e siècle? Je savais qu'en 1609, Galilée avait utilisé son télescope pour la première fois et avait osé affirmer plus tard que la Terre était ronde…Il était certainement fou dirent certains. Quant à moi, je m'en balançais royalement de penser à Galilée en ce moment car ce n'était pas la circonférence de la Terre qui m'excitait mais bien la rondeur de certains attributs que je flattais. Ah! Les vertus du télescope!!! Pour Galilée, l'important était que La Terre soit ronde et pour moi, l'important était que je flatte ses rondeurs… À chacun ses priorités.

Sur ce, ma sauteuse du jour, ma poule de luxe du mois, décida de flatter mon préservatif sur mon sexe, mon canon à pisser tout en tripotant mon scrotum. Le condom m'allait comme un gant. Elle prit bien soin de vérifier si le réservoir du condom était parfaitement placé; ce n'était pas le temps d'avoir une attitude fanfaronne en face du danger de contracter une M.T.S. Je n'avais pas peur de contracter la mort, mais plutôt le goût de continuer à vivre pleinement sans que mon système immunitaire en soit affecté. Je n'étais pas un kamikaze du sexe... Mon libido en chômage n'attendait que le moment venu pour rentrer au travail et poinçonner à l'heure convenu.

Elle me serrait le phallus de sa main droite comme un étau tout en me faisant sonner les cloches. Do, mi bémol? La tierce mineure? Est-ce que ces dernières avaient une belle consonance? Physiquement, la taille de mes testicules n'équivalait pas la grosse cloche de la cathédrale Notre-Dame de Paris mais mentalement, je les sentais aussi énormes que le bourdon Emmanuel. J'étais à sa portée, je commençais à gémir comme le son d'Emmanuel, un son très répandu parmi les sonneries des cathédrales françaises; le fa dièse 2.   Elle appréciait ma prestation. Pourtant je n'étais pas Quasimodo, le sonneur de cloches de Notre-Dame de Paris. Et, sans prendre le temps de faire toutes mes vocalises et d'un coup de baguette, je m'unissais mentalement, émotionnellement et physiquement avec elle. Nous étions enlacés comme des amants ou aimants? Était-ce cela, la loi de l'attraction universelle M. Isaac Newton? Je jouais de la braguette. Je n'avais pas besoin d'ouvrir la boutique car la route était frayée depuis longtemps dans sa boutique d'amour. Moi, qui étais habitué d'avoir des plaisirs solitaires, je buvais dans le même verre que beaucoup de mecs, de tartempions, de zigoteaux passés avant moi! Elle avait certainement baisé autant d'hommes qu'il y avait de ponts au-dessus de la Seine… et plus encore! Je ne les ai pas comptés ces ponts, mais, ça se rapproche sûrement de la trentaine. Enfin, je me sentais comme une bouteille de vin dans une cave à vin jouxtant un château quelconque à St-Émilion. Comment vais-je ressortir de ces galeries souterraines de 2 hectares? Amoché? Déstabilisé? Bouchonné?

Néanmoins, c'étaient les plaisirs de la chair. Je remplissais mon réservoir d'endorphine. J'étais rempli d'émerveillement mystique comme un souverainiste indépendantiste québécois à l'écoute du Président de la République française, en visite officielle au Canada, déclarant du haut du balcon de l'hôtel de ville de Montréal, le 24 juillet 1967 : « Vive le Québec libre! » Je m'extasiais!

L'énergie transcendait nos corps entrelacés. C'était vrai que le désir est un feu que le coït apaise. Ça faisait du bien. Maria avait une condescendance, elle, initiée à ces choses de la vie, habituée à faire des queues et moi, le profane, le néophyte... Je n'étais seulement qu'une autre chanson dans son répertoire. Étais-je son numéro 1 dans son palmarès Billboard? Gagnerais-je un Grammy? Un Victoire de la musique? N'empêche que, à mon grand plaisir, faire l'amour était facile comme bonjour, ça allait tout seul. Cette pouffiasse de salope prenait et se faisait un puceau au moment même où il me poussait encore quelques poils pubiens. Elle me déniaisait, déniaisait ma puberté. Elle enfourchait son dada. Pendant la conjonction, le coït dans la position de la levrette, elle à quatre pattes et moi par en arrière, elle me gravonnait, grattait un peu les testicules. J'avais de belles sensations. Elle se faisait faire une autre passe. Moi, je "scorais" en lui donnant un six pouces dans son but. Pas d'arbitre, pas de punitions pour bâton élevé... Je voulais faire le tour du chapeau! Je me sentais vigoureux, en pleine sève, bandé!

J'avais le vent en poupe! Je bouchais la bouteille, la serrure, la brèche. De son côté, elle était audacieuse, inventive, inlassable et insatiable. Elle déployait toute sa science professionnelle avec ses mains expertes, légères, lestes. C'était ma bonne à tout faire. Elle était mon divertissement personnel, la maîtresse de mes rêves. Elle était mon fast food de sexe; elle me servait vite et bien.

Pas le temps de prendre un pavé de bœuf sauce au poivre assorti d'un bon Dom Pérignon millésime 1927. Pour elle, c'était expéditif. J'étais seulement un petit menu du jour : j'étais sa côte levée badigeonnée. C'était pour mon évolution. C'était mon bing bang! Je me sentais un homme de la préhistoire rentrant dans la caverne d'Ali Baba. Quel baba juteux. Elle en salivait de la vulve. En fait, je jouais fort du piston, c'était très bon, c'était du nanane... avec cette nana. Nous changions de position pour y aller de la position de la grenouillère, Maria sur le dos et moi par devant. J'étais entre ses bras, y allais d'un jeu de reins passionné dans son fourre-tout. Quant à Maria, elle travaillait du cul également, se trémoussant, jouant du croupion. C'était le jeu de la réverbération naturelle. Mon premier va-et-vient de ma vie.

Déjà, moi qui n'avais pas la mèche longue d'avance, j'étais sur le point d'exploser dans son gagne-pain, son espace à louer. Finalement, elle s'attacha à moi et blotti entre ses jambes, je jouis... elle jouit. Je pense que j'avais joui plus vite que la vitesse du son. Mon sperme avait sûrement fait du 340 m/seconde ou si vous préférez du 1224 km/heure.

Elle avait sué du con, j'avais fait sauter le bouchon et arrosé le bouton! C'était le service tout inclus. J'étais saigné à blanc, épuisé, vidé, mais j'avais pris mon pied! Et avais trouvé chaussure à mon pied. Je me sentais comme le soviétique Iouri Gagarine, le 1er homme envoyé dans l'espace le 12 avril 1961... Ma fusée Vostok 1 avait décollé et j'avais été propulsé dans une jouissance phénoménale. J'avais atteint le septième ciel avec une autre personne pour la première fois! Je pouvais poursuivre avec une autre analogie : j'étais comme Le Luna 9 soviétique, ce premier engin crée par l'homme à se poser sur la surface de la Lune. J'avais découvert un autre monde... et là, je ne parle pas du cratère de Copernic!

C'était l'accomplissement de mon vœu!
J'avais découvert le grand secret.
Je connaissais le grand frisson.

Vite, on tue la une! Je me voyais déjà sur la page frontispice du Paris Match déclarant : Oui, j'ai joui! Vive la Marseillaise! Elle était devenue ma révolution française. J'étais devenu un enfant de la Patrie et mon jour de gloire était arrivé. Vite, qu'on amène les chaines de télévision françaises; les TF1, France 2, France 3, Canal +, Arte, M6 et RFO et qu'on m'invite au Zénith de Paris! Le marché unique européen était entré en vigueur en janvier de cette année alors que moi, ce fut un unique marché avec une fille qui marchait, il y a de cela, quelques années... J'étais devenu dans ma tête l'Homme de l'année 1989, la personnalité de l'année par le magazine américain Time. Mais quoi? Si en 1982, la revue Time consacrait l'ordinateur « l'Homme de l'année » et si l'homme politique et dictateur allemand qui fonda le nazisme et qui fut le chef totalitaire du Troisième Reich du nom d'Adolf Hitler le fut en 1938, pourquoi pas moi une cinquantaine d'années plus tard? Ne vous l'ai-je pas dit que dans ma tête, il se passe des choses bizarres...? Pour moi, c'était comme cette locution latine attendue avec émotion « Habemus papam » prononcée par un cardinal à l'issue d'un conclave depuis le balcon de la basilique Saint-Pierre au Vatican. Nous avons un pape! La fumée est blanche! La frénésie et l'exaltation du moment ne pouvaient être plus présentes... J'avais passé finalement de la conception à l'exécution. Je m'étais mis au fait... mis avec cette femme fatale. J'avais obtenu ses faveurs. J'avais pénétré et trouvé la petite fente d'amour bien mouillée de cette fille de nuit, cette call-girl, mon attirance sexuelle de la nuit. Son labyrinthe de concupiscence avait accueilli mon onzième doigt! Et nous avions atteint le Nirvana! C'était mon triomphe, mon arc de Triomphe. Comme l'ascension de ses 284 marches, j'avais escaladé et atteint le plateau avec ma Joconde. J'avais fait un touché sur la place de l'Étoile. Je ne voyais plus le musée du Louvre comme avant. Tout vient à point à qui sait attendre. Personnalité bizarre que j'étais, je me personnifiais maintenant en Joseph ou Étienne Montgolfier en train de planer dans leur invention, leur fameuse montgolfière tout en criant à qui voulait l'entendre : J'ai fait l'amour! J'ai fait l'amour!... On était loin du 19 octobre 1783 à Paris, jour de leur premier vol en montgolfière avec humain, mais pour moi, en ce 18 juillet 1989, c'était jour de première. Je m'envolais moi aussi mais d'une autre façon. De plus, que les frères Orville et Wilbur Wright ne viennent pas me dire outre-tombe qu'ils ont eu plus de frissons que moi lors de leur premier vol motorisé contrôlé en avion du 17 décembre 1903 car c'est moi, aujourd'hui, qui a eu le plus grand frisson. Est-ce que je me suis fait assez bien comprendre? Et si les dates historiques vous font vomir et bien, désolé pour vous, moi ça me sécurise. Maria me félicita et me dit que j'étais un bon fouteur et qu'elle avait bien aimé prêter son cul, putiner avec une personne extraordinaire.

Presque psychologues, ces prostituées! Moi, un être ordinaire capable d'être extraordinaire? Chapeau à ces filles qui font le métier, qui gagnent leur vie à la sueur de leur corps et de leur con dans ce monde interlope où souteneurs, rétributions, commissions contrôlent tout. Car, pour elle, je n'avais été qu'un oiseau de nuit, un oiseau de passage qui voulait apprendre à voler de ses propres ailes.

J'étais arrivé à mes fins, même si je ne suis pas un

arriviste. J'avais outrepassé les échelons 1 à 6 pour arriver directement au septième ciel avec cette boîte à jouissance, cette machine à plaisir!!! J'avais appris l'art de baiser. Je pouvais batifoler, bambocher maintenant jusqu'aux petites heures du matin. J'étais un homme. J'avais appris en jouant!   J'étais prêt. Prêt à recevoir la plus haute distinction honorifique française soit la Légion d'honneur car j'étais convaincu que Napoléon Bonaparte, celui qui a institué cet ordre m'aurait récompensé pour ma conduite civile irréprochable vis-à-vis Maria. En fait, je n'avais fait qu'entrer et sortir...J'étais imprégné de ce que j'avais vaincu et vécu. Maintenant, on pouvait m'amener ce fameux recueil indien : le kâmasûtra et ses multiples positions sexuelles. Je pouvais maintenant me vanter de mon exploit et épater la galerie.   D'aucuns diraient que j'avais participé de plein gré à une débauche, à du libertinage. Et bien non, j'avais répondu à un besoin physique et psychologique... J'avais baisé et je m'étais éclaté. J'avais eu envie de voir ce que c'était   réellement emboîter une femme. J'avais fait un va-et-vient dans ses champs Élysées et j'avais atteint l'Arc de Triomphe. Mon plateau, mon triomphe. Une très belle scène dans le film de ma vie. Je me voyais déjà gagnant la Palme d'or au festival de Cannes; mes fesses imprégnées dans le trottoir des célébrités. J'avais assouvi ma curiosité avec cette aventure salace. D'ailleurs, c'était soir de pleine lune. Je croyais au pouvoir de la lune sur la matière terrestre. C'était aphrodisiaque! Dorénavant, cette reine de la nuit, pouvait me changer en bête de sexe...

Cette pleine lune qui mettait et qui met encore tant de piment dans mon lit et ailleurs... A partir de cette nuit-là, je décidai de prendre soin d'Oscar, je mangeais des huîtres, des moules, des oignons, des anchois, des olives, du ginseng, du céleri, etc... Tout ça pour me mettre de la mine dans le crayon...il paraissait! Bien sûr, si ma fortune au point de vue sexuel s'évaluait comme jadis, par le nombre de têtes de bétail que l'on avait conquis, pour ma part, y'avait pas de quoi fouetter un chat. J'avais à mon actif, un trophée. Néanmoins, l'expérience ça s'apprenait.

Mais au fait, avais-je touché au "point G"? Avais-je eu une éjaculation précoce, tardive? Mais au fait, pourquoi avais-je un testicule plus bas que l'autre?   En fait, je savais que la tour Eiffel du haut de ses 320 mètres rallongeait de 15 centimètres à la chaleur (Forrest Gump sort de ce corps) alors je me disais que, si la matière se dilatait lorsqu'elle chauffait, mon pénis, lui, se dilatait-il, augmentait-il de volume à la chaleur? ... m'enfin...J'avais connu l'extase avec une autre personne, mais j'avais encore beaucoup à apprendre dans le chemin de la vie... Cette nuit-là, j'avais couraillé, découché, couru la gueuse, le guilledou. C'était pour voir et apprendre de la vie. N'empêche, qu'un seul coup, c'est comme une entrée,   la salade du lit. Elle avait été ma salade verte et je lui avais donné ma vinaigrette. Cependant, j'en voulais encore. D'autres services s.v.p. D'ailleurs, tout humain doit ramper avant de marcher et marcher avant de courir. J'étais sur la bonne voie. Et, pour paraphraser un premier ministre du Québec jadis, je me disais : à la prochaine fois... Enfin, c'est dans la mer de la Tranquillité un certain 20 juillet 1969 que l'Homme a fait ses premiers pas sur la Lune...Neil Armstrong disant   de sa sortie d'Apollo 11 : C'est un petit pas pour l'Homme mais un bon de géant pour l'humanité. Après ce que je venais de connaître, cette citation m'allait comme un gant. Je me sentais un Apollon.   Je me sentais BIG! Je me voyais déjà dans le bureau ovale du président américain, à la Maison Blanche, à la présidence. Rien de moins. Je voyais mon visage sculpté sur le mont Rushmore, dans l'État du Dakota du Sud à côté des Georges Washington, Thomas Jefferson, Theodore Roosevelt et Abraham Lincoln. Je me sentais BIG comme Goldorak, un des préférés de mon enfance, du haut de ses 30 mètres et pesant 280 tonnes...lui aussi, il était BIG! Nous avons le BIG que nous voulons bien avoir! Aujourd'hui, c'était moi qui étais BIG! Suite à cette aventure, je m'étais couché sur mon lit. Je souriais seul. Je riais tout seul en pensant à ma journée et à mon fameux surnom de Robert Zimmerman.

Je décidai de mettre de la musique. Ça me tentait d'aller frapper aux portes du paradis. Je mis la chanson : « Knockin' On Heaven's Door de Bob Dylan. Deux minutes et 32 secondes qui me semblaient intemporelles… Pure relaxation. Ensuite, j'avais donné rendez-vous à quelques-uns de mes amis imaginaires pour passer le temps. Du bon temps. En fait, j'avais cette faculté de pouvoir entrer en relation avec les esprits sur une autre fréquence vibratoire. C'était une sorte de décorporation, un voyage astral. Je pouvais sortir de mon corps. J'étais comme attiré par une lumière. Une lumière divine? Je ne saurais le dire. Cependant, je pouvais affirmer que cette source lumineuse m'accompagnait à toutes mes sorties astrales. Ce qui était d'autant plus mystérieux, c'est que je pouvais connaître le futur des entités que je rencontrais. Comment m'était venue cette faculté? Je ne sais pas. La pleine lune resplendissait et illuminait ma fenêtre. Je l'avais saluée en lui souhaitant bonne nuit. Alors, ce fut le moment de mon voyage hors du corps, de ma sortie astrale. Je trouvais cela rigolo de pouvoir voyager de cette façon sans avoir besoin d'Air Miles… Cette fois-là, mes amis imaginaires avaient concocté un plan spécial… Ils s'appelaient Steve Chen (11 ans et 4 mois), Chad Hurley (12 ans et 5 mois) et Jawed Karim (10 ans et 2 mois). Ces trois adolescents aimaient partager des vidéos. Ils ne le savaient pas encore mais ces trois futurs collègues de travail seront les inventeurs d'un site web très populaire dans une quinzaine d'année, autour de l'an 2005 où les gens pourront envoyer, regarder et partager leurs vidéos. Ce site s'appellera You Tube. Vivrai-je assez vieux pour voir ce plan se réaliser?

Sur ce, je décidai de réécouter la chanson : « Knockin' On Heaven's Door de Bob Dylan… ou si vous préférez, de son vrai nom : Robert Zimmerman… j'en ris encore tout seul!!!

2

PREMIER AMOUR ET PREMIÈRE PASSION

Je ne savais pas si c'était le cas de plusieurs garçons, mais sentir qu'une érection se préparait dans ses p'tites culottes pouvait occasionner quelques tracas...et encore plus si tu ne l'avais pas sentie venir...: En maillot de bain sur la plage, on était pris à se faire bronzer le dos une autre fois!...En maillot de bain dans un centre sportif...Vite on plongeait à l'eau! Lorsque le professeur nous demandait d'aller écrire au tableau... quel embarras! A l'église, on était presque pris pour aller à la confesse! Au sortir de la douche, face à tes camarades...vite la serviette autour des hanches. Lors d'un massage thérapeutique ou de détente par une massothérapeute, on aurait dit que le stress s'était donné le mot pour sortir tout au même endroit au même moment...un peu encombrant...; ou pendant un massage d'une masseuse professionnelle, là, cependant, y'avait rien là, elle en avait vu d'autres...

Et il y en avait qui n'en n'avait presque pas vu. Je me souviens la fois où j'avais dépucelé une jeune fille, du moins... j'y croyais. J'avais su que c'était sa première fois en lui faisant faire un petit calcul à son insu.

- Combien de fois as-tu fait l'amour?

Elle écrivit sa réponse sans que je la regarde. Je continuai mon jeu.

- Multiplie ton nombre par 2. Additionne 5. Multiplie par 50. Additionne 1740. Soustrais l'année de ta naissance. Dis-moi ta réponse.

Je savais que le chiffre des centaines me donnait la réponse du nombre de fois qu'elle avait fait l'amour. Elle en avait bien ri. Sandra était un peu trapue, grassette. Elle possédait une chevelure luxuriante, noire ébène à en faire retourner les têtes. Son nez aquilin et son front légèrement obtus faisaient rire quelques personnes. Il n'en fallait pas plus, que je la prenne en main et lui faire prendre conscience qu'elle avait tout pour réussir. Elle avait besoin d'être valorisée. Je lui donnai une rose car j'étais persuadé que j'avais trouvé l'être que la nature m'avait destiné. Je le savais intérieurement. C'était mon âme sœur. Je ne pouvais détacher mes yeux de son visage. Je voulais qu'elle soit ma soupirante car je m'étais amouraché. Elle était une colombe, une jeune fille pure, candide, dotée de douceur, de tendresse, de pureté et de paix possédant une belle âme... En fait, tout le contraire de la femme que j'avais connue il y a cinq ans, lors de ma première expérience intime avec une autre femme.

Je commençai à lui parler des bienfaits de la sexualité, même si je préférais les actes aux paroles; j'aimais le solide!

- Premièrement Sandra, l'amour et le sexe ont des vertus curatives. Le plaisir que procure l'acte sexuel, fait dissiper la tension. En faisant l'amour, une femme de 55 kg peut brûler 8 calories par minute et un homme de 80 kg, 12 calories par minute. En fait, le plaisir sexuel combat l'anxiété et conduit à une détente physique complète. Cela pourrait t'aider à te faire perdre du poids Sandra. Tu serais bien dans ta peau. Pince-sans-rire, Sandra répliqua suite à mon allusion sur son surplus de poids:

Tu sais Mark, je me souviens du jour où tout a commencé... Des visiteurs venus de nulle part décidèrent de venir s'installer chez moi, sans la moindre permission de ma part... Graduellement, lentement et sûrement... ils se permirent de mettre tout en œuvre pour faire en sorte que personne ne les oublie... Ils étaient de plus en plus en évidence et cela commençait à me troubler... Étais-je normale? D'aucuns auraient voulu les contempler, les toucher et les caresser.... Parfois, je me permettais de les toucher et les flatter pour me détendre et me faire du bien. Il y avait même des gens qui osaient comparer les leurs aux miens... Les miens étaient-ils plus gros que les leurs?

Je lui répliquai :

-Ne t'en fais pas Sandra. Ça prend toute sorte de monde pour faire un monde.

-Oui mais, je les trouve gros voir même énormes mes mollets!

Elle était contente de sa blague qu'elle avait lue dans une revue humoristique dont elle ne se souvenait plus du nom.

-Oups! Me dis-je intérieurement.

Ma voix intérieure était heureuse d'être restée intérieure. J'étais convaincu qu'elle parlait de ses... passons....À ce moment, j'avais une idée bien définie. Je me voyais architecte préparant ses plans, choisissant ses matériaux. Je savais que je la désirais et je voulais que pour sa première fois, tout baigne dans l'huile, que ce soit de première qualité sur toute la ligne. Je savais l'importance de la première fois. J'étais prêt à lui décrocher la lune. Elle semblait apprécier mon sermon sur l'amour et les relations sexuelles. Étant motivé de la voir ainsi, je poursuivais l'épître de St-Mark...Je lui avais dit ceci en faisant référence à mon expérience:

- Si mon sang circule librement à travers mon corps, cela veut dire que je suis en bonne santé. Lorsque l'argent circule librement dans ma vie, mes finances sont saines. Alors, si je fais voyager mes spermatozoïdes quotidiennement et librement dans mon canal déférent, alors cela veut dire qu'à chaque éjaculation, je suis de plus en plus en santé... alors, si tu lubrifies!...

C'était une simple théorie qui en valait bien d'autres. D'ailleurs, je comprenais pourquoi mon grand-père avait presque vécu centenaire! Il avait trouvé la recette et la solution!!

J'approchais doucement, à pas de loup, toujours de plus en plus près d'elle. Elle avait l'art de me plaire. Elle me trouvait rigolo, pour ne pas dire gigolo. Mais il y avait quelque chose de bizarre dans ses yeux. Je sentais qu'elle était réticente face à mes touchers et, qu'à chaque fois que je me rapprochais de son espace vital, elle reculait. C'est alors qu'elle laissa couler quelques larmes et ce n'étaient pas des larmes de joie. Ses larmes attendrissaient et désolaient mon cœur. Son visage baignait de pleurs. Elle voulait cicatriser la plaie qu'elle avait sur le cœur. Les grandes douleurs sont muettes... disait-on!

Elle réussit à m'expliquer, que dans sa jeunesse, elle avait dû se laisser caresser par... elle n'avait pas voulu me le dire, mais je me doutais fort bien que c'était par un adulte de son entourage immédiat, famille ou parenté. Je comprenais sa réaction. Je voyais qu'il y avait un manque d'amour en elle et ce manque d'amour était générateur de souffrance et cette souffrance lui entraînait des désordres pulsionnels plus ou moins graves à ce stade-ci de notre discussion. Elle me disait avec une voix pleine d'amertume...

- Tu sais qu'on juge les hommes par leurs actes! Alors, moi, quand tu me dis que des relations sexuelles vont me procurer des sensations de plaisir lorsque ces dernières étaient faites avec brutalité, arrogance, qu'on m'imposait de faire plein de trucs... avec des queues de billard, des boules de billard, j'entends encore ses gémissements, ses grognements... on a pris mon enfance, sans me le demander... mon enfance brisée...envolée, subitement, comme une vague se jette sur un château de sable. Quand on est enfant, on se découvre, on découvre lentement l'espace de son corps, et bien moi, j'ai tout découvert en même temps sans que personne demande mon consentement... Elle reprenait son souffle pour me redire toutes ses idées, toutes ses pensées obsédantes ...

-Je fais partie des gens qui souffrent des tortures de damnés dans l'esprit et dans le corps...le pire dans tout ça... je me sens coupable... même si j'ai agi contre mon gré...

L'émotion lui contractait la gorge. J'étais devant un cas d'inceste. Je n'étais pas le lieutenant Columbo, mais je voulais absolument savoir qui était l'horrible personne derrière tout cela. Pour celui qui lui avait fait subir ces atrocités, je l'aurais envoyé à la prison fédérale de haute sécurité D'Alcatraz. Je savais qu'elle était fermée depuis 1963 mais elle était considérée la prison la plus sûre au monde. Même le célèbre Al Capone y avait séjourné de 1934 à 1939. Pour cet être infâme qui avait abusé de Sandra, l'ouverture de cette prison aux États-Unis aurait été permise. Il aurait été dans une section à sécurité maximale et aurait été à la vue de tous les visiteurs afin que ceux-ci puissent voir à quoi pouvait bien ressembler un monstre sous une forme humaine...

-Mais Sandra, tu sais que la seule protection d'un agresseur est le silence. Tu dois le dénoncer cet individu à la police et entreprendre des procédures judiciaires contre lui.

-C'est facile à dire, mais la vie de mon père serait bouleversée!

Elle disait cela tout en se rendant compte qu'elle venait de m'avouer qui était son agresseur... La brebis avait connu le méchant loup, ou plutôt, le méchant mouton noir!

-Et toi, ta vie n'a pas d'importance?

Cette horrible peur de l'homme abuseur l'obsédait,

l'accablait et la talonnait   depuis nombre d'années. Je lui ai réaffirmé que j'étais là pour la seconder. Je devenais son confident. Je recevais ses plus secrètes pensées. Et moi qui étais habitué à comprimer mes sentiments, me voilà en train de verser des larmes...

Je n'aurais pas voulu être dans ses culottes!

J'avais de l'empathie et de la sympathie pour elle. En fait, la sympathie pouvait faire éclore bien des qualités somnolentes et c'était ce que je recherchais pour aider Sandra à remonter la pente. De fait, je m'étais juré que la bave du crapaud n'atteindrait plus ma blanche colombe Sandra! Je lui avais demandé d'écrire tout ce qu'elle avait sur le cœur, mais elle vomit à ma requête!

Ce salaud qui n'avait pu se contrôler en voyant sa fille se développer avec tant de charmes et qui l'abusa du berceau jusqu'à sa préadolescence, valait mieux pour lui qu'il soit damné, et encore là, la peine était faible... mais il n'avait même pas été arrêté. Vous disiez justice? Ça me sciait les couilles!!!

- Sandra, je ne veux pas que ta personnalité manque d'amour maintenant, s'étiole et meure. Je vais t'épauler, t'aider et lorsque tu seras prête à m'en reparler, j'aurai toujours une oreille attentive juste pour toi. Tu sais, le soleil peut luire pour tout le monde, toi incluse. J'aurais voulu tirer des flèches de lumière, de feu afin de repousser l'obscurité de ses pensées... Je voulais prendre le rôle de Cupidon et lui lancer des flèches d'amour. J'espérais qu'elle se débarrasse de cette tumeur morale et qu'elle déracine de son cœur ces gestes monstrueux, inavouables. Elle avait une perception négative de son corps. Pour elle, l'expression: déshabiller un enfant pour le mettre au lit avait une toute autre signification et un tout autre dénouement. L'enfance abusée, volée, violée... Pour elle, se faire dire : « la bibitte à monte, la bibitte à monte » tout en la chatouillant, ce n'était pas un jeu amusant. Son agresseur avait une grosse bibitte comme jouet. Un jouet dont elle se serait passé volontiers. Lorsque son agresseur lui disait : « viens faire sortir le méchant »… tu seras ma garde-malade…alors, viens faire ça vite parce que c'est dur, très dur et ça fait mal!

Elle me donna le papier du petit jeu de calcul.

- Tiens Mark, c'est toujours vrai, je n'ai jamais fait l'amour encore, j'ai seulement fait la haine!

Je savais que ses désirs lui apportaient des frustrations. Elle avait une rancune qui mettait un frein à son évolution personnelle; pas besoin de test de polygraphie pour en arriver à cette conclusion. Elle calomniait son agresseur et sa rancune l'empêchait d'être pleinement heureuse. Souffrait-elle d'un état de stress post-traumatique? J'évitai de poser trop de questions qui auraient activé de douloureux moments toxiques…

Nous nous étions quittés; nous donnant rendez-vous le lendemain soir.

Rendu chez moi, j'angoissais pour elle. Vite, les antiacides et les calmants. Heureusement que mon nom n'était pas Bruce Banner car il y aurait eu du grabuge. On sait bien que ce docteur en physique, créateur de la bombe à rayons gamma, se transforme lorsqu'il est stressé et en colère. L'incroyable Hulk c'est lui. Mais Bruce, n'est pas Mark. Après m'être calmé, je me suis mis à rêver que j'étais dans une DeLorean DMC-12 , voiture à voyager dans le temps comme dans le film « Retour vers le futur ». J'y serais retourné pour changer dans son passé le destin tragique de Sandra. Nul enfant ne devrait vivre pareil événement disgracieux. N'étant que du cinéma, je m'installai, triste. Triste pour Sandra, la queue entre les deux jambes. Triste pour me mettre à faire de la recherche sur l'inceste. Je ne me sentais pas bien vis-à-vis certaines lectures. Je dirais plutôt que je ressemblais à des émotions vues dans le tableau : « Le Cri » du norvégien Edvard Munch. Imaginez mon désarroi. Et que dire de celui de Sandra! Dans la poésie Égyptienne, les mots frères et sœurs signifiaient amant et amante ce qui semblait un écho d'une époque, l'époque des pharaons d'Égypte, où les mariages entre frères et sœurs étaient licites. Cléopâtre était la femme la plus célèbre issue de ces unions entre frères et sœurs: elle était à la fois la nièce et la sœur de son époux! Il y a eu aussi, Charles Perrault, qui, avec son conte : « Peau d'âne » racontait l'histoire d'un roi qui épousa sa propre fille en 1694. De fait, dans les histoires anciennes, Oeride épousa sa mère. Les rois d'Hawaï mariaient leurs filles. Il y avait également l'histoire du complexe d'Œdipe : Ce dernier s'était crevé les yeux après avoir tué son père et épousé sa mère. Sigmund Freud en avait conclu que c'était une attirance sexuelle inconsciente des garçons envers leur mère et une jalousie envers leur père. Même dans le clergé, le pape Jean 12 en 963 avait été accusé d'inceste avec sa mère et sa sœur... L'Ancien Testament a de nombreux exemples d'inceste: Jupiter et Rhéa, Isis et Osiris, Loth et ses filles.

Je n'étais pas au bout de mes surprises! Mon reflux gastro-oesophagien redoublait d'ardeur.

Une certaine coutume ancienne dans les civilisations primitives voulait que les parents pratiquent la masturbation sur leurs enfants parce que pour eux, cela favorisait le développement des organes génitaux du garçon et permettait d'accroître et d'assurer la sexualité vaginale de la fille...

En fait, pour les disciples et apôtres de l'inceste, j'avais l'impression qu'ils pensaient ainsi: pénis bien bandé, n'a pas de parenté... et toute mère devrait trouver "tout naturel" que son fils, qu'elle a jadis porté dans son ventre, retourne un jour vers elle? Et que tout père devrait trouver "tout naturel" que sa fille qu'il a engendrée de son chromosome X retourne un jour vers lui pour toucher et connaître ce qui l'a conçue... J'imaginais, l'inimaginable...

Néanmoins, j'avais saisi que Sandra était prise dans un jeu de séduction, d'autorité, de culpabilité et de secret... J'avais contenté et satisfait ma curiosité sur l'inceste. Ah oui, j'oubliais qu'il y avait eu Jerry Lee Lewis (le chanteur), non pas le comédien Jerry Lewis... Le chanteur Jerry Lee Lewis avait marié la fille de son cousin et elle n'avait que treize ans... À ces lectures, ce fut une curiosité douloureuse. Dorénavant, comment lui faire supporter l'insupportable?

Le lendemain soir, à la tombée du jour, baigné par un début de clair de lune, sous une myriade d'étoiles en guise de confetti, une brise légère, très fraîche avait remplacé la chaleur torride de la journée. Je regardais droit devant moi, deux colibris en train de battre des ailes deux cents fois par seconde pour butiner... (non, je n'ai pas eu l'obsession de calculer leurs battements... c'est la littérature qui nous rapporte cela). Si j'étais un oiseau-mouche, ce ne serait pas deux cents battements à la seconde mais bien quatre cents battements à la seconde que je ferais pour soutenir mon petit colibri de Sandra. Vous voyez l'image et comment   je l'apprécie!

Sur ce, je caressais l'idée de pouvoir enfin la baiser... sur la bouche du moins, et par la suite laisser le destin faire le reste. Le ciel de cette soirée me faisait penser à une peinture intitulée : Nuit étoilée sur le Rhône de Vincent Van Gogh... fleuve en moins! Le romantisme s'invitait entre nous deux. Nous pouvions sentir cet air parfumé de la nuit...et voir l'herbe drue autour de nous; nous étions dans un sentier pédestre qui n'était utilisé qu'une fois sur dix, et profitant de ce paysage romantique, presqu'à l'état sauvage, je lui donnai une seconde rose... et elle affirma:

- Mark, je veux que tu saches qu'il y a des desseins définis que je veux atteindre avec toi... mais assure-moi que tu ne me laisseras pas tomber après ce soir.

Elle céda au plaisir de s'abandonner, de se confier, elle était avenante plus que jamais.

Je savais qu'au fond de toutes les grandes passions subsistait un danger; le danger de trop aimer... Mais entre la tempérance et l'intempérance, Sandra préférait dépasser la mesure que d'être juste dans le milieu...

-Je ne veux pas être du genre à dire je n'aimerai jamais de peur d'être trompée... Je ne veux plus ressasser les événements du passé. Aujourd'hui est le début du reste de ma vie. Je prends un nouvel envol, un nouveau départ.

Elle était prête à effacer tout ce qu'elle avait sur le cœur depuis belle lurette. Et à ces mots, elle avait les mains moites, ses yeux s'allumaient, son cœur battait la chamade. De fait, Sandra me donna des baisers pour ensuite enchaîner aux cajoleries, au flirt. Nous nous mettions en train pour l'ultime rendez-vous de notre corps à corps. Il y avait consentement et réciprocité vis-à-vis de ce que nous allions vivre. Elle avait décidé de mettre un terme à son abstinence des garçons. Sandra avait raison, l'abstinence était une bonne chose seulement si elle était pratiquée avec modération. Qui n'avait pas besoin d'un peu de caresses, d'un peu de tendresse et d'un peu d'amour? Pour ma part, la sève montait. Je faisais preuve de douceur, de tendresse...elle en avait grandement besoin.   Il ne fallait pas qu'elle revive les impressions faites du passé; comme on dit, chatte échaudée craint l'eau froide! Je voulais combler son besoin d'amour et non son vide d'amour car pour son vide, je n'y pouvais presque rien. Mais la nature a horreur du vide. Je voulais connaître les avenues discrètes de son amour. Elle était mon obsession. Obsession comme le titre de l'album que j'aimais écouter chez moi. Elle attisait, embrasait, enflammait mes désirs. C'était l'attraction mutuelle de deux êtres. En se donnant de langoureux baisers, assis sur un banc, elle voyait...elle sentait le gonflement de mes pantalons et faisait en sorte que rien ne se dégonfle. Quant à elle, ses seins, ses nichons, ses tétons se durcissaient à vue d'œil sous son chandail. Elle était sur les hautes. De ses mains, j'explorais son corps, ses zones érogènes pour en connaître la topographie. Et dans une synchronisation des plus sensuelles, nous nous étions masturbés.

Et dire que je ne voulais pas être dans ses culottes!

Cela mettait du piquant car nous étions à l'extérieur. Était-ce l'excitation du danger d'un passant, l'excitation du défendu ou bien l'excitation de l'inconnu? Nous nous déshabillâmes. Elle était belle sous le linge. Et elle continua à empoigner la chose qui était jadis l'instrument de sa torture. Elle tenait le bon bout. Elle aiguisait mon couteau tandis que je la clitorisais.

Nous étions là, à l'air pur, la brise frôlait ses aréoles et ses mamelons tout durs pour la circonstance. C'était un vendredi 22 juillet 1994 et la température chaude du moment était propice aux jeux libidineux. La lune miroitait dans ses yeux.

D'ailleurs, l'érection de ses seins, de ses pare-chocs m'excitait. Une grâce distinguée et fière se dégageait de toute sa personne. Je lui chatouillais agréablement l'épiderme, la pelotant, la tripotant. Nous étions assis, parfois couchés sur le banc, faisant fi du temps et de l'espace. A cause de l'intensité et de la force de ses gestes, je savais que ça y était. Elle se donnait corps et âme pour moi, pour la première fois. Pour la première fois, cette jolie créature allait faire le vrai Amour. Indubitablement, elle était pour moi, ce que les symphonies étaient pour Ludwig van Beethoven, sans sa surdité. Sublime! Dire que ce cher Beethoven était sourd à 46 ans. Ça n'avait aucun sens! Mais bon, passons... Elle était pour moi   l'équivalente de l'or pur à 100%... ou plutôt devrais-je dire à 99,999% car l'or purifié à 100% n'existerait pas! J'étais décidé à combler mon lingot d'or du mieux que je le pouvais et ça, ça faisait du sens!

Sandra était pourvue d'attraits qui m'excitaient. Je voyais, j'entendais, je touchais, je goûtais et je sentais son corps, voyant son rictus, son clignotement des yeux, son sourire, son rougissement et sa respiration. Je contrôlais ses battements de cœur, sa respiration. Elle était mon Aphrodite, ma Déesse de l'Amour. Sa beauté m'enivrait, c'était l'ivresse des sens.

Elle faisait très femme pour son âge. Son mascara, son regard saisissant rendaient ses cils foncés et bien définis. Bien définis étaient ses seins également. Son soutien-gorge pigeonnant ne m'avait pas laissé indifférent et ses petits seins ne m'étaient pas antipathiques non plus. L'essentiel, c'est que les mamelons étaient bien vivants. Son sein gauche était jaloux de celui de droite car ce dernier paressait plus gros. Elle avait aussi les poils pubiens frisés, plus denses que ceux que j'avais vus. En fait, sa forêt humide n'attendait que Tarzan-la jambe-du-milieu- en-l'air arrive et se mette à ses pieds. Me prenait-elle pour Cheeta, son chimpanzé? Même si je n'avais pas le corps d'athlète de Johnny Weissmuller, l'acteur qui personnifiait Tarzan à la télévision, elle appréciait ce moment avec moi; moi, le simple homme, moi qui ne peut mettre sur son cv : acteur connu…De toute façon, elle se laissait gâter. Je flattais ses épaules, douces comme de la soie, faisant promener ma main droite de ses seins à son mont de Vénus. Je faisais l'escalade du Mont de Vénus. Elle avait les jambes entre-ouvertes, laissant le passage pour mes doigts avides de sensations. De nouvelles ouvertures s'offraient à moi. J'explorais ses orifices d'amour. Le majeur m'indiquait qu'elle était lubrifiée. Ce n'était pas assez. Mon index voulait sentir cette lubrification vaginale, mon annulaire également tout comme mon auriculaire. Il fallait passer maintenant aux doigts de la main gauche!!! Je la baisais à l'intérieur de ses cuisses. J'acceptais l'odeur de son être corporel. J'aimais la texture de son clitoris, de son haricot, de son point secret; je le sentais se durcir et je m'agenouillais pour le savourer. Il était al dente! Je travaillais de la langue. C'était délectable et délicieux. Mes papilles gustatives réagissaient d'une façon formidable et inimaginable. Je la mangeais avec avidité. Je faisais l'amour oral à sa belle chatte! Je lui enfonçais ma langue dans son sexe humide. Je ne possédais peut-être pas l'impressionnante langue de 17 cm de Gene Simmons, bassiste du groupe Kiss pour lui en faire voir de toutes les couleurs mais je faisais mon possible… tout en ayant dans la tête la chanson de Kiss : I was made for loving you baby, you were made for loving him!

Pendant ce temps, Sandra se flattait les seins, ses doudounes... et moi je commençais à avoir une crampe sur la langue avec ces caresses buccales.

La noirceur s'était mise de la partie, mais la luminosité de la pleine lune ne faisait que rehausser le plaisir romantique et érotique qui s'était installé en nous deux. L'obscure clarté qui tombait des étoiles nous émoustillait.

De sa bouche voluptueuse, de ses yeux égrillards se dégageait de l'énergie positive et d'une vitesse vertigineuse, avec sa main droite, elle décida de me prendre en main pour une Xème fois. De bas en haut et de haut en bas, ses cinq doigts entourant mon sexe me donnaient des papillons dans l'estomac. Elle avait le réflexe archaïque de grasping; elle agrippait et repliaient ses petits doigts sur mon engin, ma crampe d'amour. Des frissons me parcouraient l'échine. Elle me branlait savamment. Elle avait un bon doigté et me pelotait habilement mes pierres précieuses en même temps. Elle savait faire durer le plaisir avec ce branlage entre ses paumes. Ensuite, elle me donna quelques lichettes sur mes couilles, un p'tit bec sur le tronc de mon pénis, et plein de p'tits becs français sur mon bonbon, sa friandise... Quelques instants plus tard, elle me fit une stimulation bucco-linguale, une pipe, tout en me pinçant légèrement les mamelons. Elle avait également le réflexe archaïque de succion. Quelle chance! Quelle expérience! On disait que l'homme descendait du singe et c'était pour cela que celui-ci aimait se faire manger la banane... Savourer une banane était bon pour la santé...et c'est une bonne chose à manger... Nous étions rendus au moment de la pénétration. Enfin pouvais-je réussir à utiliser ma "capote" qui était dissimulée dans mon porte-monnaie... qui était incidemment par terre dans la poche de mes pantalons. Pourquoi pratiquer la politique de l'autruche et refuser de voir un danger potentiel? Je préférais mettre une protection contre les M.T.S., les maladies transmises le soir... En fait, joindre l'utile et l'agréable dans le cas du condom était difficile de jour, je nous imaginais en train d'appliquer cette enveloppe de caoutchouc très mince sur mon phallus à la noirceur? C'allait être difficile! C'était mal connaître Sandra...

Je lui ai demandé...

- Sandra, voudrais-tu recouvrir ce que tu as si bien su découvrir. Je veux bien m'habiller pour la circonstance.

- Mark, je t'aime tellement que je t'en mettrais deux!

Dans un temps, trois mouvements, tout était en place. Mon "rubber", mon préservatif se pavanait la tête bien haute. J'étais nu et elle m'avait vêtu... Mon pénis dodu était coiffé d'un condom nervuré s.v.p.!, j'étais prêt... 3, 2, 1, Go! Mes roubignoles étaient prêtes à passer à l'action. Enfin, elle avait envie de moi. Cependant, Sandra était mal à l'aise. Elle avait une contraction bien involontaire de son vagin qui faisait en sorte que je ne pouvais pas la pénétrer. Le stress? Le vaginisme? L'amertume de ses expériences passées? Néanmoins, j'étais compréhensif. Nous avions pris le temps d'en discuter, d'apprivoiser la situation. Nous avions tout notre temps. Et pour la faire rire et la détendre, je lui parlais de mon pénis. Je disais que mon pénis avait un grand cœur car il donne toujours du plaisir à sa partenaire; qu'il était courageux car il allait au fond des choses. Mon pénis aimait les femmes qui avaient de la profondeur. Il était serviable, vaillant car il se levait toujours debout lorsque j'avais besoin de lui. Après une bonne quinzaine de minutes où nos risorius de santorini s'étaient activés, elle se sentit prête.

Pour bien faire l'amour, il faut aimer l'amour. J'humectai mon majeur pour le rentrer dans son antre sacré de la volupté. Il semblait ne plus y avoir de barrière physique et psychologique. Alors, nous étions prêts à recommencer de nouveau. Je rebandai, me remis un condom nervuré et c'était le départ.

Nous y allions pour la technique de l'abandon, couchés sur le banc, insouciants, notre interaction aiguisait nos cinq sens physiques. C'était la rencontre de deux entités... Je faisais sa conquête. Je me la faisais. Mon cœur s'attachait au sien. Enfin, j'étais dans sa peau. Je ressentais ce qu'elle vivait. Nous faisions l'amour. Nous sautions en cadence. Le coït. Nous étions soudés l'un à l'autre. Nous étions joints charnellement. La symbiose. L'union des cœurs, des corps... sous la lune. Je voyais ce corps céleste, au-dessus de moi, et ce corps terrestre en-dessous de moi...Je sentais qu'elle avait soif d'amour, de bonheur et elle semblait se désaltérer. C'était comme boire une bouteille d'eau Badoit à Paris en pleine canicule ou bien ingurgiter du caribou en plein froid au carnaval de Québec. Sublime! Son vagin musclé me semblait entraîné à vider les couilles des gars. Son moule à pine était on ne peut plus juteux. Son jus de pelote coulait vers la raie de ses fesses. Cette bonne baiseuse se trémoussait sous moi, je lui donnais de grands et puissants coups de rein. Je la prenais, la possédais et la dominais. L'affaire était dans le sac! En fait, je possédais chaque cellule de son corps. Je l'avais dirigée de manière à faire ce qu'il convenait pour elle. Sandra aussi avait joui... avec son consentement intégral... et j'étais venu avec son consentement intégral. Mmmm Mmmm Mmmm... J'avais remarqué que Sandra avait eu un plus long orgasme que moi, la chanceuse. Selon moi, mon orgasme avait duré 7 secondes et Sandra, trois fois plus long! Nous, les deux tourtereaux, avions atteint le nirvana; l'orgasme simultané... Une dyade extatique. Quelle fraîcheur! Nous étions des champions à notre manière! Nous avions en poche, notre victoire de l'Amour. Nous étions comme les Canadiens de Montréal, au hockey, gagnant leur 24e coupe Stanley, le 9 juin 1993...   ou bien l'Olympique de Marseille remportant la coupe d'Europe de football de cette même année. Je dirais que pour nous, c'était plus que du hockey ou du foot... C'était comme un Tour de France dans lequel je jouais le rôle de l'espagnol Miguel Indurain remportant une autre édition du Tour, levant les bras en signe de victoire! Il ne me restait plus qu'à porter le maillot jaune!

J'avais extirpé le mal, l'abus dont elle avait été victime. J'avais libéré en douceur la charge émotionnelle négative fusionnée à ses expériences du passé. J'avais finalement rempli le vide dans sa vie et réussi à la rejoindre dans son for intérieur. Elle était la France tandis que moi, j'étais l'Angleterre. L'inauguration du Tunnel sous la Manche avait eu lieu... et je ne parle pas du 6 mai de cette année avec la reine Élisabeth 2 et du président François Mitterrand.

Ce qui nous avait attirés l'un et l'autre, c'était notre physique, notre intelligence et les mêmes attitudes; ce qui nous donnait de l'affection l'un pour l'autre; en fait, on ne pouvait empêcher un cœur d'aimer et pour Sandra et moi, je savais que notre amour était "ad vitam aeternam"... pour la vie éternelle. D'ailleurs aimer, c'est d'avoir pour but le bonheur d'un autre et s'employer et se dévouer au bien de l'autre aussi. Nous étions éperdument amoureux. Nous étions repus. Enfin, c'était bien beau tergiverser mais où allions-nous mettre le préservatif utilisé? Le jeter par terre et polluer l'environnement? Sachant qu'un sac de plastique mettait environ 400 ans à se décomposer dans la nature, je ne pensais pas que c'était la solution. Alors? Avais-je un condom compostable? Je décidai de le mettre dans la petite poubelle à mes pieds malgré le fait que je détestais laisser mon ADN un peu partout.… J'avais tellement apprécié l'expérience que j'étais prêt à faire un « bed-in » comme John Lennon et Yoko Ono, il y a vingt-cinq ans à Montréal. Tout pour être le plus longtemps possible avec Sandra.

Somme toute, le jour où un enfant se rend compte que toutes les grandes personnes ont des défauts, il devient un adolescent, le jour où il leur pardonne, il devient un adulte, le jour où il se pardonne à lui-même, il devient sage. Sandra avait pardonné et s'était pardonnée. Elle avait cru au pardon depuis notre première rencontre. En fait notre rencontre fut pour elle, comme reprendre son souffle après un trop long séjour sous l'eau. D'ailleurs, je lui avais dit que pour venir à bout des choses, le premier pas était de les croire possible. J'étais content qu'elle épanche son secret. Sa délivrance venait de la rupture de son secret. De plus, le pardon avait libéré la tension qui s'était accumulée depuis ses malheureux événements déclencheurs de sa jeunesse et cela lui avait aidé à retrouver la sérénité. Avant cette relation sexuelle, Sandra se sentait toujours seule même sans être seule, maintenant elle peut être seule sans se sentir seule. On appelle cela: la paix intérieure. Il y a exactement 50 ans cette année, Paris était libérée des allemands. Aujourd'hui, Sandra l'était autant en ce 22 juillet.

En fait, il n'y avait pas de différence entre Sandra et la rose que je lui avais donnée. Sandra était aussi belle que cette fleur. D'ailleurs, toutes les deux s'étaient épanouies au bout d'une queue! Je vous dirai que je lui ai donné un soulier à la tombée de la nuit, pour ne pas dire une "botte au clair de lune"!!! Vive l'astre lunaire!

Suite à cette aventure, je m'étais couché sur mon lit. J'écoutai la chanson « Seven seconds » de Youssou N'Dour et de Neneh Cherry pour me faire plaisir. Quelle détente! Ensuite, la chanson « Imagine » de John Lennon me plongea dans un autre état. Il était venu le temps de faire ma sortie hors-corps. J'aimais cette sensation de flotter en dehors de mon corps. Ce voyage de l'âme me procurait une détente mystique dans un monde paranormal. J'étais comme en extase, en transe. Je quittais et réintégrais mon corps dans un état d'apesanteur et de légèreté. C'était au tour de mon ami Bill de venir me porter compagnie. Mon cher Bill Gates avait 37 ans et 9 mois lorsque je l'ai rencontré. Il ne se doutait guère qu'il sera l'un des hommes les plus riches de sa génération dans quelques années car avec son ami Paul Allen, âgé de 40 ans et 6 mois, ils avaient fondé ensemble, il y a environ 18 ans la société Microsoft. Mon autre ami s'appelait Mark. Il avait 8 ans et 2 mois. Mes amis nous appelaient les Mark au carré. Lui, c'était tout un phénomène. Il était très opportuniste. Mark Zuckerberg, avec ses amis, Dustin Moskovitz (9 ans et 2 mois), Eduardo Saverin (11 ans et 4 mois), Chris Hughes (9 ans et 8 mois) et Andrew McCollum (âge inconnu; il était discret sur son âge), ne le savaient pas encore et étaient encore loin de se douter que dans dix ans, ils seraient à la base du réseautage social Facebook et tout ce qui gravitera autour. Mark en sera le fondateur et éventuellement le PDG. S'il savait qu'il sera milliardaire dans une dizaine d'années, je ne sais pas comment il réagirait.

3

PAIEMENT DE LOYER

Mercredi soir, 21h45, le 19 octobre 1994. J'étais assis dans mon local et j'assistais à mon cours du soir. J'écoutais assidûment Jack, de son surnom. Ce dernier, chargé de cours à l'université depuis 5 ans, enseignait l'éducation physique. En voyant son habillement lors de cette soirée-là, il était sûrement un tantinet daltonien. Il était très différent des religieuses que j'avais eues au primaire quant à sa pédagogie. Ce soir-là, c'était le cours théorique. Il n'en finissait plus de nous parler de sa conception de l'évaluation. Si j'avais bien compris, sa conception de l'évaluation c'était de voir si les élèves apprenaient, comprenaient et réinvestissaient bien les matières qu'ils devaient étudier et qu'il enseignait. C'était pour lui, de suivre le cheminement de chaque étudiant en particulier et de prendre en note le progrès que l'étudiant faisait en tant qu'apprentissage par rapport aux objectifs visés.

Pour cela, il devait nous mesurer, recueillir des données, des notes, pour justement vérifier et juger si oui ou non nous avions progressé à un rythme qu'il trouvait normal pour nos talents, aptitudes et nos capacités. Suite à cela, et d'après nos résultats, Jack, réfléchissait et décidait de ce que nous aurions eu à faire pour, soit améliorer nos points faibles ou soit consolider nos connaissances.

Jack disait qu'il était bon de se remettre en question et de s'évaluer dans la vie de tous les jours pour notre satisfaction personnelle sinon le temps, lui, aurait tôt fait de nous évaluer...et peut-être que nous en serions déjà démodés.

Bof...je pouvais continuer longuement à disserter sur l'évaluation mais pour un gars de 20 ans, l'évaluation, on pouvait en reparler.   Ce qui me préoccupait davantage à ce moment-là, c'était de trouver de quelle façon allais-je trouver une excuse pour retarder le paiement de mon loyer. Je devais penser vite, car le propriétaire, c'était Jack! Il louait quatre appartements à ses étudiants.

Le cours se termina.

Dans le corridor, Jack m'apostropha...

- Salut Mark, comment ça va? As-tu l'argent pour le loyer?

- Ah non! J'ai oublié de t'apporter la somme. Est-ce que je pourrais te la remettre la semaine prochaine, au prochain cours?

- Bien,... parce que ça fait deux mois que tu ne me paies pas!

- Ce n'est pas de ma faute, mes prêts et bourses ne sont pas encore arrivés.

Intérieurement, cependant, je savais que j'étais capable de lui payer mes dettes mais je voulais garder l'argent disponible pour acheter un beau cadeau à mon amie de cœur Sandra, qui de fait, fêtait ses 19 ans dans environ deux semaines. Alors Jack sourit, et me demanda de le suivre dans son auto car il devait aller vérifier un bris dans mon logement. J'acquiesçai.

- Alors Jack, tu t'es finalement décidé à venir arranger ma pomme de douche? Il était temps...

- A ta place Mark, je ne commencerais pas trop à être arrogant, sache que tu ne m'as pas encore payé un traître sou de ta poche. Il va falloir régler ça. Je dois faire vite, car je dois aller chercher ma femme pour minuit, elle est chez sa meilleure amie. Je ne veux pas inquiéter la gardienne, si j'arrive trop tard.

Arrivés à mon appartement, nous descendîmes de l'auto. Ça sentait l'air d'automne... En entrant dans mon logis... ça sentait l'air vicié. Il était écrit : « Bienvenue » sur le tapis d'entrée et « Défense d'entrer sans permission » sur la porte. L'appartement était quelque peu en désordre mais enfin.

Jack s'installa sous la pomme de douche...Il y travailla une bonne dizaine de minutes... et puis, là..., je ne me doutais guère de ce que l'avenir me réservait. J'étais sur le point de vivre une expérience, une aventure... Je sentais son parfum d'homme.

- Mark, viens ici s.v.p. J'ai besoin de ton aide.

- Qu'est-ce qui se passe Jack?

Je voyais sa transpiration qui coulait abondamment. Il avait réparé la défectuosité.

- Mark, je veux que tu tiennes la pomme de douche au bout de tes bras...

Rentrant dans la baignoire, je fis ce qu'il me demanda. Lui, il était agenouillé, travaillant sur les robinets... du moins je pensais qu'il y travaillait. J'étais dans le bain et il était dans le même bain que moi.

- Mark, j'ai une proposition à te faire. Ça va peut-être te sembler farfelu, mais j'ai trouvé la solution pour tes paiements de deux mois de loyer.

- Ah oui! Je savais qu'on pourrait s'arranger. C'est quoi tes modalités?

Au même moment que je lui demandais ceci, il mit ses mains sur mes jeans à la hauteur de mes organes génitaux...

- Aie Jack! C'est quoi ton problème?

Il retira ses mains. Cela avait jeté une douche d'eau froide entre nous deux... Sur le coup, je le détestais... Moi qui abhorrais et avais en horreur les gens qui commettaient des attentats à la pudeur, des agressions sexuelles. Je le prenais pour un goujat. Je trouvais cela avilissant, dégradant. Comment avait-il pu oser faire cela? On disait qu'on détestait ce qui nous était semblable et nos propres défauts vus du dehors nous exaspéraient... M'étais-je reconnu en lui? Étais-je en face d'un autre moi-même? De mon alter ego? Mon professeur d'éducation physique, un hommelette? Une femmelette?

- Je m'excuse Mark, j'ai eu un moment de folie. J'ai passé à l'acte intuitivement et impulsivement. Tu sais, je te désire et en échange de deux mois de loyer, je te demande qu'on baise ensemble, toi et moi, ici, ce soir, dans la baignoire. Seulement cela. Je ne te demande pas la lune! J'aime les jeunes hommes vigoureux, droits et qui sont bien musclés comme toi Mark. Penses-y... deux mois payés... Il disait cela de sang froid; je trouvais qu'il avait le sang chaud…

Je me mis à réfléchir... moi bien musclé? Il est sûrement myope. Au moins, douze de dioptrie! Moi jouer aux fesses avec un autre homme? Il est sûrement cinglé pour me demander ça... Deux mois payés automatiquement... c'est alléchant... Je pourrais faire un plus beau et plus gros cadeau à Sandra... J'avais pour mon dire que les p'tits cadeaux entretenaient l'amitié tandis que les gros cadeaux entretenaient les rapports sexuels. De plus, je pourrais m'offrir plus de bon temps dans l'avenir... Pourquoi pas? Ça pourrait être un bon placement. Étais-je en train d'avoir le cerveau plus émancipé que mon organe reproducteur? Je trouvais ça merveilleux de pouvoir plaire à un homme, de l'exciter et d'être séduit aussi par lui. Mais de là à lui faire l'amour... il y avait une marge! Et que dirait Sandra? M'enfin, je me disais que la seule chose que nous devons refuser, c'est d'être régis par l'opinion des autres... En fait, j'affirmais quand même mon désaccord, mais quand on n'a pas vu de ses yeux ou vécu telle ou telle situation, on n'a pas le droit d'affirmer... on peut supposer... Pour ma part, je l'acceptais tel qu'il était, sans le juger. Je ne le condamnais pas sans avoir au moins pris le temps de l'écouter et m'être efforcé de le comprendre.

Ne voulant et ne sachant pas comment contrecarrer son plan que j'avais inconsciemment accepté à la minute suivante de sa demande, je répliquai pour me faire bonne conscience...

- Et ta femme, est-ce qu'elle sait que tu veux baiser avec d'autres hommes... que tu es gai à tes heures? Que tu marches à voile et à vapeur? Elle te mépriserait sûrement si elle savait cela. Tu n'aimes pas les femmes? Tu es misogyne?

- Mark, ma femme, c'est ma femme. Tu sais qu'on peut n'aimer qu'une seule personne et en désirer plusieurs. Ce soir, tu es à moi si tu le veux.

Était-ce mon choix ou voulais-je lui plaire? Je me sentais quelque peu contrarié et irrité à ce que j'allais vivre. Vivre une rencontre spéciale de deux combinaisons XY chromosomiquement et génétiquement parlant! C'était presque dans le domaine de l'inimaginable. C'était pour moi un slalom sentimental. Je bifurquais de ma route. En fait, je le trouvais con de me demander ça, car il n'avait pas de con... mon congénère. Mais qui se ressemble, s'assemble. C'était mon synonyme, mon homonyme. On ne pouvait trouver plus de ressemblance. Nous étions de la même espèce. Il avait une queue, j'avais une queue, il avait deux testicules, j'en avais deux également, il avait une prostate et moi aussi. J'étais un fac-similé, une reproduction, une copie de lui...C'était le chou pour chou. C'était blanc bonnet et bonnet blanc. Idem. Ibid pour les anglophones! Il y avait conflit entre mon imagination et ma volonté... mais j'acceptai sa proposition alléchante, séduisante, tentante mais quand même repoussante. Avais-je l'esprit de contradiction pour acquiescer?

Étais-je en train de déraper et de faire un tête à queue? Je n'étais pas une tête à queues à ce que je sache! Et de plus, quelles étaient ses attentes? Je ne voulais pas me tromper. Il fallait me décider et décider, c'était risquer de se tromper.

Il disait avec autorité et conviction de me détendre, de me laisser aller... quel contraste...

- Laisse-toi aller Mark, tu verras, tu vas trouver ça super me conseilla-t-il. L'expérience vaut mieux que le conseil... me dis-je.

- Jack, je n'ai jamais fait ça auparavant!

En fait, les seuls que je connaissais pour leur amitié particulière étaient Paul Verlaine et Arthur Rimbaud. D'ailleurs, leur relation amoureuse était on ne peut plus conflictuelle. Si je me souviens bien, lors d'une dispute le 9 juillet 1873 à Bruxelles Paul Verlaine avait blessé son amant d'une balle au poignet gauche. M. Verlaine avait eu 2 ans de prison pour ce geste malheureux... Donc, l'amour entre poètes c'était bien beau mais là, on m'offrait quelque chose de nouveau...et ce n'était pas une soirée de poésie...

J'avais un complexe de culpabilité à l'effet que j'allais me mettre à nu, me mettre nu en face d'un homme pour lui faire plaisir. Je me disais qu'aucune forme de la nature n'était mauvaise, tout dépendait de la façon dont on se servait des forces de la nature. Mais là, était-ce naturel de faire cela? Ou bien était-ce un crime, un acte contre nature, un outrage à la nature? Était-ce indigne d'une personne civilisée? Perdrais-je ma dignité? Souvent un écart de jeunesse peut décider du sort de notre vie. Je sentais que je périclitais et que je ne servais que d'escorte d'un soir. J'avais peur car je savais que le crime ne paie pas.

Il me disait de ne pas remettre à demain ce que je pouvais faire immédiatement. Jack n'était sûrement pas un adepte de la procrastination.

C'étaient les prémisses... Jack commença graduellement à enlever ma chemise, ma montre, il était 22h33, mes bas, mes pantalons et mon sous-vêtement. Tout ça, à l'intérieur de la baignoire. Il m'avait tout dérobé...

- Oh Mark, tu es bien bâti mon ami!

Moi, bien bâti? Décidément, il est myope!

- Mark, j'aimerais que tu me déshabilles également.

J'interrogeais son pantalon et voyant son sexe qui le moulait, je m'apercevais que je ne lui déplaisais pas. C'était l'heure de vérité. Je ne pouvais plus reculer. J'étais face à face à un cul... un cul-de-sac! Je me voyais aller à l'encontre du courant de la vie. Il y avait un prototype pratique, simple et spécifique à suivre... le déshabiller, lui donner son plaisir et oublier ces quelques instants comme si rien ne s'était passé. En fait, je me disais qu'une fois n'est pas coutume. Même si tous les hommes sont égaux devant la loi, et qu'on dit que la loi est l'expression de la volonté générale, je m'inclinai devant lui... et devant elle... C'était au plus fort la poche et il avait gagné. Je ne pouvais reculer, je me décidai...

- Jack, est-ce que je fais bien ça?

Tout en lui déboutonnant sa braguette et lui enlevant ses pantalons. Il portait à gauche... et là, je ne parle pas de sa montre!

- C'est bien Mark, mais tantôt ça sera meilleur! Il ne te

reste qu'à enlever mon slip bleu.

- Le slip bleu? Il est brun bordel! Décidément, il est daltonien!

Ce fut à mon tour de lui donner une leçon en lui expliquant que le dessinateur français Albert Uderzo de la série de bandes dessinées Astérix était aussi daltonien. Contrairement à lui, M. Uderzo ne distinguait pas le rouge et le vert. C'était son frère Marcel qui faisait la mise en couleur des albums...

-Intéressant Mark. Avoir une certaine culture, ça érotise la personne. Épate-moi de nouveau.

À ce moment-là, je me disais que Dieu en créant un sexe masculin et un sexe féminin avait une idée bien précise en tête: créer deux être différents capables d'engendrer. Il n'y avait pas de troisième sexe! Un pénis, c'était fait pour lui et conçu pour elle... Ce que je vivais, n'engendrait que des craintes et des questionnements...nous n'étions pas sur le point de faire une conception... sauf concevoir l'inconcevable... Ça sonnait faux. J'étais ballotté et tiraillé entre des sentiments contraires. Je coupai les ficelles au lieu de dénouer les nœuds et de prendre cinquante-six détours pour finaliser le plus vite possible ce que j'allais réaliser...De toute façon, je m'étais mis une barrière psychologique et d'un seul geste...

Je lui enlevai son slip.

Je contemplais pour la première fois les dessous de mon professeur. Il aimait s'exhiber nu. De très beaux mollets de coq il avait. Mais pour moi, ça me faisait une belle jambe. Jack ouvrit le robinet de la douche. Voulait-il m'administrer une douche vaginale?...Nous étions maintenant nus, face à face. Jack était un type très masculin, athlétique, sportif, bien ciselé, formé, découplé, basané, bien membré et costaud. Un beau félin quoi! La perfection au masculin. Il était non poilu, non barbu et avait de belles fesses d'adolescent. Je me disais qu'il fallait que je prenne des risques dans ma vie si je voulais progresser. Mais était-ce ça l'épanouissemeît de la personnalité dans la société moderne? Je m'interrogeais grandement. Où était ma pudeur, ma pruderie? J'étais confus. Mon cerveau gauche avait beau vouloir, analyser, mémoriser ces instants tandis que mon cerveau droit voulait du plaisir, de la créativité, il voulait foncer. Il fallait que je perde mes inhibitions, que je sois spontané. Pas facile à faire. J'aurais préféré une spontanéité planifiée quant à vivre dans mes contradictions! J'avais la moitié du chemin de fait et j'avais l'impression de prendre la mauvaise direction, de me tromper de chemin... Néanmoins, sous la douche, l'eau ruisselait sur nos corps. Il commença à masturber ma p'tite graine avec sa grosse main d'athlète. J'avais une érection, mais érection n'égale pas désir. Mais, à ma grande surprise et stupéfaction, je prenais plaisir à cette bonne branlotte... et il le ressentait. D'ailleurs, le cœur ou le sexe a ses raisons que la raison ne connaît pas.

- Attends Mark, tu n'as encore rien vu. Alors, essaie à ton tour de me caresser.

- Mais Jack, j'ai peur!

- Fais de ton mieux et tu réussiras à neutraliser ton anxiété et ta peur. Fais-moi confiance! Tu dois faire les choses que tu crains de faire si tu veux que ces craintes ne te survivent pas. Tu dois maîtriser ta peur et ton inquiétude. Le remède à la peur tout comme l'antidote à l'inquiétude c'est l'action, alors, tu crieras victoire en vivant intensément ce moment présent...

-C'est bien beau de dire cela, mais il est des victoires qui exaltent et d'autres qui abâtardissent...

-Aie confiance en toi et en moi. Tu sais, on ne désire pas ce qu'on ne connaît pas, moi, je te ferai connaître ce qu'est une jouissance d'homme, je suis bien placé pour le savoir car j'en suis un!

Pour éclaircir les doutes qui me restaient encore, je continuais à réfléchir tout haut...

- Tu crois que je réussirai ce que tu me demandes de faire? Tu sais Jack, il faut avoir l'esprit ouvert et réceptif pour faire ce que tu me demandes. Je ne sais pas si mon cœur aspire à être comme tu veux que je sois.

- Mark, il n'y a rien de mal dans cet acte sexuel, pas plus que le désir de manger, de boire, de dormir. Je suis une personne comme les autres, même si de temps en temps, ce sont les autres qui me font voir différent. Les gens ont une fausse conception de l'homosexualité et c'est pour cela qu'ils sont durs envers certains gais. Tu sais, la rigidité est la racine des préjugés. En fait, l'homosexualité n'est qu'une déviance statistiquement parlant. Ce n'est pas une maladie mentale, encore moins une perversion. C'est un choix, et ce soir, tu es mon choix. Laisse-moi prouver mes affirmations Mark. D'ailleurs, tu es jeune, et il faut que jeunesse se passe, tu le sais bien. C'est le temps de faire de nouvelles aventures. Tu sais, pour savoir si le pouding est bon, il faut le goûter. Alors, tu dois sortir de ton cocon. L'ennui vient souvent de l'uniformité. Alors, laisse-toi aller pour quelques minutes et le tour sera joué. Ne laisse pas les institutions sociales et religieuses nous dicter une ligne de conduite intime. Tu sais, pour explorer les mers, il faut avoir le courage de quitter la rive. Il faut que tu comprennes que tant qu'il est au quai, le bateau est en sécurité mais la vocation des bateaux n'est pas de rester au port...Ose Mark. Ose! L'essayer c'est l'adopter. Ne me juge pas, car plus on juge, moins on aime. En fait, pourquoi vivre en contradiction avec ses sentiments, ses désirs et ses besoins sexuels? Donne-toi du plaisir sans te culpabiliser. Il faisait l'éloge de la différence. Il voulait m'amener à partager sa conviction profonde. Il voulait me convertir à ce jeu, car pour Jack, c'était un jeu. Il se divertissait à bon compte et en trouvait son compte... Il était féru de la bisexualité. Quant à moi, la transition d'homme à femme à d'homme à homme n'était pas si compliquée tout compte fait car... à ces mots, j'étais décidé d'aller de l'avant. Étais-je en train de me dépersonnaliser? De me déviriliser? Étais-je en train de divorcer avec la nature? Était-ce des tendances homosexuelles latentes qui surgissaient. J'étais dans mes petits pieds. Il voulait mon grand con et moi, j'étais son piège à cons...

Ma composante féminine prenait-elle le dessus? Était-ce un débalancement hormonal? Un gêne particulier qui prenait le dessus? Je n'avais pas d'expérience, mais je me disais que tout chêne a été un gland! L'expression tombait à point! Je pris mon courage à deux mains. Ma personnalité se transforma momentanément... et c'était parti. Il y a un début à tout. C'est toujours le premier pas qui coûte. L'esprit est prompt mais la chair est faible...

- Oh Jack, fais ce que tu veux avec moi...

Moi, le blanc-bec, je m'abandonnai à lui. Je me mettais à sa disposition. Je me sentais comme une marionnette et lui, il tirait les ficelles. J'étais sur le moment, mi-figue, mi-raisin. Mon esprit tourmenté s'égarait dans le rêve lascif. Je combattais les stéréotypes. J'essayais de ne pas en faire de cas, mais le cas de conscience y était! Je trouvais que c'était de l'exploitation de l'homme par l'homme. Néanmoins, il s'empara de moi avec son corps d'athlète, je me trouvais en sécurité, j'étais dominé. Il avait établi un rapport au niveau conscient et inconscient car il ajustait sa respiration de façon à se synchroniser sur la mienne. Il me disait: "Fais comme si tu aimais ça", et par miracle, j'y prenais plaisir. J'avais réussi à sortir de la porte de ma prison de craintes et j'étais entré en plein feu de l'action. Je ne savais pas ce qui me pendait au bout du nez... ah oui, sa queue... Je le voyais avec sa queue déployée et je me réjouissais de la voir dans toute sa splendeur. Je lui branlottais le prépuce car j'appréciais voir la boule rouge sortir de son prépuce. Je lui ôtais son petit chapeau, lui décalottais le gland. L'eau qui tombait sur son gland lui enlevait sa sécrétion glandulaire sébacée, son smegma. C'était mon objet de plaisir et j'étais le sien. O.K. pour la phase phallique et génitale. C'était quand même rigolo, je tenais la verge de mon maître et un mètre séparait nos verges! J'avais accès aux plaisirs défendus. Devenais-je une bête de sexe? Moi, qui s'enlaçais avec cette bête fauve de Jack! Après une masturbation réciproque, il me demanda de lui faire l'amour oral! O.K. pour la phase orale. Drôle de moineau qu'il était, drôle de moineau qu'il avait!!! Comment pouvait-il oser me demander cela? Je ne suis pas gai bordel! Il me dit qu'il mange bien des légumes et qu'il n'est pas végétarien pour autant. Je débutai mon exposé oral.

Encore là, mon inexpérience me faisait penser: allais-je régurgiter, si par inadvertance il venait... Après réflexion, j'acquiesçai une autre fois à sa requête... tout en lui affirmant qu'il n'était aucunement question de faire une ingestion de semence. Il acquiesça. Il n'avait pas le choix! En fait, il me disait qu'il avait une douleur au gland. Était-ce ma dent canine ou l'incisive très pointue qui lui donnait ce mal, ou était-ce le frein de son prépuce qui était trop sensible ou trop court? De toute façon, je faisais de mon mieux. Il était le confiseur et je lui mangeais le bonbon. Moi qui disais que les prépuces étaient des gommes à mâcher pour les gais, j'étais en train d'en mastiquer? Qui l'eût cru! C'est vrai qu'il ne faut pas dire: Fontaine je ne boirai pas de ton eau. Cet homme était bon, bon comme le pain, je lui mangeais la graine. Par la suite, je tirai cette fine membrane qui recouvrait son gland au maximum vers l'arrière pour goûter cet instant. Je vivais la ferveur et l'ardeur du néophyte. Qui a dit que le sexe oral et le sexe anal étaient à la base de plusieurs maux et que c'était malpropre? Et qui a dit qu'un homme caressant un autre homme était sale? J'étais en face d'un Monsieur Net attendant impatiemment son détergent liquide. Je caressais son clitoris de sept pouces et lui léchais la raie des fesses. Quels beaux et bons suçons! Pourquoi la lui léchais-je? Moi, qui trouvais ça déjà cucul... sans jeux de mots... C'était l'enthousiasme du moment, je suppose! D'ailleurs, ce fellateur de Jack m'a remis la pareille sans toutefois lui non plus aspirer, avaler quoi que ce soit.

Après quelques étreintes et caresses, comme deux chevaux attelés en paire, j'étais acculé pour ne pas dire enculé au pied du mur... et pas moyen de dételer. Il se mit (c'est le cas de le dire) derrière moi (une sorte de parallélisme humain) et me pénétra dans mon arrière-train à fond de train. Tchou! Tchou! Il a failli me faire dérailler! Il était en train de me coïter. Il me faisait l'amour anal. O.K. pour la phase anale. Il n'avait sûrement pas intégré la signification de ce qui était écrit sur ma porte d'entrée!!! Anyway...Mon trou d'amour était bien dilaté. Qui s'y frotte, s'y pique! J'avais la piqûre. Il m'avait pris à rebours dans mon as de pique. Il avait introduit le sujet de manière non menaçante mais quand même...C'était la chevauchée rectale. Pourtant je n'étais pas encore chevalier, je n'étais qu'un damoiseau du Moyen-âge! Il était devenu M. Muffler! Je me prenais pour le chat botté... C'était comme s'il me prenait à contre-poil. Il me mettait au courant d'une position assez spéciale plaçant sa prise mâle dans ma prise femelle... Nous étions branchés l'un à l'autre.   Je n'avais pas pu couvrir mes arrières, j'étais au dépourvu. J'avais chaud aux fesses. Je me voyais me stationner en double file. Serais-je passible d'une contravention voire même d'une mise en fourrière? Il se mettait et je me soumettais à cette étrange posture. N'ayant pas d'œillères, tous les deux dans l'écurie de ma baignoire, Jack se tenait bien en selle. Moi, qui étais à cheval sur les principes, il m'enfourchait à deux chevaux-vapeur! Moi, son poulain, je lâchais les brides. L'étalon noir étalait ses charmes à sa p'tite jument nouveau genre. Il était un chevalier de la rosette; mon chevalier servant. Lucky Luke et Joly Jumper en action. Lucky Luke? Car il avait bandé plus vite que son ombre... Inutile de dire que les frères Dalton attendront leur tour avant de se mesurer à « Joly Jumper ». Sur ce, je voulais de nouveau impressionner Jack en lui disant que les braqueurs de banque Bob, Grat, Bill et Emmett Dalton avaient déjà sévi dans l'Ouest américain vers la fin des années 1800. Ils étaient par le fait même de véritables hors-la-loi. Mais pour ce soir, Lucky Luke, en avait assez.

Il était ferme... ferme dans son action et dans ses opinions. Je me disais que sa clé n'allait pas du tout dans la bonne serrure, qu'il se trompait de porte, qu'il avait pris l'entrée des artistes! Bien qu'il me défonçait le pavot, j'adaptais et ajustais mon corps au sien en me disant "advienne que pourra". Je faisais ses quatre volontés. Était-ce mon côté animal? Devais-je hennir? J'avais quand même du plaisir. À cheval donné on ne regarde pas la bride. Étais-je impliqué dans une course hippique de trot? Étions-nous en train de faire du galop? Moi, habitué d'être magnétisé par le sexe opposé, me voilà corps à corps avec mon propre sexe. J'étais débridé. Je venais de découvrir que mon prof était infidèle. Et moi qui pensait que l'homme était plus fidèle que la femme parce qu'il avait toujours la même queue entre les jambes... oups... mon exemple ne tenait plus!!!

J'ai souffert au début, mais je me disais que c'était dans un but constructif (constructif pour mon budget...rien d'autre). Toute situation a son côté positif! Pourquoi ferais-je de l'étroitesse d'esprit? Je me consolai en me disant que c'était sûrement moins pire que les douleurs de l'enfantement. En fait, j'espérais que j'avais le parfait contrôle de mes sphincters!!! Ce n'était point le temps pour les flatulences. Cette masculine enfilade me fit connaître un autre côté de la sexualité, un amour nouveau genre. Je prenais de l'expérience avec ce sodomiste de Jack! Car, j'avais osé tendre ma rosette à cet apôtre de l'anus. En fait, ce culiste, ce culomane se mettait dans mes fesses, m'englandait à qui mieux mieux. La situation était comique. Mon moule à merde, mon soupirail merdique se transformait en vagin masculin. Mon corps se féminisait. Nous étions les Roméo et Juliette des temps modernes.

N'importe, j'étais pénétré par un dieu quelconque, un Apollon, un dieu qui me rechargeait, un dieu du soleil qui rechargeait mes et ses batteries. En fait, l'énergie qui se trouvait derrière moi, dans mon entre-deux, dans un va-et-vient infernal, me donnait l'impression d'un dynamo qui stimulait mon corps tout entier. Il me pénétrait et son énergie faisait de même dans mes pores de peau. Il me donnait des "coups de maîtres". Il était plein d'ardeur, son corps luisait de sueur. Je me sentais comme le plancher des vaches attendant énergiquement les semailles du fermier. Il était le mâle et moi la femelle... ou vice et versa? Il utilisait son compas, son sextant, il était le maître à bord, le capitaine du navire. Nous étions à la queue leu leu, en rang d'oignons, à la file indienne. Il avait pris ma virginité, ma vertu d'homme à homme, lui le virtuose du pénis.

Je m'associais à lui, je me mariais à lui de toute mon âme. Était-ce un péché? Une impureté? Brûlerais-je éternellement en enfer, dans les feux de la Géhenne? Méphistophélès, Belzébuth, Satan, le Diable lui-même m'avaient-ils possédé? Serais-je excommunié? Étais-je en train de perdre mon âme? De donner mon âme au Diable? Allais-je à l'encontre des lois divines? Des lois de l'Homme? Hors des normes, point de salut. De fait, il n'y avait pas de mal à se faire du bien tout comme qu'il n'y avait pas de bien à se faire du mal. Je n'avais plus à me justifier... J'étais en train d'échapper au carcan à l'intérieur duquel je me trouvais emprisonné. De toute façon, Dieu aurait-il fait le monde pour le damner? Je ne crois pas.   Et si ce que je vivais était de l'amour? Pourquoi penser à l'enfer... l'amour en enfer? Mais, après tout, c'est vrai que je ne suis pas un ange! J'avais l'esprit troublé, le cœur troublé. J'aimais cela. Le malaise que je ressentais s'était dissipé. Il touchait sûrement à mon point G. Un sentiment nouveau embrasait mon cœur. C'était merveilleux pour moi, pour lui c'était normal. J'étais heureux, j'étais gai. Gai comme un pinson, comme un serin... Était-ce un manque de Testostérone? C'était le chaos des sensations confuses! Mes valeurs étaient chamboulées, chambardées, bouleversées. Nous avions fait bourse commune, c'était le cas de le dire! Nos corps nus ondulaient lascivement. Comme le jardinier plante ses semences, je récolterais bientôt sa moisson...ou son venin? Et dire que lors de la victoire du IIIe Reich d'Adolf Hitler, les homosexuels étaient considérés indésirables, inutiles et en ont même péri. Pourquoi? Peut-être qu'Hitler lui-même était un homosexuel latent qui n'acceptait pas son état? Qui sait?...

Dans la baignoire, il y avait la rencontre de nos trois dimensions: corps, cœur et esprit. Au moins, je n'avais pas l'angoisse à l'idée d'engendrer un embryon qui deviendrait un fœtus pour devenir un bébé... Mais là, je commençais en avoir plein le cul; j'en avais assez qu'il pousse son argument dans ma chevalière! Mon postérieur moelleux aussi! Se faire entrouducuter, c'est bien beau, mais il y avait des limites! J'avais le feu au cul tandis que lui était tout feu tout flamme; il pétait le feu! Je ne savais pas comment lui dire car Jack commandait le respect tandis que moi, je cherchais à l'obtenir! Dire que j'avais été assez bête pour me laisser prendre. Finalement, il se décula... se retira. Et il déversa sur moi les fruits de sa passion, son avoine. Lui, le chargé de cours, entrain de décharger! Je découvris son liquide blanc, son babeurre, son essence spermatique. Lui, le maître, avait beaucoup de mine dans le crayon! Ensuite, il débanda, son prépuce reprit sa place, son bonnet était remis. C'était à mon tour de venir... j'avais l'impression de mobiliser toute mon énergie pour une simple cuillerée à table de liquide!

Ça venait, ça venait... J'étais loin d'avoir la pine flasque et molle.

Et vlan! Le terme du plaisir! J'écrémais et déversais mon trop-plein... tout en connaissant la jouissance dans les mains d'un homme, mon chargé de cours, mon propriétaire... en l'honneur de mon loyer et de ma blonde. J'avais payé en nature, en argent liquide. J'avais déjecté mon âme. Nos corps nappés de notre sauce, de notre sirop de corps d'homme démontraient la viscosité de notre sperme. De plus, l'eau perlait sur nos corps. Moi, circoncis, avais-je mieux joui que lui, concis...oups...non circoncis? En fait, ce dernier versement annulait ma dette... Je lui avais donné mon aumône et lui, la sienne, son don de charité.

Après m'être fait implanter... l'idée qu'une relation sexuelle entre le même genre est tout à fait plausible, et l'ayant vécu, j'étais perplexe et incapable de dire et d'avouer que... je ne recommencerais jamais! En fait, après avoir vécu une relation homosexuelle, je pouvais maintenant comparer cela à un gaucher. Je me sentais minoritaire dans ce monde de droitier. C'était comme marcher sur un chemin peu fréquenté. Ce qui m'amena à ouvrir une parenthèse sur les gauchers. Ces derniers étaient-ils plus malheureux étant donné qu'ils ne faisaient pas partie de la majorité? Qui avait décidé pour eux de devenir gaucher? Était-ce un choix ou c'était inné? Je savais qu'il y avait plusieurs personnalités publiques qui étaient considérées comme faisant partie de la famille des gauchers. Pour ma part, le premier gaucher qui me venait en tête était Paul McCartney, le fameux chanteur, auteur-compositeur des Beatles. J'avais appris aussi que Jimi Hendrix était gaucher mais jouait souvent avec une guitare de droitier après avoir remonté ses cordes conformément à cette inversion. Et la politique? Les gens sont-ils plus de droite ou bien de la gauche? Et pour la conduite automobile à gauche, on l'exigeait en Jamaïque, en Afrique du Sud, en Australie, en Inde, en Irlande, au Royaume-Uni et la Thaïlande. Mais pourquoi? Est-ce que ça change quelque chose. Quelqu'un peut-t-il m'éclairer là-dessus? De plus, je me posais aussi cette question existentielle : Si tu couches avec une gauchère, est-il préférable de coucher à sa droite ou à sa gauche pour maximiser les caresses? Enfin, j'étais de plus en plus persuadé que le sexe s'acclimate à tout. Comme un conducteur habitué de chauffer à gauche et qu'en changeant de pays doit conduire à droite, l'expérience que je venais de vivre ressemblait à différents points de vu à cette permutation d'allégeance libidinale. Ce fut une expérience libératrice et contraignante à la fois. Je lui avais dit merci pour le soulagement! Je me souviendrai longtemps de cette amourette d'un soir ou bien devrai-je dire de ses amourettes tout court!

En fait, une cloison étanche empêchait la moindre infiltration de ces idées modernes de se faire dans le sanctuaire réservé de mon cœur. En fait, peut-être que je vivais dans une prison psychologique, que je m'étais construite et j'étais lié par mes croyances et mes opinions. N'empêche que, ce que je venais de vivre, était peut-être le levain qui ferait germer ma vie sexuelle... ou seulement une semence d'une relation éphémère? Était-ce le brouillon d'une éventuelle aventure sexuelle avec un autre homme ou bien l'équilibre, l'homéostasie atteint avec mon moi intérieur? Je ne savais pas. Je savais une chose, j'avais élargi mes horizons. J'avais vaincu la peur d'avoir peur. J'avais découvert mon potentiel et fait connaissance avec d'autres atouts insoupçonnés jusqu'à cet instant. Était-ce l'héritage moral qu'il voulait me léguer? O temps, O mœurs... dirait Cicéron pour cette soi-disant perversité. Une amitié passionnelle était née.

Peut-être que le seul acte non naturel, est celui que l'on ne peut faire déclara un jour un homme épanoui sexuellement. D'ailleurs, les préjugés sont les pires obstacles à franchir et pour moi, c'était fini les préjugés envers les gai(e)s. En fait, cette minorité a longtemps été bafouée, intimidée, isolée, discriminée, et parfois violentée injustement. Dorénavant, je ne juge point pour ne pas être jugé. Mais combien d'autres ont de la difficulté à se débarrasser d'une idée toute faite déjà sur les gais? J'ai entendu dire que s'il y a des enseignants gais, automatiquement il y aura des étudiants gais. Je ne sais pas à propos de cette théorie, parce que, si c'était vrai, aujourd'hui, beaucoup seraient rendus religieux, religieuses... moi le premier. Au fait, ce que je venais de faire était loin de mon travail scolaire. Avais-je fait mon devoir d'étudiant, mon devoir de citoyen ou bien mon devoir conjugal? Était-ce la nouvelle façon didactique, la nouvelle méthode de travail visant à instruire les étudiants... Était-ce un service spécialisé? Mon enseignant était devenu exécutant pour une formation pratique? L'ouvrage licencieux était terminé.

Somme toute, j'avais été conforme et satisfait les exigences de mon partenaire Jack tout en étant un non-conformiste pour la société. Il m'avait même parlé que les prochaines fois nous pourrions faire des "circles jerk" et des "daisy chains" ou bien regarder des "loving sisters". Je n'y comprenais rien, mais je lui avais dit que je ne le savais pas. Dorénavant, je savais que Jack n'aimait pas comme la majorité des autres peuvent aimer. Il avait parfois une attirance plus particulière envers son propre sexe. Moi, Mark, j'avais payé en l'espace d'une trentaine de minutes 61 jours de loyer. La fin ou la faim avait justifié les moyens. Il m'avait endossé si on peut dire. Pour moi, il venait de sortir du placard, de la garde-robe et je venais de sortir de l'enclos de mes préjugés. Avant de quitter, Jack me dit :

-Tu sais Mark, ce soir est le début du reste de ta vie sexuelle. Sais-tu mon Mark, que les escargots sont hermaphrodite? Ils produisent des spermatozoïdes et des ovules...

-Non, je ne savais pas.

-Alors, on devrait se revoir. J'ai plein d'autres informations à te partager. Il quitta en me faisant un clin d'œil. Jack partit... Il partit vivre avec sa solitude intérieure. Partit aller chercher sa femme. Moi, j'étais mélangé par ce qui était arrivé. Il était venu en ami. Il était rentré chez moi et dans moi... pour me faire toutes ses amitiés. Il était parvenu à ses fins. J'avais bravé les règles, les lois de ce monde. Moi, Mark, pouvais-je maintenant supporter d'avoir pris le bâton...oups... le bateau de Jack? Je commençais à comprendre et à saisir la portée de mon acte... Une chose était certaine, Jack et moi, ne pouvions plus nous regarder comme avant. Jack m'avait-il aimé? Avais-je aimé Jack? Avais-je été une autre plume dans son oreiller? Un autre trou dans sa ceinture? J'étais son combientième? Avions-nous connu la paix intérieure en cette soirée?

Difficile d'évaluer les sentiments... Abstraction faite de quelques instants, j'avais aimé, mais aimé en cachette. Comme expérience, ce fut séropositif...oups... positif! Je pouvais donc conclure a fortiori que c'est difficile de crier sur tous les toits que j'avais aimé l'expérience dû à l'intolérance vis-à-vis ce genre de relation. Il y a des choses qu'on ne peut dire qu'à soi-même... En fait, Épitècte, ce philosophe du 1er siècle disait: «Ce ne sont pas les choses elles-mêmes qui nous gênent, mais les opinions que nous en avons."

Mais au fait, lui adepte de l'évaluation, c'était peut-être sa façon à lui d'évaluer les gens qui le côtoyaient. Alors, m'avait-il évalué d'une façon normative? Sommative? Ou bien d'une façon formative?... Quelle serait ma note pour ce devoir contraignant et austère au début mais enrichissant et surprenant à la fin? C'était peut-être sa façon à lui de me donner une formation générale? Une formation professionnelle? Ou une formation en cheminement particulier? De toute façon, j'avais compris et retenu aisément tout ce qu'il m'avait enseigné ce soir. Il avait mis un garçon en apprentissage de ce qu'était l'amour entre deux garçons et j'en avais fait cet apprentissage. Il m'avait appris en audience à huis clos que l'amour n'avait pas de frontière, le sexe compris. Nous avions fait un vrai travail d'équipe pour en arriver vers ce but. En fait, c'était l'abîme entre nous deux avant cette soirée. Lui, croyant de l'homosexualité et moi, athée de l'homosexualité, avions réussi à concilier ces deux solitudes. Seuls les fous ne changent pas d'idée! Jack s'était déguisé en conseiller d'orientation sexuelle. Jack avait été doux, patient et charitable de sa personne. Il m'avait même fait rire avec sa fameuse blague : « Sais-tu l'histoire de l'homosexuel qui s'était fait tatouer un cœur au bout de la queue? Chaque fois qu'il voyait un homme nu, le cœur lui levait! » Nonobstant son humour d'adolescent, il avait pris à cœur ma réussite au point de vue moral dans ce monde d'adulte. C'est au fruit qu'on connaît l'arbre, et j'avais goûté aux deux. En fait, un bon professeur a ce souci constant d'enseigner à se passer de lui. Quant à moi, je ne pourrais plus me passer de cette soirée... car, au profond de moi-même, je l'avais haï autant que je l'avais aimé... et cela fera partie des souvenirs qu'on ne peut oublier. Il était arrivé en sauveur... de budget comme un Super Héros, comme un Superman directement de la planète Krypton. Néanmoins, avec ce que l'on avait vécu, le surnom de Batman aurait été plus plausible. (un homme de « bat »)... Mais bon, passons... Je ne sais pas si je serais tenté d'avoir des aventures avec le Joker, le pingouin, le Sphinx et Double-Face? Gotham City, deviendrait Goddam city : Lieu de perdition...

Dorénavant, pour moi:" Qui a bu boira" deviendra un de mes nombreux leitmotivs! D'ailleurs, je me disais ceci, que l'on soit fortement en désaccord, en désaccord, indécis, d'accord ou fortement en accord au sujet de l'homosexualité et de la bisexualité, dans mon esprit il n'y avait plus de doute: valait mieux être gai et heureux que d'être triste et malheureux.

Enfin, suite à cette aventure, je décidai de me mettre au lit. Fidèle à mon habitude, je voulais mettre un peu de musique. Il fallait faire un choix. Culture Club avec son chanteur Boy George? The Police avec son chanteur Sting? Duran Duran avec son chanteur Simon Le Bon? Finalement, je mis pour débuter ma relaxation, la chanson du groupe Styx et son chanteur Dennis DeYoung : « Sweet Madame Blue ». Moment d'accalmie essentiel pour moi. Lorsque je fus prêt à sortir de mon corps, la chanson « Beat it » de Michael Jackson datant de 1982 y jouait. Cette chanson que je retrouvais sur l'album Thriller rehaussait mon énergie. Lorsque je fus rendu au solo de guitare d'Eddie Van Halen, j'étais en train de regarder par la fenêtre la pleine lune dans le ciel étoilé. En contemplant ce satellite naturel de la Terre, il était temps que mon esprit se dissocie de mon corps physique; c'était l'heure de mon excursion psychique. J'explorais librement mon espace personnel. Je donnai rendez-vous à quelques amis imaginaires, encore de petits enfants. Je faisais semblant de les présenter à une foule survoltée. Mes amis imaginaires voulaient que je les accompagne. Je me souviens de les avoir prévenus de faire attention aux excès de toutes sortes… Le premier bébé s'appelait Destiny Hope. Elle avait 2 ans et 1 mois. Le deuxième bébé se nommait Justin. Il était âgé de presque 10 mois. Le troisième enfant se nommait Taylor Alison; elle était âgée de 5 ans. La quatrième enfant s'appelait Stefani Joanne Angela; elle avait 8 ans et 9 mois. Finalement, la cinquième enfant se nommait Katheryn Elizabeth; elle était âgée de 10 ans et 2 mois. Ils ne le savaient pas encore mais ces 5 enfants seront idolâtrés par toute une génération dans les années 2000 pour le meilleur et … pour le pire? On les reconnaitra par ces noms : Miley Cyrus, Justin Bieber, Taylor Swift, Lady Gaga et Katy Perry.

4

LA VENDEUSE D'ORDINATEUR

J'avais décidé pour Noël de faire l'achat d'un ordinateur. Étant donné les événements d'un certain 19 octobre, cela me permettait de boucler les fins de mois plus facilement. Je pouvais me permettre un 486 ou 586 avec paiements différés sans difficulté. Profitant d'un après-midi de congé, c'était un jeudi je crois, un 17 novembre, je me suis rendu magasiner. A première vue, la vendeuse dans la boutique informatique avait un petit cul accueillant. Son pantalon moulait ses fesses et l'avantageait. Elle était dépoitraillée. Cela m'avait sauté aux yeux au point même de m'avoir fait des effets de pantalons. Elle s'aperçut que mes pantalons donnaient un signe de vie particulier. Et pour cause! J'avais un portemanteau dans le pantalon! En fait, elle était bien faite. Elle s'appelait Marie-Christine ou Marie-Claudine, je ne suis plus tout à fait certain de son prénom. Ce qui était mémorable cependant, étaient ses lèvres charnues et ses deux fesses bien fournies de chair qui me faisaient apprécier davantage les ordinateurs. Marketing, quand tu nous tiens!!! M'ayant expliqué les technicalités d'usage et les modalités de paiements, nous nous étions entendus pour un rendez-vous amical sur l'heure du souper. Bien sûr question de parler informatique. J'étais bien conscient que l'occasion faisait le larron.

Elle faisait du bon travail au bureau et je voulais qu'elle fasse du zèle à la maison, du genre joindre l'utile à l'agréable. Sachant que Sandra était à ses cours d'aérobie jusqu' à 21h00, j'étais libre. La liberté, c'était relatif. En fait, chacun en avait sa propre définition.

17h28. Nous étions chez elle, chez Marie-Claudine. Je me souvenais enfin de son prénom. Elle était une femme séparée et si je ne m'abuse, double de mon âge. Elle avait une fille splendide, du moins d'après les photographies suspendues aux murs. D'ailleurs, devais-je cajoler la mère pour obtenir éventuellement la fille? Calme-toi disais-je à ma libido. En fait, elle vivait aussi avec son petit chien appelé Shippou, un genre de caniche mélangé avec un Shih Tzu de même qu'un beau gros chat nommé Minou. D'ailleurs, ce dernier était en train de faire sa toilette à mon arrivée. Il lavait le bout de sa patte pour ensuite la passer sur l'arrière de son oreille. Ce qui voulait dire (histoire de grand-mère) qu'il y aura de la visite bientôt chez Marie-Claudine. Et voilà! La prédiction se réalisait.

Ding Dong!

Quelqu'un sonnait à la porte. Était-ce la fille de Marie-Claudine?

Non. C'était un livreur. Nous avions fait venir une pizza... Quant à moi, je voulais la faire venir! On a les jeux de mots que l'on peut!!! D'ailleurs, je savais qu'une femme qui était sur le marché du travail avait semble-t-il deux fois plus de partenaires sexuels que les femmes au foyer... Je m'en promettais... Marie-Claudine, habituée de brasser des grosses affaires, allait-elle se les faire brasser à son tour? Marie-Claudine, avait toujours son beau postérieur et quelle charpente. Les gens qui s'attardent aux détails, savent que la lettre Q au jeu du scrabble vaut 8 points; cependant, avoir connu le postérieur de Marie-Claudine, l'inventeur du scrabble aurait été sûrement influencé par le cul de Marie-Claude et la lettre Q du scrabble aurait valu au moins 16 points...Mais bon, passons...et revenons à nos moutons...

Cette fois, elle portait une robe qui épousait les formes de son corps. La poitrine nue laissée par son décolleté ne faisait en rien pour me calmer. Je pouvais voir le galbe de ses épaules. Elle était vêtue avec décence, mais ses pensées exhibitionnistes la trahissaient. Elle me communiquait son enthousiasme. Je la trouvais bandante. Je la voulais. Elle me voulait aussi, ça paraissait, ça transcendait. Son regard me faisait rougir. Le choc des gouttes de pluie contre la vitre de sa cuisine "romantiquait" l'atmosphère. Il fallait exploiter cette situation au maximum parce qu'elle ne durerait pas. Je pouvais disposer de madame pour quelques minutes...

D'ailleurs, de son côté, elle se voyait sûrement se faire un jeune homme... je me voyais prendre de l'expérience. Nos désirs lubriques, luxurieux transcendaient nos gestes. Je voyais la lueur briller dans ses yeux... oups... c'était plutôt la lumière qui frappait sur ses verres à double foyer. N'empêche qu'elle était belle. Elle était mon Athéna à moi, la déesse de la sagesse. Toutes ses forces étaient concentrées en un seul point de l'univers: l'ordinateur. Elle avait de belles capacités intellectuelles et une haute capacité professionnelle. Nous n'étions pas là cependant pour une masturbation intellectuelle. Il fallait qu'elle sache cette valeur fondamentale qui était pour moi: Que là où les forces de l'ordinateur se terminaient, celles de l'homme commençaient...Cela n'avait pas tardé. Je voulais m'étendre sur le sujet assez vite. Je puis dire qu'elle s'était offert tout un plat de résistance et moi tout un dessert, allongés sur la table de cuisine, un set de six places. Je me souviens comme si c'était hier. La chanson de Céline Dion « The power of love » retentissait dans mes oreilles. Sur ce, Marie-Claudine débraguetta mon pantalon pour infiltrer ses cinq doigts dans mon caleçon. Elle tâta le terrain et décida de me déculotter. Marie-Claudine décida de me donner un échantillon de son talent en embrassant à pleine bouche son tout nouveau jouet. Mon petit logiciel "software" devenait soudainement "hardware". Elle m'accaparait tout entier. Elle se déshabilla, se mettant toute nue. Elle semblait avoir de l'affection maternelle pour moi; elle m'avait pris en affection, comme une jeune mère qui berçait les petits chagrins de son nourrisson. Je faisais le nourrisson et elle m'allaitait... sans montée de lait!

Je voulais qu'elle soit ma puce d'amour du moment. En fait, j'avais une "bit" passionnée et une petite souris pour lui garantir des hertz de plaisir pour les prochaines minutes. Elle était l'ordinateur, son unité de disquette "A" était ouverte, attendant impatiemment ma disquette "5 pouces et quart". Nous faisions du "on and off". Après les préliminaires, elle était prête à recevoir mes données et commença à jouer avec mon "joystick" le "dos" un peu cambré. Elle me fit signe que je pouvais utiliser la fonction "enter" sans oublier de mettre la fonction "antivirus". Alors, là, notre relation binaire était au paroxysme. Des plans à en faire perdre le diaphragme pelvien de Marie-Claudine. Au moins, la table de cuisine tenait bon. Lorsque j'eus terminé de rentrer mes données, mon échantillon, je lui avais demandé si je pouvais utiliser son unité de disquette "B", ce à quoi elle m'avait répondu:" tu vas "bugger" l'ordinateur si tu fais ça!!! Je voulais faire un "reset" mais manger de la pizza froide ne nous intéressait pas. Alors, nous avons mangé. Bien mangé! Par la suite j'étais reparti avec mon disque dur...

J'étais ravi d'avoir fait la connaissance avec l'intelligence artificielle...Je l'avais mise à jour... Cette relation sexuelle valait ce que le 586 était au marché de l'informatique... J'avais eu en ma possession la puissance de ma jeunesse et la sagesse de la vieillesse...à 38 ans? Pardon Marie-Claudine... la droiture de l'expérience.

Ma relation d'un soir termina. The Power of love aussi! La pleine lune cependant commençait à éclairer…

Un changement de décor fait du bien au moral une fois à l'autre.

On peut se séparer sans nous désunir car, j'ai mon ordinateur chez moi, et à chaque fois que je touche au clavier, je me remémore... le set de cuisine de Marie-Claudine! Quel encrage!

Pour moi, elle était un génie de sa profession. Mon Albert Einstein féminin. Je la voyais comme Einstein, recevant le prix Nobel de la physique... (son postérieur aidant)... Dorénavant, la formule de la relativité d'Einstein $E = mc2$ signifiait pour moi : Érection/Éjaculation = Marie-Claudine, double de mon âge... Bien que monsieur Alfred Einstein semblait collectionner les nationalités comme la nationalité allemande, la nationalité suisse, la nationalité autrichienne et même la nationalité américaine, j'ose espérer que ma Marie-Claude ne collectionnera pas les nationalités et restera citoyenne canadienne pour longtemps. Elle avait été parfaite pour moi pour l'achat de mon ordinateur. C'est agréable d'être important, mais c'est bien plus important d'être agréable! Suite à cette aventure, il était temps de prendre quelques moments de détente. La chanson « November rain » du groupe Guns N' Roses était toute désignée pour cette fois-ci. Ce huit minutes et cinquante-sept secondes faisait comme on peut dire la première partie de ma détente. Ensuite, c'est la chanson « My Way » popularisée par Frank Sinatra qui suivit. Et comme l'adaptation anglaise venait de la chanson française de Claude François : « Comme d'habitude », et bien, comme d'habitude je décidai de poursuivre mon expérience hors du corps. J'étais fin prêt à rencontrer d'autres amis imaginaires. Le premier à venir me parler fut Jeffrey. Il était sur le point de fêter ses 30 ans dans quelques jours. Jeffrey Bezos ne savait pas ce qu'il l'attendait. En fait, il sera le premier responsable de la plus grande entreprise mondiale de vente en ligne dans les prochaines années : Amazon. Mon deuxième ami imaginaire s'appelait Lawrence. Je l'appelais Larry. Lui, il apprenait tout par lui-même. Il était autodidacte. Âgé de 50 ans et 4 mois, Larry Ellison ne le savait pas encore, mais il sera à la tête d'un système de gestion de base de données reconnu mondialement : Java. Mes autres amis imaginaires s'appelaient Larry Page et Serguei Brin. Tous les deux avaient 21 ans. Larry était un fervent de l'informatique tout comme son ami d'origine russe. Je n'osais pas leur dire immédiatement, mais ils seront cofondateurs du site internet et moteur de recherche Google.

5

L'ANNIVERSAIRE DE SANDRA

C'était la fête de Sandra. Elle avait 19 ans le jour de l'Immaculée-Conception. Sandra s'était mise belle pour l'occasion. Elle avait le plus beau visage de la terre. Sandra avait su choisir la couleur de son fard à paupières tout comme la couleur de son rouge à lèvres. Et que dire de son mascara... Nul besoin d'anticerne pour ma Sandra en cette journée spéciale. Ma belle Sagittaire était ravissante. Moi, son beau capricorne, je lui avais préparé une petite surprise. J'avais invité deux copains, Guillaume et Éric à venir déguster et casser la croûte avec nous deux. Sandra se tenait davantage avec les garçons qu'avec les filles à l'école. Guillaume était avec sa copine Julie et Éric avec un stagiaire du nom de Roberto. Ce dernier était ici au Québec depuis le mois de novembre. C'était un Africain du Zaïre. Roberto, je l'avais surnommé Nelson en l'honneur de Nelson Mandela, le 1er président noir de l'Afrique du Sud cette année.

Il était venu ici pour apprendre la vie et les mœurs des Québécois. Donc, bonne occasion pour son immersion que de participer à une fête entre amis.

Pendant le souper, sur fond musical de la trame sonore du « Bodyguard », Sandra et Éric s'amusaient comme des fous. Le vin blanc aidant, même Roberto y allait de ses quelques blagues très éculées et très usées sur les noirs en plus! C'est dans ces moments que l'on apprécie la compagnie d'autrui. D'ailleurs, c'est à ce souper que j'avais appris que Charlie Chaplin était arrivé 3e à un concours de sosies de lui-même en 1915. Allô? Allô les juges? Dormiez-vous? Cheers!

C'est ce même Roberto, lors du souper, qui nous annonça que le bouleau jaune était devenu l'arbre emblématique de notre Québec en 1993. Je me souviens de lui avoir dit que j'aurais préféré l'érable à sucre étant donné le nombre d'acériculteurs que nous avions au Québec ou bien j'aurais opté pour le saule pleureur étant donné la défaite référendaire de 1980. Cheers!

Julie, quant à elle, me semblait plus introvertie. N'empêche qu'elle avait pris la parole pour nous informer que Walt Disney n'avait pas été congelé ni cryogénisé après sa mort. Il aurait été incinéré. Cheers! (on lui expliqua après coup que congelé et cryogénisé étaient des synonymes)

Quant à Guillaume, lui, il extrapolait en nous demandant cette question existentielle : Et si le frère jumeau d'Elvis Presley n'était pas mort-né, que serait-il arrivé à Jesse? Cheers!

Quant à moi, j'avais fait un petit retour dans le passé. Je leur disais que, nous, les canadiens, avions une raison principale de fêter les 100 ans du Canada : l'Expo universelle de 1967 qui se déroulait à Montréal. Ensuite, je leur avais demandé quelle était le deuxième fait marquant pour le 1er juillet 1967? Ils donnèrent tous leur langue au chat. Et bien, j'étais fier de mon coup. C'était la naissance de Pamela Anderson. Et oui, elle naissait le jour même du centenaire du Canada. C'est ce que l'on pouvait appeler du deux pour 1.

Finalement, Sandra avait demandé à Julie si elle aimait les œufs d'esturgeon? Négatif, nous avait-elle dit. Sandra de renchérir en lui demandant si elle aimait le caviar. Affirmatif, nous avait-elle dit. Cheers! (on lui expliqua que le caviar était fait à partir d'œufs d'esturgeon) Ah oui, j'oubliais, nous avions joué à un petit jeu lugubre. Il fallait découvrir qui avait assassiné qui!   Et à quelle date. Guillaume avait commencé :

-Qui a assassiné le 35e président des États-Unis : John F. Kennedy?

-Lee Harvey Oswald, répondit Sandra. C'était le 22 novembre 1963 à Dallas, et ce fut le 4e président tué. Cheers!

-Qui a assassiné un célèbre Beatles du nom de John Lennon? Demandais-je.

-Mark David Chapman, le 8 décembre 1980 à New-York, déclara Julie, nous surprenant tous en ayant eu la bonne réponse. Cheers! Et ça continuait comme ça pendant plusieurs minutes.

Décidément, le souper était un succès. Les discussions étaient enflammées. On rigolait. Les gens riaient. Sandra allait se souvenir longtemps de ce 8 décembre 1994. La fondue chinoise terminée, nous avions présenté les cadeaux et le gâteau d'anniversaire. Elle n'avait pris qu'une petite bouchée de gâteau étant donné qu'elle débutait un nouveau régime. Vous auriez dû voir sa réaction lorsque qu'elle déballa mon cadeau... un beau manteau d'hiver fait de plumes d'oie, comme elle en rêvait...

- C'est trop Mark, tu as dû prendre toutes tes économies pour faire cet achat!

- J'avais bien calculé Sandra. Tu sais, Sandra lorsque j'ai quelque chose dans la tête je ne l'ai pas dans l'c...! Si elle avait su ce que j'avais vécu et eu dans ce fameux cul pour pouvoir acheter ce manteau...

Nous décidâmes de poursuivre à boire du vin et un peu de boisson forte. A voir l'état de Roberto, il était pour se souvenir longtemps de son accueil au Québec... ou il était sur le point de se souvenir de rien! Nous étions animés par le vin et la bonne chair. Éric savait pertinemment qu'il en avait la responsabilité et veillait sur lui. A un certain moment, après une autre coupe de vin, de son cru, Sandra décida de poursuivre la soirée en faisant un jeu. D'un commun accord, nous avions commencé à jouer au "strip poker" avec un jeu de cartes particulier où des photos de couples nus étaient en évidence. C'était un fantasme de Sandra, proposé par Sandra. C'était la vérité dans le vin. Évidement avec l'aide de la boisson, nous étions prêts à faire des actes sans réfléchir à l'ampleur future que ceux-ci pouvaient amener. Nous ne détestions pas l'excitation que nous donnaient nos verres de vin et le rire complice ouvrait la porte à l'intimité. Était-ce un défi envers les conventions sociales? Était-ce un aspect symbolique de nos fantasmes et fantaisies? Moi, qui n'avais connu que la nudité familiale dans ma jeunesse, j'étais prêt à apprendre les règles de ce jeu. Je savais que nous avions trop mangé et qu'il fallait desserrer notre ceinture, mais j'étais loin de me douter que nous aurions à l'enlever, cette ceinture. Sacré rhum! Malheureusement pour lui, Roberto fut le premier à se dévêtir complètement et dû montrer son pataclan. C'était la première fois qu'il osait participer à un tel jeu. En changeant de pays, la pudeur change de place! Sandra et Julie en avaient eu pour leur argent car derrière sa braguette se cachait une énorme baguette; il était bâti comme un Apollon. Il avait la faculté de jouir d'un avantage qui n'était pas commun. Son pénis en état de repos mesurait au-dessus d'une douzaine de centimètres... minimum! Il avait comme on peut dire une "royal flush" ou une hypertrophie du pénis. La nature l'avait avantagé tellement que sa queue oscillait comme un balancement de pendule d'une horloge grand-père. Et point besoin de vous dire qu'en un temps trois mouvements, il était midi pour Roberto! Ou devrais-je dire 6 heures! Étant donné sa longueur! La virilité avait un nom: Roberto ou Nelson pour les intimes...

Moi, j'étais rendu à mes p'tites culottes. Sandra, elle, à sa brassière lorsque Guillaume et Julie décidèrent de se rhabiller sans oublier de me remercier de les avoir invités. Ils partirent. Tout le monde s'était habillé de nouveau. Moi, pour ma part, j'étais allé au p'tit coin dans l'optique d'aller évacuer mes matières fécales. Mais, pendant ce temps-là,

Sandra, Éric et Roberto étaient allés dans la chambre à coucher... ma chambre à coucher! Ce nouveau duo du jour me faisait penser   au duo de Stan Laurel et Olivier Hardy : Un homme mince avec un assez gros homme. En fait, j'aurais pu parler du trio du jour. J'ouvris ma porte de chambre de toilette délicatement pour regarder ce qu'ils s'apprêtaient à faire. Je les prenais en flagrant délit, pour ne pas dire les culottes à terre. Je n'en croyais pas mes yeux, Sandra était couchée sur le lit, Éric au bout de ses pieds tirait sur ses pantalons pendant que Roberto, tout souriant, enlevait la chemise de Sandra... et cette dernière se laissait faire? En fait, cela confirmait que l'amitié entre un homme et une femme était délicate et que c'était souvent une forme d'amour. Allais-je mettre un frein à notre relation amoureuse pour cela? Non! La voilà toute nue devant ses deux nouveaux copains! En voyant cela, je consultais ma raison autant que l'amitié.

Allais-je mettre un terme à l'amitié qui m'unissait à Éric? Jamais! Car qui cesse d'être ami, ne l'a jamais été... et Éric était mon meilleur ami. Je ne voulais pas mettre un terme à notre association de complaisance mutuelle. Notre amitié devait durer. On dit que l'amour c'est tout donner et que l'amitié c'est tout partager alors je partageais. La jalousie se nourrit dans les doutes, mais je ne doutais pas de l'amitié d'Éric. On dit que celui qui vit l'expérience d'un grand amour néglige l'amitié. J'étais à même de le vérifier avec Éric. Néanmoins, il fallait prendre son trou. Ils ne faisaient sûrement pas cela par procuration car je n'avais donné à personne le mandat d'agir en mon nom... En fait, ce Roberto du système coopératif, je le trouvais un peu trop coopérant... Était-ce ça, l'Accord de libre-échange nord-américain entré en vigueur le 1er janvier de cette année? Pourtant, il était Africain. Y'avait-il eu aussi un accord de libre-échange africain? En voyant cela, je me disais que je serais aussi bien de demander une ristourne à Roberto pour plaisirs obtenus. Sandra s'exprime: elle donne du sexe et moi, j'ai une prime! Proxénète sors de ce corps! J'étais sur le point de me faire passer un sapin... tandis que Sandra était pour s'occuper des boules de noël, des amourettes des invités... En fait, je devais me rendre à l'évidence, je ne pouvais m'en sortir, j'étais perdu, il n'y avait point de soluiton à ce dilemme, j'étais contré, bloqué, trahi et cocu! Je me sentais comme le batteur Pete Best remplacé par Ringo Starr au sien du légendaire groupe musical The Beatles en 1962... abandonné... Ou bien, Buzz Aldrin, le deuxième homme à marcher sur la Lune... Qui se souvient de son nom? Sandra m'avait-elle déjà oublié?

C'est vrai que je n'avais pas de copyright, de droit exclusif sur Sandra. Moi, qui la croyais monogame, elle était peut-être bigame ou polygame!!! Sandra et ses tentacules, devrait-on dire? Étaient-ils pour mettre leurs désirs lubriques à exécution? Qu'à cela ne tienne, je décidai de faire du voyeurisme. Étrangement, je me sentais excité à l'idée de voir une personne nue, ou une scène érotique sans participer à une relation coïtale.   Eux, ils se préparaient à exhiber fièrement leurs organes de copulation à Sandra. Roberto, lui, ne fit rien pour attendre baissa ses culottes, ses boxers troués et se masturba pour gonfler son andouille déjà passablement énorme. Je regardais les camarades et leur esprit d'initiative. Érotomane que je suis, cœur volage qu'elle était, j'en salivais! Je me rinçais l'œil en regardant ce spectacle agréable. Une salade de fruit nouveau genre était pour émerger devant moi. Éric, faisait promener une orange coupée sur les mamelons de Sandra histoire de garder l'aspect jeune et sain de sa peau de pêche tandis que Roberto lui rentrait une belle petite banane dans l'entrée de son vagin histoire de la soulager quelque peu. D'ailleurs, quelques tranches d'ananas autour de son nombril accompagnaient également quelques raisins ici et là sur son corps nu. Roberto et Éric goûtaient aux bienfaits des recommandations du Guide alimentaire canadien : les fruits, c'est bon pour la santé. Il n'en fallait pas plus pour que Roberto laisse quelques gouttes de citron sur les mamelons tendres et juteux de Sandra pour y goûter tout en lui laissant croquer dans une belle tranche de melon d'eau. La table était mise à nouveau! Une table d'hôte cinq étoiles. Après quelques instants, Éric décida de fêter les trente ans d'existence du Nutella, cette pâte à tartiner à la noisette et au cacao et de la badigeonner sensuellement d'une trentaine de coups de langue en lui léchant la chatte, et en lui donnant un cunnilingus des plus sensuels, un tétage de con des plus d'aplomb. Chacun a sa propre définition et exécution du romantisme...Par la suite, Sandra se mit à genoux, face à Éric qui était debout et du même coup, elle voyait s'arrondir ses testicules, ses balloches à travers son pantalon; il portait à droite. Alors, Sandra, plus libertine que jamais, lui baissa délicatement ce que je ne voulais pas qu'elle fasse! Elle lui baissa la fermeture éclair, baissa son caleçon et saisit le bout de chair gonflé de sang et l'introduit profondément dans sa bouche. Alors, face à la musique, Sandra, y allait d'une de ces pipes comme jamais je pense je n'avais reçue! Quels mouvements de succion! Elle le suçait avec gourmandise avec ses lèvres chaudes et salivantes. Il n'y avait pas de plus savante en amour que ma Sandra... oups... notre Sandra! L'appétit vient en mangeant! Pourtant, il me semblait que l'heure de la bouffe était passée! Mais la faim sexuelle étant l'expression d'un besoin, Sandra ne se gênait pas de manger son fameux dessert, meilleur que son gâteau d'anniversaire... Pourtant, il me semblait qu'elle avait commencé un régime...Et là, je la voyais manger son régime... de bananes.   Elle croquait sa carotte, dévorait son topinambour; cela avait l'air comestible. C'était comique de voir le petit pénis d'Éric et la grosse figue de Roberto. Elle était devant une fiche polarisée; un pénis plus large que l'autre. Quant à elle, Sandra faisait belle figure. En fait, tous deux étaient attablés autour d'une bonne Sandra. Ils étaient attirés par elle comme des mouches autour d'un pot de miel. Et moi, quelque peu furieux sur le moment, j'avais presqu'envie de bouffer Éric. Mais cette réaction fut de courte durée... J'en avais la chair de poule; par l'érection des follicules pileux, ma peau se hérissait sous l'effet de ce spectacle lascif. En fait, cela ne me faisait pas un pli sur la poche! De voir ce spectacle en direct.

Éric, lui, avait les couilles pleines d'amour pour Sandra, j'en étais certain et convaincu.   C'était beau de les voir ces deux spécimens! Deux p'tits chiens se branlant la queue à la vue de Sandra... Voyant cela, Sandra, s'assit entre les deux moineaux et empoigna les deux sexes durcis. Elle n'avait pas de problème à joindre les deux bouts. Sandra et ses verges au carré! Elle tenait les commandes, les rênes du pouvoir. Elle faisait du "ski"... un bâton dans chaque main, s'élançant comme pour gagner la médaille d'or, un de race noire d'une main, l'autre de race blanche dans l'autre main et tout ça sur fond de la chanson « I will always love you » de Whitney Houston! Elle servait de trait-d'union. Elle était la cheftaine responsable de deux jeunes scouts toujours prêts à faire leur bonne action de la journée. Elle en était mouillée de plaisir de masturber, de toucher la grosse corde sensible de ces ou ses deux hommes bien montés avec leur gros et long membre. Elle passait d'un sujet à l'autre, une sorte de coq-à-l'âne érotique. Ils lui servaient de croque-monsieur.

Bâton de baseball dans une main, queue de béton dans l'autre, Sandra, cette fille lubrique ambidextre était prête à frapper un circuit, un grand chelem même s'il n'y avait que deux hommes sur les coussins. Quel spectacle! Côté cour, elle tenait le cigare à moustache de Roberto et côté jardin, la cigarette à moustache d'Éric. Ou bien, était-ce le contraire? Côté cour, côté jardin? À droite? À gauche? Il fallait que j'utilise encore une fois mon truc mnémotechnique pour m'éclairer : Jésus-Christ. J-C : Jardin-Cour; gauche-droite... M'enfin, peu importe...

Je pouvais voir qu'à elle seule, elle seule savait si bien rouler dans sa main et porter à sa bouche par le gros bout le service trois pièces des deux gars. D'ailleurs, les garçons faisaient le bonheur de Sandra. Elle avait trouvé comment flatter leur orgueil... Les hommes sont facilement dupes de ce qui flatte leur orgueil et leurs désirs... Sandra était même prête à escalader ses deux monticules... C'était sûrement le vin, le gin ou bien trop de vodka?... la musique ou la lumière tamisée? Pourtant, ce n'était pas la pleine lune!!! Ce n'était que le premier croissant. N'empêche que c'était un couple érotique à trois, le triolisme à l'état pur. Roberto venait de découvrir que le tronc commun du peuple québécois était sa langue. Il connaissait déjà la langue de Molière, mais là, il venait de faire connaissance avec la langue de Sandra! Il l'avait vue sous toutes ses coutures. Pour elle, c'était la réalisation de plusieurs de ses fantasmes: deux hommes en même temps, un noir, le "strip poker" Toute une soirée pour ses 19 ans...Sa libido hyperactive avait fait effet.

L'action continuait dans la chambre, sous les couvertures et sur celles-ci. Sa région vulvaire ne connaissait que de sensations fortes. En fait, elle avait ouvert ses draps et ses genoux pour l'occasion. Cela n'était pas difficile de desserrer les genoux de Sandra; elle se laissait caresser les nichons sans retenue.

Elle avait un rire communicatif et elle était tellement communicative qu'elle n'aimait point jouir d'un plaisir tout seul. J'entendais Éric lui gémir...

- Laisse-moi te gaver de tes fesses Sandra!

Et Roberto de renchérir...

- Je veux décharger sur toi, je veux venir sur toi...

Et moi le comparse... j'avais une érection en contemplant mes trois tourtereaux. Je limais mon doigt du milieu qui n'a pas d'ongle. Je les regardais faire de la masturbation réciproque, avoir des contacts bucco-génitaux et même les regarder faire le coït. En fait, ils avaient tellement une drôle de position que le long pénis de Roberto était flexible comme le roseau qui épousait la bourrasque! En l'honneur de la fête de Sandra, le trio jouait à la bascule. Sandra avait 19 ans, donc Roberto et Éric avait le droit de lui donner 19 coups!!!

Quand il y en avait pour un, il y en avait pour deux. C'était le cas de le dire, Sandra mettait les bouchées doubles... Elle savourait chaque bouchée. Elle était la jonction, au confluent de ces deux jeunes hommes. Touchant au lampadaire de Roberto et la p'tite veilleuse d'Éric, ma Sandra servait d'agent de liaison entre les deux garçons. Était-ce cela la polyfidélité? Elle se remettait une fois de plus à l'action sans pour autant se remettre en question.

Sandra, les mamelons érigés, acceptait ce qui lui était proposé et presque imposé... la p'tite vicieuse! D'ailleurs Éric avait même rentré sa bite, sa bizoune, sa gogotte sans capote... dans la petite fleur de rose, dans le trou d'amour, dans la fenêtre de derrière de Sandra pendant qu'elle faisait une fellation sur l'extra large et l'extra pepperoni de Roberto. C'était ce qu'on appelle brûler la chandelle par les deux bouts! Voulait-elle se faire boucher tous les trous de son corps? Sandra n'aimait pas avoir un orifice inoccupé. Elle faisait le pont entre ses deux amis. Peut-être le pont suspendu le plus érotique que j'ai jamais vu. C'était mon Golden Gate...ou bien mon pont d'Avignon nouveau genre. St-Bénézet n'en croirait pas ses yeux! Elle était comme un chef d'orchestre et moi, j'étais le second violon... que dis-je? Le troisième...

Mes deux comparses obtenaient tout de ma Sandra. Elle qui n'a jamais voulu se faire sodomiser par moi! Elle faisait le con cocu. Lubrifiant aidant, Éric était allé chez le voisin, le rival de la vulve, l'entrée interdite. Le rectum lui souhaitait la bienvenue. Bien qu'il ne fût pas un disciple d'homophilie, n'empêche qu'il battait le beurre au milieu d'un étron! En fait, il avait navigué dans l'une ou l'autre des rivières. Il lui faisait un enculage branlé, il la sodomisait en même temps qu'il lui caressait les seins et le clitoris. Par la suite, ils firent une double pénétration, double fouterie.

Roberto mettant son épi de maïs, dans le vagin de Sandra. Il lui servait d'exerciseur vaginal. Il allait d'un va-et-vient dans sa vallée de La Loire caressant doucement, de sa main gauche, son château de Chenonceau et de sa main droite, son château de Chambord. Elle faisait l'amour en noir et blanc pour ne pas dire qu'elle travaillait au noir... Tout compte fait, elle se mettait en évidence... Elle qui faisait des caresses orales, des coups de langue sur le capuchon d'un Africain... j'avais tout vu! Elle touchait à sa Tour de Babel. Elle, blanche, paraissait l'esclave d'un noir... Quelle évolution! Était-ce ça, l'émancipation de la femme? Tout pour faire blanchir le Ku Klux Klan, un noir qui s'élevait au-dessus d'une blanche!

D'ailleurs, lui, qui, au temps de l'esclavage avait des ancêtres qui étaient considérés comme des choses, aujourd'hui, il se faisait branler la chose, le bambou sa lance à deux boulets... Lui, dont les anciennes coutumes ancestrales faisait en sorte que les femmes devaient subir la clitoridectomie, l'excision du clitoris, de même que l'infibulation qui était de passer un anneau à travers les grandes lèvres ou coudre ces mêmes lèvres chez la femme, lui, prenait goût et plaisir à lécher le clito, la fraise, la framboise de Sandra. Heureusement, il n'avait pas à subir un anneau à travers son prépuce pour lui empêcher d'avoir des relations sexuelles comme dans certains pays. Il était déchaîné. Dégustant son chocolat, mangeant sa barre tendre... Sandra prenait un malin plaisir à décalotter, faire aller et venir le prépuce de Roberto. Je l'entendais dire qu'elle trouvait que la peau de Roberto était la plus lisse qu'elle avait connue. A un moment donné, elle décida de prendre une petite pose pour tirer quelques plumes de l'oreiller et décida de les disposer en couronne autour du gland de Roberto; les plumes étaient retenues par son prépuce et formaient ainsi une belle coiffure de guerrier indien. Elle le surnomma: le chef Indien. Par la suite, l'action continua de plus belle façon. Le nouveau chef indien était vraiment au port d'arme. Elle avait fait bander les arcs des gars, appréciant toucher aux flèches d'amour.

Elle était un vrai fusil à trois coups, utilisant son vagin, son anus et sa bouche pour satisfaire sa soif d'aventures. Elle ne voulait pas d'autre arme que l'amour. Elle était vraiment l'exemple du don de soi, de l'altruisme pur. Une forme de bénévolat où elle en retirait des bienfaits.

D'ailleurs, elle délectait chaque centimètre de la verge volumineuse de Roberto, léchait son canon de gros calibre sachant que, dans quelques secondes, il laisserait aller ses projectiles et qu'Éric déchargerait son fusil! Et... dans un abandon total, les mâles, ayant atteint leur rendement optimum, les deux verges convergeant vers Sandra, atteignirent l'extase. Ils étaient deux à pondre au même nid, à tomber dans le mille sur la cible. Le geyser de chacun jaillit. Roberto, avec son canon faisait feu avec ses munitions d'amour tandis qu'Éric avec sa carabine épuisa ses munitions.

Les gars n'avaient pas baisé à blanc! Ils l'aspergeaient ou plutôt giclaient sur son corps simultanément avec la ferveur de leur jeunesse. A ce moment-là, Sandra regardait les muscles du ventre de ses deux jeunes hommes onduler, se contracter et en voyant leurs spasmes elle en a joui! Joui avec 2 orgasmes consécutifs. Elle accusait réception de leur giclée de sperme. Ça giclait tellement, qu'elle aurait eu besoin d'un parapluie; que dis-je, un parasperme!

D'ailleurs, le fait de voir leur sperme et le sentir lui donnait des fantasmes. Des jouissances pleinement méritées. L'odeur et la texture laiteuse du liquide, de ce jus de pipe, démontraient l'engouement certain des dernières minutes. Elle avait pressé les trayons... Voilà, se trouvait sur le ventre de Sandra, une sauce de 300, 400, 500 millions de spermatozoïdes multipliée par deux! Des plans pour rendre jaloux la banque de sperme la plus proche! Pour ces deux combattants, on ne parlait pas d'aspermie ou d'azoospermie car du sperme et des spermatozoïdes... il y en avait. C'était un nouveau mode de versements égaux.

En fait, ils étaient venus tous les deux chez moi pour venir... en stéréo... Elle avait fait un beau doublé, une pierre deux coups! Elle avait mesuré la démesure. Ils avaient su tirer leur épingle du jeu et avaient pu retourner la médaille; à savoir le coït anal après le coït vaginal. Elle avait apprécié ce coup de foutre... oups... de coup de foudre érotique où elle avait fait coup double et fut emballée par les coups de bambou de Roberto. J'avais peur pour Sandra car Éric avait pratiqué le coït interrompu... c'est-à-dire que Sandra avait mangé l'anguille sans la sauce, que cela signifiait qu'Éric s'était retiré avant qu'il dégorge son poireau, son sifflet et lâche son venin. Cependant, ce rapport interrompu n'indique pas à 100% si Éric s'était retiré à temps. Il n'était pas vasectomisé d'après moi. Ses canaux déférents étant toujours fonctionnels, il aurait pu toujours y avoir une petite émission de sperme remplie de spermatozoïdes avant le temps... et les M.T.S.? Sandra n'avait pas de ceinture de chasteté, mais elle aurait eu besoin d'une ceinture de sécurité contre les M.T.S. car Éric n'avait pas mis sa membrane de vessie de chèvre... comme dans la Rome Antique. Je parle bien sûr du condom. Ça ne me tentait pas de contacter une blennorragie, chaude-pisse de merde! De plus, je savais que les spermatozoïdes pouvaient survivre dans le corps de la femme pendant une période de 3 à 5 jours. Tiens, tiens, c'était comique de constater que ses spermatozoïdes allaient survivre plus longtemps que sa relation avec Sandra...

Heureusement que l'ovule ne pouvait être fécondé que pendant 48 heures et que les mêmes spermatozoïdes libérés dans le vagin mettaient 5 à 10 heures pour traverser l'utérus et atteindre les trompes de Fallope pour féconder l'ovule... les chances étaient minimes... N'empêche que cette course folle des spermatozoïdes vers l'ovule me faisait penser aux nombreuses autos de patrouille de police suivant O.J. Simpson sur l'autoroute un certain 17 juin 1994... Toute l'Amérique était aux aguets, yeux rivés sur leur téléviseur...Comment finirait ce périple. L'analogie était tordue mais bon... revenons à nos moutons ou du moins à Sandra et Éric. Tout de même, je ne voulais pas qu'il lui fasse un enfant à crédit! De fait, elle aurait dû refuser de se faire pénétrer par le canal vaginal car elle m'était tout de même fidèle... jusqu'à ce jour...

Finalement, j'étais sorti de ma cachette et leur avais avoué que j'avais tout vu, que j'avais été un chaperon très discret, moi le cocufié, le cocu en herbe. Je leur avais dit que ce n'est pas ce que les gens qui font qui m'affectaient, mais ma réaction à ce qui est fait qui était importante... Alors, j'avais confessé que j'avais bandé et m'étais masturbé en les regardant s'exprimer, en regardant leur va-et-vient rapide avec ma copine et de toute façon, que c'était la soirée de Sandra. Sandra voulait et avait un désir de variété. Elle l'avait eu avec ces matous, ces bandeurs, ces chauds lapins! En me considérant voyeur de ce qui venait de se passer, on venait d'assister au premier triumvirat auquel je participais. Un beau concerto en trois mouvements. La barre était haute pour ma fête, le 1er janvier. Qu'allions-nous faire? On avait encore quelques semaines pour y penser. Éric, n'avait que le mot "bis" dans la bouche... Il demandait sans cesse une répétition de ce qu'il venait de vivre. En fait, Éric avait tellement apprécié qu'il nous avait suggéré un échange de couple fermé, ce qui voulait dire dans des chambres séparées avec le conjoint de l'autre. Je préférerais un échange de couple ouvert, dans la même chambre. J'aime voir ce que Sandra fait.

Roberto appréciait déjà son séjour en terre québécoise et Éric, était content d'avoir participé aux 19 ans de Sandra.Je savais que la camaraderie menait à l'amitié, mais de là à ce qu'il mène au sexe... Ah... les douceurs de l'amitié... et de l'amour. En fait, comme la maxime le dit si bien: l'amour est la seule force qui se multiplie en se divisant. Bon, il était temps maintenant d'aller évacuer mes matières fécales en toute tranquillité. Je m'installai et fit une lecture :

« Une bombe explose au World Trade Center, en plein centre de New-York le 26 février 1994; le chanteur du groupe Nirvana, Kurt Kobain se tue le 5 avril; début des massacres ethniques au Rwanda le 6 avril, mort du pilote automobile de formule 1 Ayrton Senna au Grand Prix d'Imola à Saint-Marin le 1er mai. De plus, le libéral Daniel Johnson fils, perd ses élections. Le Parti Québécois forme un gouvernement majoritaire au Québec. Jacques Parizeau en devient le Premier ministre. Avec l'opposition officielle à Ottawa par le Bloc Québécois et son chef Lucien Bouchard depuis 1993, tout est en place pour un éventuel référendum gagnant... etc... etc...Ça sent la guerre : les souverainistes contre Jean Chrétien, le 1er ministre du Canada.   J'étais tombé sur une revue de fin d'année. Néanmoins, je me demandais bien si le Québec décidera une fois pour toute de prendre en main sa propre destinée... Coucou! Y'a-t-il un ami imaginaire en politique qui veut communiquer avec moi? Le futur m'intéresse. Dans ma tête, il se passera un événement historique sous peu. Le PQ à la tête de la province de Québec et le Bloc Québécois, à l'opposition officielle au parlement d'Ottawa. Il va sans dire, que les astres semblent s'aligner pour les souverainistes. Des conditions gagnantes semblent se dessiner.

-Bon, qui n'a pas changé le rouleau de papier de toilette? Bordel de merde! Qui a osé ne pas se soucier de son prochain? Cela me fait tellement chier; il faut dire que je suis au moins à la bonne place. Finalement, je trouve une fin de rouleau de papier assez longue pour ce que j'avais à faire. Lorsqu'il y a du papier, il y a de l'espoir.

Parlant de futur, il était l'heure d'aller se coucher et de faire ma sortie hors-corps. Ce soir, j'avais un doublé musical du tonnerre. Je débutai en écoutant la chanson du groupe Queen : « Bohemian Rhapsody ». Suite à cette chanson, et étant assez détendu, je pouvais continuer ma détente extrême. Je décidai d'y aller d'une ballade de Pink Floyd : « Comfortably numb » pour ce faire... Je m'installai.   Ce soir-là, mes amis imaginaires étaient bébés et vraiment mignons. J'aimais cette sensation de flotter en dehors de mon corps. Ce voyage de l'âme me procurait une détente mystique dans un monde paranormal. J'étais comme en extase, en transe. Je quittais et réintégrais mon corps. Mes cinq amis de ce soir étaient spéciaux. Le premier bébé s'appelait Harry, il s'en allait sur ses 11 mois. Le deuxième se nommait Liam, il était âgé de 1 an 4 mois. Le troisième bébé s'appelait Zain, il était âgé de 1 an 11 mois. Le quatrième se nommait Niall, il avait 1 an 3 mois. Et le cinquième bébé s'appelait Louis, il était âgé de 3 ans. Tous, appréciaient le son de la musique. Tous, aimaient les comptines. J'en profitais pour les faire chanter. Que de plaisir! Je m'imaginais déjà avec eux chantant de grands succès tout autour de la planète... (je vous avais dit que mon monde imaginaire était très imagé...) Ils ne le savaient pas encore mais ces beaux petits bébés formeront un des groupes musicaux les plus populaires de la planète dans une vingtaine d'année. Ils seront : One direction (Harry Styles, Liam Payne, Zain Malik, Niall Horan et Louis Tomlinson)

6

UN CAFÉ, UN MASSAGE OU DE L'AÉROBIE?

De son côté, Sandra aimait faire de l'aérobie. Elle suivait des cours du soir. C'était une bonne gymnastique pour la beauté de son buste. D'ailleurs, les séries d'exercices rythmiques, aérobiques, de ballet-jazz de ses cours lui raffermissaient les muscles fessiers et c'était tant mieux, mais ces derniers ravivaient également les désirs charnels de certains compagnons de classe... La valeur marchande de Sandra était à la hausse! Était-ce dû à son magnétisme ou à la vibration des couleurs de son costume de jogging qui émanait trop d'ondes attirantes?

Ayant accepté l'invitation d'aller reconduire un ami du nom de Guy, après un cours, Sandra s'était vu proposer de prendre un café et des biscuits (excuse facile pour amener sa proie dans son patelin). En fait, l'homme qui escorte une jolie femme se croit toujours coiffé d'une auréole... Guy, lui, était aux anges... Sandra avait daigné acquiescer à sa demande. Je ne me souviens plus de la date exacte de cette aventure mais je sais que c'était pendant une fin de semaine...

Rendu chez lui, un café frais moulu attendait nos deux comparses. La chanson « Can you feel the love tonight » y jouait. Sûrement un fan d'Elton John! Se disait-elle. Se plaignant d'un mal de dos, il demanda à Sandra de le lui masser quelque peu. (banal en soit comme approche, mais ça fonctionne souvent)... D'ailleurs, elle lui demanda à son tour un petit frottement dans le cou... Le cours fut sans doute très exténuant ou très exigeant car ils étaient un peu mal en point... Finalement le chat était sorti du sac... c'était à prévoir... Café, mon œil!

- Sandra, veux-tu t'étendre sur la table de massage, je vais te donner un vrai massage.

Sandra hésitait de répondre affirmativement... et Guy de poursuivre...

- Je vais faire semblant d'être le docteur et toi la patiente.

Pourtant Sandra savait pertinemment qu'un médecin ne donnait pas de massage... Elle joua quand même le jeu... et acquiesça.

C'était évident pour lui. Sandra s'apprêtait à être la manifestation d'un désir inassouvi... Il voulait la baiser, la posséder. Il était porté sur la chose. Il était décidé d'atteindre son but par petites étapes. Ce faux médecin avait plus d'une carte dans son jeu. On aurait dit qu'il avait prêté serment d'Hippocrate à sa manière. Ce buteur né... ou ce butineur né allait se buter à la reine abeille Sandra qui, elle, ne voulait rien savoir de se faire butiner...

Il s'était pris d'amitié pour elle, il jouait le docteur, elle, la patiente; il faisait semblant de stériliser ses instruments, il lui donnait quelques piqûres pour la calmer, l'endormir, pour ensuite lui donner de menus soins d'urgence. Il commençait par le bouche-à-bouche... Sandra se laissait faire mais semblait surprise. Était-il assez hardi pour continuer son examen médical, lui qui déjà, était en état d'érection continue depuis belle lurette?... Voulait-il utiliser sa seringue? Cependant, il lui avait fait la promesse qu'il ne la déshabillerait pas pour en abuser. Il tenait vraiment à son serment d'hypocrite. N'empêche, quelques secondes plus tard, il la dépouilla de ses vêtements d'une façon sensuelle et délicate tout en prenant bien soin d'examiner chaque partie de son corps qu'il dénudait. On pouvait entendre en sourdine, la chanson « Circle of life ». Décidemment, c'est un fan d'Elton John, né Reginald Kenneth Dwight! Se disait-elle. À ce moment, Guy la tripotait quelque peu en ayant le cœur, le pouls qui battait vite. Il lui avait concocté tout un menu massage. Avait-il préparé un massage à la carte? Cependant, Sandra n'était pas une femme en carte. Il s'imaginait avoir un stéthoscope... Il lui malaxait les seins, les fesses mais pas le sexe. C'était un massage de beigne: tout autour sauf le milieu! Il faisait de la polarité, mais à sa façon. L'odeur de Sandra l'excitait. Ses mamelons s'érigeaient. Elle était passive ce qui ne faisait rien pour diminuer la libido de Guy. Ce dernier savait intuitivement, au moment propice, qu'il pouvait la guérir en la nourrissant de son sperme et ce, comme prescription... renouvelable! On n'avait plus les serments d'Hippocrate de jadis. Où était son code de déontologie? Sa conscience, son intégrité et sa loyauté avaient-elles disparues? Et le respect? Sera-t-il capable de respecter son secret professionnel? Était-il digne de sa profession? Sandra avait sans doute oublié qu'il n'était pas un vrai médecin! À vrai dire, Guy s'en foutait royalement de ces serments. Tout ce qu'il voulait c'était lui donner un petit massage dans le cou et dans le dos.

Sandra avait accepté sa requête et son petit jeu, mais elle voulait maintenant la coopération de Guy! Elle aussi voulait le masser. Et elle lui proposa galamment son massage. Il ne s'était pas fait prier... Il semblait même un tantinet anxieux qu'elle débute. Elle lui enleva en premier ses "Adidas"... C'était prédestiné dans son cas: A.d.i.d.a.s.: All day I dream about sex!!! Elle poursuivait en le déshabillant amicalement. Elle lui préparait toute une surprise... Elle lui donna un vrai massage avec l'huile de coco qui se trouvait près d'elle et que Guy avait eu la présence d'esprit d'acheter pour cette soirée.   Le massage était sans connotations sexuelles... de la tête à la figure, le cou, les épaules, la colonne vertébrale, les bras, le dos, les fesses, aux pieds, aux jambes, à l'abdomen, au thorax, aux bras tout y passait avec des frictions, des pressions, des rotations, du pétrissage, des percussions, de l'effleurage léger à l'effleurage profond... Elle activait sa circulation sanguine, lymphatique et énergétique et prenait conscience de son corps, de ses régions et de ses tensions. La musique rayonnait jusqu'à ses oreilles. Elle reconnut « Hakuna Matata ». Nul doute dans son esprit, Guy est un fan de Walt Disney.

Suite à ce massage, ses orteils, chevilles, son cœur, ses poumons, son cerveau, ses yeux, son esprit et tout son corps étaient détendus, son machin, lui, revendiquait à lui seul, le surplus de libido... Il avait les pieds bien froids, mais la bite bien chaude. Elle avait beau assouplir ses muscles, lui, il voulait qu'elle assouplisse son muscle! Il avait la verge dure comme un roc; son engin était magnifique. Son zucchini et ses deux kiwis prenaient la vedette. Ses balles, sa grappe, ses jumelles étaient préparées pour toute éventualité et son phallus érigé comme une banane était prête à se faire éplucher. Il aurait bien aimé qu'elle utilise "son huile de coco!" qu'elle le remue occasionnellement et, qu'elle l'amène au point d'ébullition... ou du moins qu'elle s'occupe de son point G. Ce n'était pas prévu par celle qui le massait... D'ailleurs, elle le considérait comme un homme marteau: p'tite tête, gros membre! Il déraidit assez vite... Son projet tomba à l'eau. Elle avait réussi à désexualiser les minutes suivantes tandis que lui, il voulait faire durer le plaisir.

Son massage fut simple court et concis. Ce fut un doux moment passé entre deux adultes nus l'un face à l'autre où l'amitié n'avait pas empiété l'amour et que l'amitié n'était pas allée au-delà des limites. En fait, Jérôme et Sandra n'avaient dérangé personne... Le café n'avait jamais été si savoureux!... C'est vrai que le café est un excitant... et pas de prescription pour Jérôme et encore moins de... prescription renouvelable! Pauvre Jérôme, il n'avait même pas pu tremper son biscuit! L'aventure du Roi Lion était terminée. Contrairement à l'histoire, Simba n'avait pu conquérir sa Nala. Enfin, je me souviens qu'à mon coucher, je voulais faire changement et ne pas inviter mes amis imaginaires. J'avais décidé d'écouter à la radio une partie de baseball des Expos de Montréal (la meilleure équipe du baseball majeur cet été). Comme leur mascotte, je disais : Youppi! Pour leur bon rendement. Cependant, une catastrophe attendait les Expos et par le fait même m'attendait dans le détour. Le baseball majeur tomba en grève. Et ce qui devait arriver, arriva. Plus de baseball majeur. La saison terminée. Donc, plus d'Expos de Montréal! Plus de baseball! Plus de Felipe Alou, de Moises Alou; plus de Rondell White, de Cliff Floyd; plus de Marquis Grissom, de John Wetteland et de Larry Walker. Frustration! Alors, pour remédier à cette frustration, il avait fallu que je revienne dans un état de méditation pour rencontrer d'autres amis imaginaires. Je m'étais étendu sur le sofa. Je mis la chanson « Stairway to Heaven » de Led Zeppelin. Huit minutes et une seconde de pur bonheur et de relaxation. La table était mise pour ma sortie du corps. Et c'est avec la chanson de John Lennon « Mind Games » que ça c'était produit. Il fallait modifier mes ondes cérébrales pour devenir semi-conscient et semi-endormi. Ma dissociation était sur le point de commencer. Une sensation de calme irradiait tout mon corps. Comme d'habitude, un ami imaginaire m'était revenu. Il s'agissait de Mike Lazaridis (33 ans et 9 mois). Il était de passage et me tenait compagnie. Il ne le savait pas encore mais il sera à la base du Blackberry dans cinq années.

7

DIANA LA MÉDIUM

Je crois au pouvoir des médiums, cartomanciens etc...
Ce don de prévoir l'avenir, de parler aux entités; je crois
en Dieu et au pouvoir des prières... En fait, j'essaie
(c'est quand même mieux que de ne pas essayer du
tout) de rester fidèle aux vérités et aux valeurs
spirituelles, mais quelquefois je me demande pourquoi
ayant tant et tant prié, n'ai-je pas été exaucé? Bien sûr,
Dieu nous donne des noix mais ne les casse pas pour
nous! Néanmoins, je crois à la force de la prière car la
prière est un secours toujours présent au moment du
danger; et même lorsqu'il n'y a pas de problème. La
prière est une semence dans l'énergie cosmique.

De fait, en cette journée-là, j'avais la conviction intime
que quelque chose de miraculeux allait s'accomplir,
que ma prière allait être exaucée.

Ça faisait longtemps que j'y rêvais... je m'étais décidé
d'y aller... où ça? Et bien voir une médium! Bon! Je
savais que le nom médium était masculin mais je
décidai quand même d'aller à l'encontre des
conventions et de dire une médium... car en pensant à
Diana, je puis vous dire qu'elle avait tout pour l'affubler
du genre féminin.

Je voulais savoir si j'avais été dans une vie antérieure
un roi ou un esclave, un dieu ou un démon. L'endroit se
nommait "Aux portes de l'inconnu". Je me sentais plutôt
aux portes de l'apocalypse ou à celles de la Genèse...
À vrai dire, j'étais très loin de la Place Saint-Pierre au
Vatican à la recherche de la pierre philosophale... Je
recherchais plutôt une toute autre chose.

J'entrai par la porte. Il n'y avait personne mais une

musique retentissait dans cette pièce. C'était une chanson de Def Leppard « Love Bites».   Alors, je pris un magazine et j'attendis qu'on vienne m'accueillir. Dans le magazine, c''était titré : les inventions du futur. On pouvait y lire ce qui suit :

Dans un monde du futur, vous pourriez vous acheter une moustiquaire extensible...

Vous pourriez jouer avec un tamagotchi...

Connaissez-vous ces fameux crocs?

Qui voudra jouer à la console de jeu Nintendo 64?

Fatigué de toujours vous perdre en chemin, ayez votre GPS...

Vous voulez écouter de la musique gratuitement alors téléchargez vos musiques préférées sur Limewire ou sur Napster.

Savez-vous qu'est-ce qu'un Nintendo DS, ce jeu portatif avec deux écrans?

Et puis, la console WII, la connaissez-vous? Elle détectera vos mouvements.

C'est fini les cassettes audio. Maintenant, passez aux DVD.

Une clé pour vous mais pas n'importe laquelle. Voici la clé USB.

Vous n'en croirez pas vos yeux, voici une voiture hybride.

Messieurs, c'est terminé les problèmes érectiles .Voici Viagra... Cialis...

Je me demandais si ces inventions du futur finiraient par se réaliser. Nostradamus sort de ce corps, me dis-je. Qui étais-je pour deviner toutes ces prophéties?

De toute façon, j'étais ici pour une autre raison. J'avais hâte de voir la médium. Je regardai à l'intérieur de la bâtisse,   il y avait des formes dessinées sur les murs, des formes qui ont toujours fasciné l'homme comme le cercle qui illustre l'éternité, la croix qui envoie ses branches symboliques aux quatre coins cardinaux. Il y était dessiné également sur les murs, des triangles renversés, une pyramide avec un œil à l'intérieur qui permettait de lire les "aura" des personnes et de connaître les choses invisibles; des pentagrammes, une sorte d'étoile à 5 pointes utilisée dans les rites incantatoires, des hexagrammes, une sorte d'étoile à six pointes qui est utilisée pour charmes et envoûtement, un croissant de lune (demi-lune), une sorte de corbeau noir, et ainsi de suite... Toute une tapisserie d'images! Allais-je subir l'intronisation sous le regard de certains initiés et certains adeptes? Edgar Cayce allait-il revivre en face de moi? Allais-je finir mes jours dans une société secrète? Étais-je en train de vivre mon jugement dernier? Tiens, « The Number of the Beast » était écrit au plafond, à ma droite tandis que « Highway to Hell » était écrit au plafond, à ma gauche. De grosses lettres dorées étaient visibles en face de moi : les lettres : DCLXVI. Quelle était leur signification? Un chiffre romain. Sûrement. Mais au moment même où j'essayais de décortiquer le chiffre romain je faisais connaissance avec la médium: Diana, qui signifiait: reine du ciel. Elle avait sur son corps d'autres formes qui ont toujours fasciné l'homme...! Et quelle paire d'yeux! Elle avait les yeux vairons. Elle possédait un œil bleu et l'autre vert. Elle me fit coucher sur un petit tapis au centre de la pièce. Il y avait tout autour de moi ce qu'elle appelait un cercle magique dessiné à même le plancher; et à l'intérieur du cercle, il y avait de tracé un hexagramme, un signe essentiel semblait-il lors d'une cérémonie rituelle. Au-dessus de moi, au plafond, directement vis-à-vis mes yeux, une tête de bouc y était représentée également.

Tout près, d'autres images complétaient le décor comme celle d'Héra, la déesse du mariage et la protectrice des femmes en passant par Osiris, dieu de la fertilité et d'Isis, déesse de la féminité etc... De plus, il y avait divers objets comme des figures de cire pour le décorum... Je me sentais dans un lieu où le culte des esprits, le pouvoir des forces cosmiques étaient présents. Dans ma tête, j'étais en train de me retrouver dans la pyramide de Khéops, la seule des sept merveilles du monde de l'Antiquité à avoir survécu. Est-ce que ça allait bien dans ma tête? Ça, c'est une autre histoire. Je m'imaginais en train de subir une quelconque initiation pour devenir "Grand Druide", pour atteindre l'Absolu! Moi, qui possédais un cœur d'ange, de pureté, j'avais la tête de la bête cornue au-dessus de moi. Le violet, l'indigo, le bleu, le vert, le jaune, l'orangé et le rouge formaient l'arc-en-ciel des apôtres de la paix et des disciples de l'amour des portes de l'inconnu.

Diana s'approcha de moi.

La séance était pour se faire. Namasté! Je salue le divin qui est en vous! Lui dis-je. Qu'est-ce que je fais là? Ce n'est quand même pas une séance de yoga...

Étais-je en face de Moïse, d'Esaïe, de Jésus, de Bouddha, de Ramtha, ou de Mafu? L'entité ne s'était pas encore manifestée. Était-ce un messager de Dieu? Vivais-je un complot des Illuminatis? La franc-maçonnerie m'espionnait-elle? Comme Dracula, Diana évitait la lumière et sortait seulement la nuit. Elle était photophobe. Mystérieuse cette Diana. Et par un cri strident, Diana entra en transe. Je ne voyais point son aura. Les forces mystérieuses, les êtres énergétiques étaient sur le point de nous contacter. Elle rentrait en communication avec le monde parallèle au nôtre. Un monde sacré, un monde qui dépassait mes capacités humaines.

Elle déifiait, vénérait ses créatures d'une autre dimension, d'une autre fréquence. Pour ma part, je subissais cet ensorcellement féminin, mystérieux et tout puissant de Diana. D'ailleurs, il ne manquait que de la musique de fond, comme celle du Britannique Mike Oldfield qui à 17 ans avait composé sa fameuse musique du film Exorcisme : Tubular Bells, sortie en 1973... L'atmosphère lugubre qui y régnait m'apeurait.

Diana possédait d'étranges pouvoirs occultes qui lui permettaient de dialoguer avec l'au-delà et de tisser un lien avec le divin. Elle semblait consacrer et bénir des objets de culte.   Elle alluma des dizaines de cierges et déposa du gros sel tout autour de nous. Elle était debout et moi, étendu. Je ne savais pas comment réagir... c'était le silence... Diana s'agenouilla et mit sa main gauche sur mon front et sa main droite vis-à-vis mon plexus solaire. Elle s'occupa de mes sept chakras de base. C'était le silence... Elle me disait que c'était un rite initiatique donnant accès à la Sagesse de base. Où voulait-elle en venir? Me convertir à quoi? À qui? Pour quoi? Pour qui? Elle voulait le contrôle de tout mon être, de ma tête à mon cœur, et de mon cœur à mon corps. Mon corps physique, mon corps éthérique, mon corps astral étaient entre ses mains. Elle m'avait envoûté, magnétisé et ensorcelé. Elle disait apprécier une sorte de halo enveloppant mon corps, qui soit dit en passant était visible aux seuls initiés! Son entité lui disait de me plier à ses demandes sans quoi, je ne pourrais rien savoir de mon futur. Y'avait rien là, jusqu'où moment où l'entité demanda que tout textile, tout corps étranger touchant ma peau nuisait à la conversation entre la médium et l'entité, et que, pour la poursuite du dialogue, je ne devais porter aucun vêtement... La médium devait en faire autant et suivre le même cheminement... Devais-je croire aux boniments de cette séductrice professionnelle? Je trouvais fastidieux et inutile de discourir longuement sur ce que je m'apprêtais à vivre et j'acquiesçai. Ce que femme veut, Dieu le veut. Alors, je me trouvais sous son charme et son envoûtement. Elle était mon Messie et moi, sa destinée divine. Quelle était sa mission céleste? Elle orientait mon agir. J'étais ensorcelé et subjugué par sa voix et le décor qui m'entouraient. C'était la soumission totale à tous les caprices de mon gourou nouvelle mode qui avait réussi, au terme d'un conditionnement psychologique à atrophier le réflexe de mes propres défenses vis-à-vis du danger immédiat qui me guettait.

Nous voilà nus. Elle debout, moi étendu.

C'étaient les rites d'usage, je supposais! Elle avait les seins avachis, des œufs sur le plat; pour son minou, son minet, sa chatte, il était touffu (stade 5 de Tanner). Elle était hirsute. Elle avait une taille de guêpe et j'osais espérer qu'elle n'avait pas le dard avec. Je la voyais faire des incantations sûrement dans le dessein de me faire subir des effets magiques par ses invocations. Elle était l'offrande et moi... le sacrifice humain? Il me semblait que son esprit errait dans tous les sens. Elle semblait possédée. D'ailleurs, elle s'enflamma littéralement, s'introduisant une chandelle de 7 pouces dans son antre divin ou si vous préférez dans sa niche du démon!... Son minet déjà touffu... était... tout flamme!!! Elle était tellement chaude que sa chandelle ressortie ne mesurait que 6 pouces! Plus chaude que ça, tu meurs... ou tu bouilles! Son exaltation ne cessa de croître. Étais-je en face d'un membre de l'Ordre du Temple Solaire? Elle semblait aimer jouer avec le feu...

J'étais effrayé! Je ne voulais point qu'elle s'amuse à me

faire une épilation à la cire, avec tous les cierges autour de nous. Ah non! Je n'étais pas masochiste quand même! Je tremblais de tous mes membres, magnitude de 6.7 à l'échelle Richter. Et c'est bien connu, chaque séisme important est suivi d'une succession de répliques. Au secours! Ce qui me fit penser au 17 janvier de cette année, où la ville de Los Angeles avait vécu un tremblement de terre magnitude 6.7 à l'échelle Richter également. L'analogie était peut-être boiteuse mais mes tremblements étaient on ne peut plus visibles à l'œil nu. Qui a dit que je ne me prenais pas au sérieux?

Elle affirmait que j'avais été choisi par une force supérieure pour recevoir pleins de dons, pour devenir une entité nouvelle et que la vérité absolue devait se fusionner en moi... en lui faisant l'amour, la pénétrer pour recevoir ses fameux dons pour que ce soit libérateur. Mon œil!!! Elle voulait allumer mon flambeau d'amour, brûler un cierge pour apaiser sa braise! Elle voulait faire fondre la cire de ma propre bougie et toucher à ma sève divine. Je n'étais pas prêt à me laisser sucer par ce gourou nouvelle mode! En fait, elle avait le diable au corps, cette bête à con! Elle s'amusait de ma candeur et en plus, elle voulait goûter à mon âme! Je ne voulais pas devenir le prince des ténèbres ou le roi des enfers! Je savais qu'elle était un canal énergétique, mais là, elle dépassait les bornes en voulant canaliser mon énergie vers son canal vaginal, son foyer des plaisirs, son sillon magique. Trop, c'était trop! Bien qu'elle avait le feu au cul, que son cul lui démangeait, il n'était pas question que ma chandelle aille dans son chandelier. Je savais que son four ardent était aussi chaud qu'un brasier mais il n'en était pas question. Jésus avait déjà dit: "Aimez-vous les uns, les autres." Mais je savais fort bien qu'il n'avait pas rajouté:" Baisez-vous les uns, les autres".

De même que le verset: demandez et vous recevrez,

chercher et vous trouverez, frappez et l'on vous ouvrira, avait une toute autre formulation pour Diana: bander et l'on vous débandera...

J'avais plutôt l'impression que son neuvième commandement était: L'œuvre de chair désirera n'importe où, n'importe comment, pourvu que ce soit payant!

On n'avait plus les médiums qu'on avait!... Abat le puritanisme, la chasteté, vive la fornication!!! Son Dieu à elle, c'était le plaisir. Elle avait le diable au corps qui la rendait pareil à la bête. Ses manifestations de son exaltation mystique me rendaient sceptique. Cette femme filiforme affirmait que j'obtiendrais un orgasme cosmique, infini et absolu. Un orgasme qui pourrait durer 30 minutes, aussi long que celui d'un cochon. Qu'est-ce que le cochon venait faire dans la discussion... me demandai-je? Et comment savait-elle cette information? Un cochon peut avoir un orgasme? N'empêche que ce succube nouveau genre, ce démon-femelle voulait m'attiser et elle attisait mon désir. Elle voulait prendre le diable par la queue!... c'était moi le diable, et c'était ma queue. Voulait-elle me faire devenir un incume? Moi, une âme déchue, une âme maudite? Elle tenait mes noisettes dans une main et de l'autre main ma verge érigée droite comme un cierge... pas de faux mouvements mon Mark! Maria avait les mains douces comme des chardons! Elle avait l'air à me démontrer un amour excessif, un désir lascif, libidineux envers moi, je pensais au cannibalisme... elle voulait m'exciter pour en avoir plus à manger! De plus, je voyais et percevais briller ses dents pareilles à des crocs de carnassiers comme pouvant être une espèce de sécateur prêt à couper mes couilles d'honneur... Je ne voulais pas finir comme un eunuque ou bien un chapon... un jeune coq châtré! Je ne voulais pas qu'elle m'élague le pénis en plus! Mon beau manche. Non à l'émondage, non à l'émasculation, la castration... Je ne voulais pas me faire équeuter... Je ne voulais pas devenir un Capitaine Crochet nouvelle mode! Voulait-elle des parties de mon corps pour les unifier avec d'autres parties de cadavres? Serai-je devenu le nouveau Frankenstein? Imagination, quand tu nous tiens!

J'étais sûr que c'était elle, la bactérie mangeuse de chair!!! Je la voyais comme une menthe religieuse prête à arracher la tête de son mâle afin d'avoir une relation sexuelle. Au secours! Je la voyais comme étant une sorte de réincarnation du chanteur de Black Sabbath, Ozzy Osbourne, prêt à arracher la tête d'une chauve-souris comme il l'avait fait le 20 janvier 1982 lors d'un spectacle pour s'émoustiller et arriver à ses fins. Imagination, quand tu dérives! En fait, j'avais peur de l'Inconnue et l'inconnu. Si Jules César a déjà été poignardé par 23 coups de couteau, pourquoi cela ne pouvait-il pas m'arriver? Insécurité quand tu nous tiens!

N'empêche que, dans ma tête, elle était un boa prêt à s'enrouler autour de sa proie pour l'étouffer et la dévorer lentement... et c'était moi, sa proie! Je ne voulais pas qu'elle me suce les cinq à six litres de sang que contenait mon corps. Vite, je manquais d'air. Alors, Je n'ai pas voulu ajouter du bois sur le feu et je déguerpis prenant mes jambes à mon cou, sans payer de ma poche... et c'est le cas de le dire.   Fini le jeu de la génitalité. Ce que Diana veut, Mark ne veut plus! Je n'étais quand même pas là, pour me faire poigner la pissette (aucun lien avec le pape du même nom jadis!). Elle avait voulu posséder mon anatomie physique et éthérique.

Elle avait voulu dérégler la fragile mécanique de mon âme. C'était sûrement un faux dieu, une fausse entité, une fausse médium, mais c'étaient mes vraies noisettes, Ayoye!!! J'avais perdu mon temps à attendre je ne sais quoi. A Diana la médium, je lui envoyais mon doigt medium à la verticale! Je sortis des ténèbres... et des portes de l'inconnu.

Je m'en allai me coucher; et sans complications, je fis une humble prière, une simple action de grâces et une dévotion fidèle à mon Dieu. Une sorte de conjuration pour chasser les démons... au cas où...   Je voulais oublier cette chère Diana, la médium. Je voulais en finir avec mes questionnements et interrogations.

Une prière, c'était plus simple et peut-être plus rentable, car il ne pouvait y avoir de bénédiction plus grande que croire en mon Dieu intérieur, car lui, pouvait répondre à mes sempiternelles questions... si je prenais la peine de l'écouter attentivement! C'était ça, la manne céleste, la nourriture de mon âme. N'est-ce pas que l'homme propose et que Dieu dispose!

Amen... mes culottes sont pleines... quoi, c'est la Pleine Noune! »Oups! Pleine lune! Hmmm, Hmmm, Hmmm...

Décidément, comme la maxime le dit bien: qui a bu boira; il était temps de faire mon exercice manuel, la masturbation à la pleine lune, j'connais ça!

... et je fis mes remerciements pour faveurs obtenues dans mon alcôve en libérant mes hormones de plaisir...

Suite à cette aventure, il fallait bien renouer avec mes amis imaginaires. Je m'installai donc pour renouer avec le monde des esprits. La chanson « Hotel California » du groupe Eagles y jouait. Il fallait que je me détende. Chose assez facile à faire… Par la suite, j'avais mis comme musique « Angie » des Rolling Stones. Il était temps d'être aspiré dans ce monde parallèle. Je me trouvais chanceux de pouvoir flotter au plafond de ma chambre tout en observant mon corps resté en bas. Cet état de conscience, hors de l'ordinaire, me permettait de vivre toutes sortes de rencontres. Cette soirée-là, il y en avait un qui s'appelait Elon. Elon Musk était âgé de 23 ans et 6 mois. Il était originaire de l'Afrique du Sud. Grâce à lui, dans les années 2000, les gens pourront payer par internet car il sera le cofondateur de : PayPal. Un autre de mes amis imaginaires qui était venu me voir ce soir-là s'appelait Eric Schmidt…Âgé de 39 ans et 8 mois, Eric deviendra le PDG de la société Google dans environ 7 ans…La fortune leur donnera rendez-vous dans quelques années.

8

ROGER, SOLANGE, FANTÔMES ET LUNE DE MIEL

Cette année, mes parents me racontèrent comment ils étaient venus à se rencontrer. Voici le début de leur belle histoire d'amour. Mon père Roger a 39 ans et ma mère Solange 38. Lui est contracteur et elle, secrétaire médicale. Physiquement parlant, et en toute franchise, je peux affirmer sans me tromper que mon père n'a pas la stature d'un Keanu Reeves et que ma mère n'est pas non plus une Meg Ryan! Qu'importe, ils se sont connus à la fin de leur adolescence. Âgés respectivement de 19 et de 18 ans, ils se marièrent. On était au début du mois d'avril. Ma mère m'avait dit qu'elle avait mis un chapelet sur la corde à linge la veille du mariage pour attirer le soleil et la belle température pour ce grand jour. Et bien, croyez-le ou non, le jour du mariage il y avait un soleil radieux. Alors, c'est à ce moment-là, au pied de l'autel, que mes parents s'échangèrent leurs vœux de fidélité et déclarèrent leur amour devant Dieu et les hommes, femmes et enfants. Ce couple s'unissait, s'arrimait, s'alliait, s'appariait, s'associait, s'attachait, se raccordait, se rapprochait, se soudait et s'accouplait. Je pense que l'image dans votre tête est assez bien comprise et le concept bien intégré.

Un an après, en 1974, la chair de leur chair naissait sous une bonne étoile: moi. Le 1er janvier 1974 j'arrivais. Une semaine plus tard, j'étais baptisé le dimanche, 6 janvier un soir de pleine lune... Était-ce prédestiné à ce que j'aime les pleines lunes?

De fait, il en a coulé de l'eau sous les ponts depuis des années et depuis que mes parents sont nés. Autres temps, autres mœurs! A la fin des années 50, Elvis

Presley réveilla l'instinct sexuel de toute une génération et les Beatles poursuivirent l'élan par en avant... ou par en arrière?... Mais l'élan était lancé... En fait, une mode est abolie par une plus nouvelle, tout le monde le sait. À la fin des années 60 mes parents étaient adolescents. C'était au temps du "power flower" et "peace and love". La révolution sexuelle était en branle. On se branlait à qui mieux mieux.

En fait, Roger et Solange se voyaient depuis leur tendre enfance car ils étaient voisins de face, lui au 3217 et elle au 3220 de la troisième rue du village. Mon père s'était mis dans la tête de conquérir maman en usant d'astuce et de sensualité.

De fait, papa avait sa chambre à coucher à lui seul au deuxième étage de la maison. Maman, elle aussi du deuxième étage, avait sa chambre à coucher de biais mais en face de celle à papa. Bien entendu, le soir venu, et ce, avant de se mettre au lit...sans jeux de mots, Roger avait pris l'habitude de se promener nu vis-à-vis de sa fenêtre de la chambre... lumière allumée... mais rideaux fermés pour attirer l'attention de sa future conquête. D'ailleurs, Solange avait saisi la routine du voisin d'en face et appréciait en cachette les ombres chinoises de la fenêtre du 3217, troisième rue. En fait, comme on dit, il n'y a point d'amour sans une part de comédie.

Bizarrement, parfois les rideaux étaient emportés par le vent et laissait entrevoir les parties intimes de Roger, le rusé. Ses choses privées vues en public ou du moins par Solange. Il aimait bien montrer son service trois pièces, son moineau. Conséquemment, Solange décida d'imiter son futur prétendant et mine de rien faisait exprès pour circuler avec sa lingerie fine vis-à-vis sa fenêtre. Elle avait décidé de choisir ce moineau pour le mettre dans sa cage. Il n'était pas question d'un autre oiseau de passage. Ce jeu d'ombres chinoises fut l'élément déclencheur de leur rencontre... Qui n'eut pas été excité à la vue de ces fantômes des fenêtres, un fantôme avec des seins, une belle devanture qui avait pignon sur rue, et un autre avec la queue en l'air, la canne en l'air lui montrant son hameçon? L'oisiveté est mère de tous les vices. Il avait le béguin pour elle, elle mouillait pour lui; il était toqué de Solange et elle était toquée de Roger...

Originaux mes parents dans le temps...

Roger et Solange ont toujours été fidèles. De fait, au commencement de tout amour, il y a toujours un rêve de fidélité et pour eux, ils n'étaient pas question de manquer à leurs devoirs de fidélité, de pondre au nid d'autrui, de donner un coup de canif dans leur contrat de mariage même si certains de leurs amis voyaient l'adultère comme une simple égratignure sur ce même contrat! En fait, mes parents étaient comme les deux doigts de la main. De leur première nuit de noce jusqu'à aujourd'hui. En fait, ils en rient aujourd'hui de leur fantôme mais leur première nuit ensemble fut lors de leur lune de miel. Malgré leur engouement à l'exhibitionnisme, ni l'un ni l'autre ne voulait consumer leur relation avant le mariage. Ils s'étaient voués à la virginité jusqu'au mariage. Ils voulaient s'octroyer des droits de reproduction, se réserver des droits de visite, des droits d'entrée et de sortie et, des droits de jouissance. Donc, loin de penser pour eux qu'ils étaient en faveur de la polyandrie ou de la polygamie. Même s'ils étaient engagés, en amour, qu'ils partageaient de l'affection l'un pour l'autre, les relations sexuelles devaient attendre après le mariage!

Pour eux, le mariage était un vœu public de chasteté. Pas question de coïter avant l'union devant le prêtre. Pourquoi emprunter un pain sur la fournée? L'œuvre de chair ne désirera qu'en mariage seulement! Dans ce temps-là, il n'y avait que le mariage pour unir deux existences. Ils n'avaient pas besoin d'essayer avant, sauf quelques mamours, caresses bien naturelles. Il voyait en elle et elle en lui, l'honnêteté de leur nature, la pureté de leurs mœurs et la droiture de leur esprit. C'est l'homme qu'elle voulait. Lui seul pouvait la déflorer. Et... après avoir publié les bans...

Le mariage eut lieu.

Lui, puceau, non expérimenté. Elle, vierge, pucelle, novice.

Enfin, le soir était venu. Les prières de Roger exaucées et les désirs du cœur de Solange réalisés. De l'autel pour se marier, ils étaient rendus à l'hôtel pour s'accoupler, prendre leur plaisir et manger de la chair crue. Dans une chambre de motel tapissée de miroirs, et d'un commun accord, les rideaux laissés entre ouverts pour commémorer l'événement; chasser le naturel il revient au galop! Roger et Solange savaient un peu ce qui les attendait... et après une douche respective et rafraîchissante, elle enfila des dessous affriolants et la traditionnelle robe de nuit en satin blanc, symbole de pureté, de virginité; et lui ses petites culottes beiges, symbole... de rien... Tous deux, avaient peur de ne pas être à la hauteur et être maladroits. Tous deux étaient mal à l'aise à l'idée que l'autre ait des goûts sexuels qui déplaisent. Tous deux voulaient exciter et faire jouir l'autre.

Et là, dans la chambre, ils s'étaient vraiment découverts, sans rideaux pour les cacher... c'était la levée du rideau... c'était à poil!... sans être nus tout à fait... La lumière tamisée, ils se laissèrent bercer par une musique d'ambiance qui les invitait à la volupté... La chanson « Je t'aime moi non plus » de Serge Gainsbourg y jouait. Une aventure nouvelle les attendait, un nouveau défi, une nouvelle voie, le commencement de la réalisation d'un long rêve. Enfin, elle pourrait toucher à sa guise au bijou de famille du sexe opposé et lui, goûter aux fruits des fendues...oups... défendus! Déjà à ce stade-là, Solange était avant-gardiste, initiatrice et innovatrice. Pour elle, c'était inacceptable qu'une relation sexuelle se fasse sans échanges de baisers et de caresses préliminaires. Alors, sur le lit conjugal, elle dirigeait et prenait les devants pour les préludes et préliminaires et décida de flatter la p'tite culotte de Roger. Elle sentait toutes les formes de son gabarit sexuel, de la verge aux gosses. Elle s'amusait à exciter Roger en pianotant sur ses testicules tout en faisant semblant et imitant de jouer du piano sur son engin... c'était le cas de le dire, elle jouait sur une toute nouvelle sorte de piano à queue! (première joke de mononcle) Roger se disait à quand l'imitation de la flûte à bec.... Roger lui demanda de jouer toute les notes du piano sur son engin. Elle acquiesça. Do, ré, mi, fa, sol, la, si... et voilà! Lui dit-elle.

-Solange, le piano est habituellement composé de 88 touches.

-88 touches sur le piano?

-Et oui, 52 touches blanches et 36 noires.

-ok, j'ai compris. Tu veux que je joue plus longtemps sur ton engin!

-C'est une très bonne idée.

D'ailleurs Solange était tellement excitante qu'elle aurait fait bander un piano à queue! (deuxième joke de mononcle)

Toujours aussi provocante, Solange prenait plaisir à se fourrer le nez un peu partout touchant au pénis en érection, au gland, au scrotum et sensuellement elle tira avec ses dents sur les caleçons de Roger. Elle voyait la belle circonférence de sa bite. Elle s'y prit plus qu'une fois pour enfin apprécier le pepperoni de son mari. Le maçon chaud comme braise, lui mit sa truelle à la main. Enfin, elle tenait le gros bout du bâton, et tenait la barre aussi dure qu'un récif, qu'un écueil. Quel bandage! Solange était une "bandagiste". Elle prenait un malin plaisir à jouer avec son nouveau passe-temps, décalottant le gland de Roger et appréciait la texture, le moule et le diamètre du jouet, du bonbon dur à Roger. Elle faisait son exercice manuel, jouant des mains, travaillant des doigts à en user. Elle trouvait ça gros pour un machin qui devait rentrer dans son vagin... mais elle le trouvait beau, l'engin, le manche bien proportionné de son mari. Roger était fier et rassuré de la réaction de Sandra.

Bécoteux qu'ils étaient, ils s'apprêtaient à se manger l'un et l'autre car c'était appétissant. Ils s'étaient apprivoisés à cette idée depuis belle lurette. L'appétit vient en mangeant parait-il et, en fait, ils s'étaient mangés tout cru et tout rond! Quelles exquises friandises! Elle mordait à l'hameçon! Lui faisait une pipette! De fait, elle taillait une pipe pour la première fois. Elle lui titillait la gluante. Instinctivement, elle se donnait à fond de train! Elle ne réprouvait et ne cherchait pas à comprendre le pourquoi de ses agissements... elle laissait couler l'énergie, la salive, sur son gland tout en léchant de sa langue langoureuse le tronc d'un pénis qui n'en demandait pas tant... Elle lui susurrait:" Je veux être ta reine et te laisser venir dans mon palais!" Elle était une charpentière, une menuisière lui taillant une pipe.

Sur ce, Roger n'en pouvait plus et détacha, après plusieurs essais, la brassière, sans la lui enlever. Par la suite, il la fit coucher et se mit à "4 pattes" au-dessus de ses jambes et de sa langue il lécha son nombril jusqu'à ses seins essayant de soulever son soutien-gorge... avec sa langue. Solange était aux nues... presque nue. Son corps, dont tous les contours étaient doux, dont toutes les courbes séduisaient Roger était comme le cristal, sa pureté faisait son éclat. Dans ce lieu de délices, il goûtait aux délices de l'amour. Par la suite, Roger poursuivit dans sa conquête, les zones érogènes de Solange. Il la couvrait et l'abreuvait de caresses, de baisers et de compliments. C'était une attention délicate de sa part. Du vestibule aux épaules, de la bouche aux lèvres et la langue, il faisait parcourir sa langue. Pour la première fois, il touchait à un clitoris, aux lèvres du vagin, à un vagin lubrifié par surcroît, aux aréoles et aux mamelons, aux seins, aux fesses et l'intérieur des cuisses d'une femme.

Il mordillait ses petites lèvres pendant que sa langue, devenue une sonde, pénétrait son vagin. Il poursuivit avec un becquetage! Il la croquait. Ensuite, Roger décida de faire un petit coup de balai sur la vulve. Quel léchage! Roger, ne se contenait plus. Il exerçait sa langue à ce tout nouveau jeu lubrique, lui léchant même les deux parties charnues...les fesses. Il aimait ça, mais après quelques minutes il en avait une crampe à la langue mais il s'était quand même permis un p'tit coup de langue à son anus, son moulin à vent, sachant fort bien que Solange avait fait preuve d'une très grande hygiène avant ses préliminaires. Il éveillait les voluptés qu'elle portait dormant en elle. Elle était pour lui, délicieuse, délectable, savoureuse et exquise. Ils étaient fous d'amour l'un pour l'autre. La relation devait être bientôt consommée. L'ensemencement était sur le point d'arriver. Après avoir fait la position du soixante-neuf et avoir pris connaissance des attributs respectifs de chacun, le temps était venu... de venir. Le jeûne était fini. Fallait forcer la barricade, briser la tirelire, rompre la glace!

Roger savait qu'il possédait la clef, avec laquelle on pouvait ouvrir les serrures féminines les mieux fermées. Son passe-partout était prêt. Et dans un balancement énergétique, ils perdirent leur pucelage, leur virginité; ce fut la pénétration. Une pénétration délicate. Il fallait percer l'hymen de Solange. Elle avait toujours son pucelage. C'était la cerise sur le sundae: la rupture de l'hymen. Roger déflorait Solange. Il la défonçait, la dépucelait avec son débouche-vagin personnel. En fait, Roger était l'homme qui lui prenait sa virginité et Solange la femme qui la lui prenait... Ils se déviergeaient. Elle lui donnait sa fleur. Roger faisait parcourir sa plume charnelle sur le parchemin vierge de Solange. Il se prenait pour Picasso utilisant son pinceau à bon escient. Il effeuillait la couronne virginale de Solange. Les rideaux entre ouverts, la lueur des réverbères qui les éclairaient, ils faisaient l'amour, consommaient le sacrifice et se fusionnaient dans un mouvement perpétuel de tricotements de fesses et de jeux de reins. Son puits d'amour, son centre des délices, sa coupe des plaisirs était mouillé, et pour cause! Solange, pour la première fois recevait dans son navire, une chose chargée et pleine; un irrigateur de premier ordre.

Pour eux, l'amour était un culte dont le vagin était l'hôtel ou l'autel? En effet, Roger y allait de ses coups d'arbalète, rivait son clou et ne se gênait pas de rentrer et sortir en champs clos pour contenter ses désirs. Il était le forgeron qui attisait son feu régulièrement en actionnant son soufflet; son marteau forgeait sur l'enclume de Solange. Pour cette dernière, elle se trémoussait sous Roger, frémissait sous l'éperon et n'avait qu'une idée en tête: Recueillir le fruit de son amour, la jouissance, l'aumône amoureuse de Roger.

Les battements de cœur s'accéléraient l'un après l'autre. Le contact de ces deux épidermes était on ne peut plus sensuel. Le muscle bien outillé de Roger servait de barre d'accouplement. Il lui montrait de quel bois il se chauffait. Ce n'était pas avec une petite

branche... plutôt un billot! Ils s'enlaçaient, Roger lui susurrait des mots doux à l'oreille. Le devoir conjugal se conjuguait! Ils se donnaient corps et âme.
Roger se faisait aller le claquet...oups... la quéquette. Ses prunes de monsieur, ses joyeuses, ses breloques en étaient étourdies! Il était un bon baiseur, un bon coq bandé! Inutile de dire qu'il ne poussait pas mou et qu'il n'avait pas les couilles molles. C'était la concupiscence de la chair...le plaisir des sens sensuels... des concupiscents acharnés à jouir... L'éclat de leur regard, de leur teint, de leur feu intérieur, illuminait la pièce tout entière. Ils étaient en chaleur, en rut.

Roger bâtit comme la tour Eiffel n'hésitait pas à faire un aller-retour répétitif dans ses champs Élysées. Ils vivaient la voluptueuse démence que ressentent mutuellement un homme et une femme dans l'accouplement. Le contact de deux épidermes.

La relation sexuelle était comme une montagne que Solange et Roger escaladaient ensemble pour partager leurs aventures tout au long du chemin et leur émerveillement en arrivant au sommet.

Ils adaptaient mutuellement leur allure, s'épaulaient dans les derniers mètres et reçurent presque en même temps l'éclatante beauté des cieux et des vallées lorsqu'ils atteignirent le sommet. Le volcan avait fait éruption... La bûche mise dans le foyer... l'auto rentrée dans le garage... On avait enfilé l'aiguille. Le crochet s'était faufilé. Le piston s'était fait aller dans le cylindre! La clé mise dans la serrure.

Elle avait perdu sa fleur par Roger le dévirgineur. Ils avaient performé. Ils n'étaient pas restés sur leur appétit, au contraire. Enfin, elle prenait connaissance du bouillon chaud de Roger qu'il avait mis dans son corridor d'amour. Elle touchait à la texture du nectar, à l'écume du plaisir de Roger. Ensuite, elle demanda à

Roger de lui chatouiller le bouton, de lui faire au doigt une petite caresse du clitoris pour qu'elle jouisse également. Et comme un prestidigitateur, habilement des doigts, il lui donnait des sensations quasi-insoupçonnées auparavant. En un temps, trois mouvements, elle tourna de l'œil, se pâma et joui.

Étant donné que l'acte sexuel fut intense, fougueux et satisfaisant, (elle n'avait pas feint de jouir, elle n'avait pas joué la comédie pendant l'acte sexuel pour faire contenter Roger) il leur a été facile de s'endormir. D'ailleurs, comble de la gentillesse pour cette nuit de noces, Roger décida de dormir sur le bord du lit où ses propres taches de sperme étaient situées. Pour une, Solange dormait comme un loir, poing fermés... ronflant.

Roger et Solange avaient leur sédatif pour cette première nuit ensemble. En fait, et ce, pendant des lunes et des lunes, ils ne fermèrent pas l'œil de la nuit... et ce n'était pas de l'insomnie...

Originaux mes parents dans le temps...

Suite au récit de mes parents, je me souviens que le temps était venu de refaire ma routine avant que je tombe dans les bras de Morphée. Cette fois-ci comme musique, j'avais choisi une chanson de U2 : « Sunday Bloody Sunday ». Cette chanson me transportait littéralement avec son rythme endiablé. Mais pour ma sortie du corps, j'y étais allé avec la chanson « Empty Garden » d'Elton John. Une chanson qu'il avait dédiée à son ami mort assassiné John Lennon. Donc, bien installé dans mon lit, dans une totale noirceur, les yeux fermés, je m'étais concentré à visualiser un tunnel qui tourne dans le sens des aiguilles d'une montre. En même temps, je ralentissais mon rythme cardiaque pour m'offrir une détente! Toujours en ayant les yeux fermés, il fallait que je me concentre sur un point blanc et le fixer jusqu'à ce point blanc s'agrandisse et s'élargisse. Je devais maintenant m'imaginer en train de traverser le tunnel via cette forme blanche. L'heure de mon aspiration astrale était arrivée. Cette fois-ci, mon ami imaginaire se nommait : Steve. Il était âgé de 39 ans et 10 mois. Il ne le savait pas encore mais ses inventions changeront à jamais la vie de milliards de personnes dans les prochaines années. Steve Jobs révolutionnera le monde de l'ordinateur personnel avec sa société Apple qu'il a créée il y a 18 ans avec ses amis Steve Wozniak (44 ans et 4 mois) et Ronald Wayne (60 ans et 7 mois) à ce jour.   En fait, dans quelques années, Steve sera l'inventeur des Imac, IPod, IPad, IPhone, ITunes, Apple Store et son système d'exploitation IOS, changeront les façons de faire de plusieurs générations. Inutile de dire que je l'ai encouragé beaucoup afin qu'il puisse y arriver. Cependant, il aimait faire à sa tête. C'était ok. C'est comme cela qu'il va y arriver; en y croyant fortement. Il était tellement un visionnaire.

9

QUESTION DE FIDÉLITÉ

Il y a quelques mois, mes parents en avaient long à dire au sujet de la fidélité. Ils ne s'étaient pas gênés pour me raconter une petite aventure qu'ils avaient vécue. Roger et Solange, comme on le sait, ont une valeur qui leur tient à cœur: la fidélité... Ils se sentent capable d'aimer la même personne toute leur vie. Néanmoins, ils ont leur propre définition de la fidélité: aucune pénétration n'est permise. Solange ne peut se faire pénétrer et Roger ne peut introduire son pinceau ailleurs qu'avec Solange. Pas question de semer sa graine un peu partout... De plus, s'il arrivait qu'un des deux veuille aller voir ailleurs (on ne peut pas toujours manger du même plat), cela doit se faire à la vue et au su du conjoint. Caresses permises uniquement. C'est leur principe de fidélité. En fait, ce n'est pas parce qu'on suit un régime qu'on ne peut regarder les menus.

De plus, il n'y a rien de dramatique de changer de viande pour se mettre en appétit de temps en temps. Ils se disaient qu'une trop grande proximité atténuait l'attrait mutuel. En fait, au fil des ans, il peut y avoir une diminution du plaisir du à l'accoutumance et à la monotonie. Cela est souvent la principale raison de celui ou celle qui veut aller chercher ailleurs la satisfaction de ses instincts. Vivre une passion charnelle ailleurs!...   Aller voir chez le voisin si l'herbe est plus... longue. D'où les mésententes sexuelles.

Roger et Solange savaient que la passion charnelle n'était pas une bonne garantie pour la durée de leur mariage, mais ils savaient qu'elle était pourtant une des bases principales de leur union. Pour bien vivre leur sexualité sans la brimer, ils s'étaient mis d'accord sur ces principes et cette définition de la fidelité. Pour eux, ce n'étaient pas des relations extra-conjugales; simplement des échanges inter-conjugaux, entre couples mariés. En fait, c'était pour eux une façon de remercier le conjoint de sa fidélité qu'ils se permettaient de caresser d'autres sexes.

Cette nuit-là, ils allaient vivre selon ces principes car ils avaient invité un autre couple à passer la nuit ensemble... sur la plage naturiste près des chutes. Ils étaient assez éloignés pour ne pas être vus de personne. Avec Roger et Solange se trouvait Jacinthe, 32 ans, 5 pieds 4 pouces, 114 livres et Jérôme, 33 ans, 5 pieds 8 pouces, 158 livres. Eux aussi prônaient la pénétration seulement entre conjoint, ils ne voulaient pas d'échanges de couple sauf à l'extrême, s'il y avait beaucoup d'affinités.

Roger, Solange, Jacinthe et Jérôme avaient l'esprit ouvert. D'ailleurs d'après eux, c'était plus sexé d'avoir l'esprit ouvert que d'avoir une chemise ouverte ou les jambes ouvertes! Mes parents disaient souvent qu'il ne fallait pas se fier à l'apparence tranquille des gens qui gardaient leurs sentiments secrets car il n'était pire eau que l'eau qui dort... De fait, ils préféraient faire la connaissance avec des gens extravertis, même si les gens introvertis ne sont pas moins bons pour autant.

Après quelques échanges verbaux, les deux couples s'étaient mis en appétit avec un peu de lecture. Quoi de mieux de se faire lire quelques passages de nature grivoise entre eux. Pour cela, ils avaient leur petite bibliothèque personnelle avec eux. Roger tenait dans ses mains « Les onze mille verges » de Guillaume Apollinaire. Solange, quant à elle, avait apporté une valeur certaine : « Justine ou les malheurs de la vertu » du Marquis de Sade. Quant à eux, Jacynthe et Jérôme avaient également en leur possession deux romans du Marquis de Sade : Jacynthe avait apporté : « La philosophie dans le boudoir » et

Jérôme: « Les cent vingt journées de Sodome. Ils étaient fébriles à entendre quelques passages croustillants pour les mettre en appétit. Roger avait appris par Jacynthe que Jérôme aurait préféré regarder quelques films osés au lieu de faire une lecture pour augmenter sa libido. Pas de chance pour lui aujourd'hui, les films dans lequel son acteur préféré (Ron Jeremy) y jouait n'était pas au menu. Dure journée qui l'attendait…

Roger savait que Jacinthe avait une chatte épilée et une bouche gourmande. Toute belle femme s'étant essayé au jeu d'amour ne le désapprend jamais. Qui a dit que les femmes n'aimaient pas autant le sexe que les hommes? Pour Solange, elle apprit que Jérôme était un baiseur né, un insatiable qui avait comme philosophie que le travail d'un baiseur était de baiser et de performer à son aise tout en respectant certaines limites et certaines règles implicites et explicites. En fait, ils s'étaient mis d'accord pour ne pas se mettre.

Jérôme était toujours attiré par la vue d'une vulve, l'éternelle cicatrice, le délice d'entre-jambes. Que Solange se le tienne pour dit! Nos deux dames brûlaient d'envie d'apprécier ce qui se trouvait derrière la braguette de ces messieurs. La séance de déshabillage débuta. Jacinthe portait un déshabillé arachnéen, qui avait la légèreté de la toile d'araignée. Chacun y allait de son "strip-tease personnalisé". La situation était comique: un effeuillage sur un terrain de naturistes...

Étant nus, c'était le temps de jouer avec les corps de chacun. Les dames s'allongeaient sur les hommes sans qu'il y ait pénétration. Solange voulait un homme qui savait se dépasser, qui savait multiplier les moyens de la caresser et elle l'avait trouvé. Roger aimait beaucoup voir sa femme se faire caresser par un autre homme et Solange appréciait de voir Roger se faire

faire la pareil par un une autre femme.

De plus, Roger adorait voir sa femme masturber un autre homme de même que Solange adorait voir Roger masturber une autre femme. Aussi longtemps qu'il n'y avait pas de pénétration... ils restaient fidèles l'un envers l'autre. Ce n'était pas du cocuage, de l'infidélité. Était-ce la thérapie du miroir? Faites à autrui ce que vous voudriez qu'il vous fasse? D'aucuns pourront critiquer cette attitude...

Jacinthe était irrésistible, d'une beauté indescriptible, c'était la perfection. Elle avait un beau châssis et c'était une fille bien carrossée. Elle avait la chatte rasée qui était douce, alléchante et très juteuse. Elle semblait inépuisable. Elle était pleine de désir de servir Roger et Solange... Roger avait décidé de laisser ses affaires entre bonnes mains... Jérôme, lui, avait découvert son objet de plaisir: la succion et son amuse-gueule: le clito de Solange, au grand plaisir de cette dernière. Il lui faisait minette en minouchant sa chatouille, son amande. Quelle délectation! Quelle bouche gourmande! La langue lui démangeait... tout un léchage de la vulve, de grands coups de balai! Par la suite, elle se mit à genoux, Jérôme également, et ce dernier, derrière elle, lui faisait des caresses linguales sur son sphincter anal tout en la masturbant simultanément; quel anilinctus! Le plaisir qu'il savourait n'avait pas de prix. Il la pelottait, flattait ses rondeurs, son piton de plaisir et ses bouts proéminents des seins, de ses boîtes à lait.

Quant à elle, Solange léchait avec le plat de sa langue tout ce qui était peau, des mollets jusqu'à la couronne du pénis à Jérôme. Ce dernier appréciait regarder se le faire allonger! Elle masturbait et manipulait son sexe aussi dur qu'une barre de fer. C'était ce qu'on pouvait appeler: masturber un homme à deux mains. Solange qui n'a pas sa langue dans sa poche, lui murmurait qu'elle préférait l'avoir sur sa poche! Elle était la ventouse de la soirée. Inutile de dire, pour ces messieurs, qu'il n'y avait pas de diminution du volume de leur organe érectile!

Ils formaient deux couples bien assortis dans cette débauche nocturne de voies haletantes. C'était une partie carrée, du pluralisme à l'état pur, de l'amour sexuel en groupe. Ils se trémoussaient comme quatre diables dans l'eau bénite sans faire un accroc au mariage. Ils connaissaient leur affaire, leur posture! Ils ont fait l'expérience de la triangulation... et pour terminer, le conjoint de l'un, faisait jouir le conjoint de l'autre; toujours en suivant cette valeur fondamentale de la fidélité selon Solange et Roger; pas de pénétration. C'était simple comme bonjour... En fait, Roger le contracteur, ne voulait pas prendre la malchance de contracter une des 30 à 40 M.T.S. et de pleurer ses péchés en pissant des lames de rasoirs.

Pour un, Jérôme était un chaud lapin et un vrai lama, crachant...m'enfin, pas besoin d'explication... et Roger ne laissait pas sa place lui non plus. A bon chat, bon rat! Chacun avait laissé gicler ses jets crémeux... Les pulsions d'Éros avaient jailli de toute part... Ils avaient spermatisé, balancé la sauce, mouché la morve de la pine... entre adultes consentants...! Ils avaient pu jauger leur succès. Il fallait bien achever ce qui était commencé. Et ils n'avaient pas besoin de se démarier pour avoir vécu cela. Somme toute, il y avait plusieurs façons d'être fidèle. On pouvait être fidèle à plusieurs personnes à la fois, mais ce qui comptait, c'était l'exclusivité de la pénétration... Ils se dirent au revoir et à la prochaine. C'est fou comme ils ne sont pas ennuyés de Ron Jeremy!

Suite au récit de cette aventure, j'avais décidé de relaxer quelque peu. J'avais sélectionné les chansons « Live and let die » des Wings avec Paul McCartney et

« Vivo per lei » avec Andrea Bocelli. Il était temps de la technique de l'abandon pour ma projection astrale. Je me sentais fin prêt à voyager dans le cosmos où la sensation était toujours grisante. J'avais l'impression que les atomes de mon corps physique se désintégraient pour m'unifier à ce monde parallèle. Je décidai de faire appel à mes amis imaginaires. Cette fois-ci, j'étais accompagné de Pierre Morad Omidyar. Âgé de 27 ans et 6 mois, Pierrôt, c'était le surnom que je lui avais donné, ne savait point qu'il sera président et fondateur d'eBay dans les prochaines années. Aussi, il y avait eu deux autres entités qui étaient venues me rendre visite. Il s'agissait de Marc Andreessen (23 ans et 5 mois) et de James H. Clark (50 ans et 9 mois)…Ces derniers venaient juste de lancer, il y a à peine deux semaines Netscape Navigator…

10

LE CAMP NATURISTE

Mes parents étaient originaux dans le temps. Aujourd'hui ils le sont davantage. Imaginez-vous donc, que mes parents nous avaient invités, moi et Sandra dans un camp de nudiste. Moi, faire du naturiste? Avec Sandra peut-être! Avec mes parents?

Malaise...

Il y a un proverbe Africain qui cite:" Plus on est haut dans l'arbre, plus il y a de chances qu'on nous voit les fesses." Et bien là, sur le plancher des vaches, j'étais sur le point d'aller voir par monts et par vaux, les foufounes de tout le monde. Ici, pour bien se faire comprendre on parlait des textiles (les habillés) et des non textiles (les tout nus).

Ça m'insécurisait quelque peu mais l'attrait de l'aventure, l'attrait de la nouveauté aidant, j'acquiesçai. À la tombée de la nuit, rendus sur les lieux, n'ayant pas besoin de carte d'entrée j'examinais le paysage qui s'offrait à moi: une sorte de terrain de camping, où se trouvaient des endroits sanitaires, un jeu de volley ball, une piscine extérieure, un restaurant, un jeu de fer, deux jeux de tennis et des petites chutes au bout du terrain où il semblait y avoir une plage. Bien qu'il ventait à écorner les bœufs, au loin des vaches marchaient et ne s'offusquaient aucunement de leurs voisins nus. Dans mon livre à moi, des vaches couchées voulaient dire qu'il était pour y pleuvoir bientôt... Prédiction de Mark : journée ensoleillée pour demain. Il y avait des règlements bien stricts à suivre sur le terrain: pas le droit de se toucher et avoir des étreintes, toujours avoir une serviette avec soi et respecter l'autre. Les kékettes devaient rester en position de repos, Il était défendu de reluquer une fille etc... C'était presqu'une vie de monastère... mais à poil. Étais-je prêt pour cet engagement spirituel nouveau genre? Pourquoi pas?

Je voyais quelques personnes s'amuser, se reposer comme si de rien n'était, comme s'ils n'avaient pas renouvelé leur garde-robe. Quelle garde-robe? Ils étaient habillés de la même façon: en habit d'Adam et Ève. C'était le nu intégral... Très intégral pour ceux atteints de calvitie.

Néanmoins, je ne voulais point juger ces gens avant de savoir ce qu'ils faisaient. C'était une façon de vivre différente à laquelle j'étais pour m'initier. Évidemment, le dénuement était attrayant. J'avais même des arrière-pensées malveillantes; je mettais cela sur le dos de l'inexpérience...

Il paraît que l'homme ne naît qu'avec deux peurs: la peur de tomber et la peur du bruit. Qu'en était-il de la peur de se montrer nu, la peur du ridicule, la peur d'avoir peur? Avais-je la phobophobie? Où avais-je pris toutes ces peurs? Moi, ici, je n'avais rien pour épater la galerie! Je n'avais rien d'un étalon. À vrai dire je n'avais pas la stature d'un Arnold Schwarzenegger, (devenu M. Univers à vingt ans) ou bien la carrure d'un Sylvester Stallone (devenu Terminator, cet assassin cybernétique et Rocky Balboa ce boxeur au grand cœur et gros muscles). Ils n'auraient fait qu'une bouchée de moi! Il me semblait que la virilité n'était pas au rendez-vous pour aujourd'hui. Insécurité quand tu nous tiens!

À vrai dire, je me voyais comme un lilliputien avec mon pénis de 10 micron...ou si vous préférez, 10 micromètres... Je me considérais David contre Goliath... Complexe d'infériorité quand tu nous tiens!

D'ailleurs, il paraît que dans le domaine sexuel, les

complexes sont légion. Cela est dû à ce que l'activité sexuelle ou les affaires à connotations sexuelles sont souvent limitées ou entravées dans notre civilisation. Il fallait que je m'extériorise, même si l'inhibition n'est pas en soi négative. J'allais au deçà des limites aujourd'hui. Je fuyais la société dite normale.

Je me disais que les personnes qui ne font jamais rien ne commettent pas d'erreurs, mais toute leur vie en est une. Était-ce un comportement délinquant constituant une compensation de l'insatisfaction de mes besoins émotionnels et sexuels? Comme habitation, mes parents avaient un petit chalet tandis que Sandra et moi avions une tente. Mes parents avaient apporté avec eux leur petit chien de race terrier. Ce dernier dormait comme un loir. Le petit chien ne bougeait pas. L'expression : « chien qui dort sans mouvement égale du beau temps » annonçait bien la journée de demain. Bon! Il fallait aller se coucher. C'était l'heure du dodo. Je me recroquevillai sur Sandra, couchés en cuillère. Elle pouvait sentir mon couteau, prêt et affilé. Mais Sandra voulait dormir... pas besoin d'explications! Deux minutes plus tard, elle était dans les bras de Morphée. Un vrai koala femelle celle-là. Elle pouvait dormir vingt heures consécutives si on la laissait faire. Alors, mon pénis se replia sur lui-même attendant la prochaine fois pour se déplier... Ce qui laissa place à une activité des plus palpitantes : regarder   le plafond de la tente! Ici, on ne parle pas du plafond de la chapelle Sixtine, le chef-d'œuvre de Michel-Ange. Oh que non! Ici, la fresque du plafond est remplacée par de magnifiques fourmis en train de se déplacer comme si elles pendaient la crémaillère dans leur nouvelle demeure... Que de minutes exaltantes. N'empêche que, j'examinais ces baromètres naturels. Plus vite courent les fourmis, plus haut monte le mercure. En fait, elles se déplacent plus vite par temps chaud. Huit heures plus tard, nous nous étions réveillés avec le baiser des quatre sœurs; ses fesses contre mes fesses. Il faisait un soleil de plomb. Merci le chien, merci les vaches et merci les fourmis. Votre prédiction était la bonne. Maintenant, il fallait bien casser la glace... moi qui venait de faire une rêve où je me voyais comme Pinocchio mais à une différence près, lui à chaque fois qu'il mentait, son nez rallongeait, moi, ce n'était pas le nez...

Il fallait se dénuder.

Sandra et moi, nus, sortions de la tente... Nous regardions dans tous les azimuts, dans toutes les directions. Il y avait des enseignes qui pouvaient nous diriger. Le camp étant à Fleuri-des-Monts, les routes qui nous dirigeaient étaient reliées au nom de notre ville. À notre droite, il y avait la rue : Fleuri-des-Monts : mont Orford. À gauche, on avait la rue : Fleuri-des-Monts : mont Bellevue. En avant de nous c'était la rue : Fleuri-de-Monts : mont Hatley; etc...

Mes sentiments étaient mêlés de désir et de crainte face à ce que j'allais vivre. J'avais une peur noire d'un risque d'érythème solaire sur mes parties intimes. Pas de crème solaire ayant un fps de 15 ou plus! Imaginez: un coup de soleil sur le scrotum! Ça te fait rougir ton homme et pas à peu près...J'avais la hantise d'avoir une érection sur le terrain. Je n'avais même pas de cache-sexe, rien pour cacher mon amour-propre. J'aurais donné beaucoup pour avoir une feuille de vigne! Mais j'étais habillé en costume d'Adam. Je me disais qu'il n'y avait que le premier pas qui coûtait. Nous marchions sur le terrain en prévision d'aller prendre une douche. Nous étions sur la rue Fleuri-des-Monts : mont Sutton Je baissais les yeux par timidité et pudeur. Je me sentais tout nu, c'est le cas de le dire! Inutile de dire que dans les premières minutes je regardais les gens dans les yeux, tandis que je croyais que tous les yeux autour de moi regardaient vers une certaine région de mon anatomie, géographiquement située autour de l'équateur ou des Pays-Bas!   Je me sentais comme un voyeur dans un cadre enchanteur d'une plage nudiste de l'Isle de Ré en France ou peut-être bien... dans une toute petite plage naturiste d'Oka au Québec...

Courage me dis-je!!!

Par la suite, j'étais tous yeux, toutes oreilles! J'examinai le monde de la tête au pied... à la queue... et à la vulve... Premier constat: les hommes qui avaient de gros muscles n'avaient pas de plus gros pénis. Je dirais plutôt l'inverse comme le dicton le dit si bien: petit chien grosse queue; c'étaient les hommes de petites tailles qui étaient bien membrés. De plus, un autre dicton populaire dit: gros biceps, p'tite kékette; mais il y avait des exceptions. Deuxième constat: la dimension des seins n'avait rien à voir avec la féminité.

Chacun et chacune était doué d'attributs distincts, je ne ferai pas la nomenclature des différents attributs même si parfois c'était des plans pour en avoir des complexes. Chaque style avait ses avantages et inconvénients.

D'ailleurs, ici, la devise semblait être: l'important n'est pas d'avoir un beau jeu, mais de bien jouer celui qu'on a. Il y en avait des gros et lourds, de grands et musclés et des délicats avec des muscles réduits... Ici, pas de classes sociales... tout l'monde tout nu... c'était légitime et tout simplement naturel.

Pendant la journée, Roger, Solange, Sandra et moi, on s'est promenés, baignés. Plus la journée passait, plus je me sentais bien. Pas même une érection, pas même un brin de jalousie... seulement un bien être corporel, un bien être intérieur. J'étais bien dans tout l'éclat de ma blanche nudité. J'étais maintenant dans leur atmosphère. J'étais assimilé, rendu semblable à n'importe qui. La confiance en soi, m'avait donné de l'audace, du culot. Contre toute attente, j'appréciais. Ah... les mystères de la pudeur. Les gens m'inspiraient par leur assurance de se promener nu. Cela en valait la peine je vous assure d'avoir vécu cette expérience. D'aucuns disaient que le naturisme était une panacée pour le corps, l'esprit et le cœur. Cependant, d'autres affirmaient que le nudisme était un voyeurisme légalisé et structuré. Vingt-quatre heures auparavant, j'aurais penché pour la deuxième option, mais là, c'était une toute autre philosophie, un tout nouveau schème de pensée vis-à-vis ce mode de vie.

Nous décidâmes d'aller aux petites chutes à l'extrémité du terrain, rue Fleuri-des-Monts : Mont Pinacle. Le courant d'eau était assez puissant. L'eau froide faisait ressortir les mamelons, les p'tites collines de Sandra. Qu'elle était belle! Je me faisais donner un massage du dos par l'eau... Nous étions une bonne vingtaine se faisant dorloter. Je décidai de me tourner de bord et de me faire masser le ventre... la pression de l'eau m'arrivait directement sur les organes génitaux, les parties génitales... mon gland si sensible à tout frottement stimula en moi une réaction. J'avais une hypersensibilité tactile. À   l'aide! Une érection se préparait. Alerte rouge! S.O.S. cap rouge! Mon sexe qui pendouillait,   se   durcissait.   L'influx   sanguin   se manifestait... la levée de mon machin se préparait! La mèche était allumée, le mât du Stade Olympique en train de se dresser! Mon pénis défiait la loi de la gravité! J'étais imprégné de cette expérience et je réagissais en conséquence. J'étais dans mes p'tits souliers... NON, j'étais tout nu! Mon fifre était en crescendo, en hausse, en montée vertigineuse... Ça y était! Érection à bord! Bordel   de   merde!   Dur   de   contrôler   l'incontrôlable. J'avais le coco redressé. J'étais raide, dur et gonflé à part de ça! Attention, j'étais devenu le Héros de Ian Flemming crée en 1953... mais à une variante près : Mon nom : James... James Bande!

J'avais l'impression que tout le monde venait et voulait voir le spectacle : L'agent 007, nouvelle version, dans son plus simple appareil. Je me sentais comme les célèbres jumelles sœurs Dionne, Annette, Cécile, Émilie, Marie et Yvonne... On venait de partout dans le monde pour voir ces quintuplés du village de Corbeil en Ontario, Canada. Quant à moi, je me sentais une bête de scène mais eux devaient penser que j'étais une bête de sexe!

J'avais le goût de déguerpir et me transformer en guépard, l'animal terrestre le plus rapide au monde. Une petite course à 110 km/heure m'aiderait grandement à me sortir de cette impasse impromptue.

Voyant que j'étais mal à l'aise. Roger, Solange, Sandra se dirigèrent vers moi et... l'érection diminua... Ouf! C'était la détumescence de mon organe. Finalement, mon zizi était revenu à 6 heures et demi. Je préférais le voir flasque et incliné piteusement à terre; c'était moins gênant et moins encombrant. Valait mieux qu'il ait l'apparence d'un petit cornichon que d'un gros concombre. Je décidai d'aller me faire sécher. Je m'installai vite sur ma serviette dans une position me faisant penser à l'homme de Vitruve. Cet homme dessiné autour de l'année 1492 par Guy de Vinci est reconnu à travers le monde et symbolise l'homme comme le centre de l'univers. Encore là, l'eau froide des chutes avait fait monter mes deux testicules... et je me trouvais idiot d'être "habillé" de cette façon... j'avais peine à trouver mes boulettes, mes pendiloches, mes pendillantes! Était-ce l'atrophie de mes testicules? Je pensais qu'elles s'étaient réfugiées dans ma cavité abdominale et qu'elles ne redescendraient plus dans ma bourse! D'ailleurs, le David de Michel-Ange me semblait en avoir une plus grosse! C'est tout dire!

Néanmoins, mon humour était mon secours comme mon intelligence était mon assurance, avec toute humilité! Je prenais le temps d'en rire. Heureusement que la chaleur y remédia pour l'emplacement de mes testicules, je n'avais pas la cryptochidie...

La nuit arriva. À tribord de notre tente, on distinguait dans l'obscurité un couple éprouver un plaisir intense en nous faisant quelques ombres chinoises à la manière de Roger et Solange. Les ombres élargissaient les attributs de monsieur. Il avait tout une enflure que madame empoignait par le manche pour lui faire faire l'amusette. Monsieur, quant à lui, s'occupait des melons d'eau de madame. Les ombres faisaient en sorte qu'il y avait beaucoup de monde au balcon de madame. Ensuite, ils s'envoyaient en l'air... madame les jambes en l'air, monsieur, le pénis en l'air. S'ils savaient ce que nous avions vu!... ils en rougiraient. Moi aussi, j'étais rouge comme un homard, la queue comprise! Finalement, Sandra se lova contre moi... et...

- Ayoye! Tu as touché à mon coup de soleil! Que tu es maladroite! Lui dis-je d'une façon brusque. Sandra n'avait pas tellement apprécié...

- Tu pourrais être plus poli lorsque tu veux me dire quelque chose... Tu pourrais être plus romantique, plus calme, plus amoureux...

Et Sandra y allait de ses récriminations. Je ne m'en faisais pas avec cela, car j'étais certain qu'elle vivait son syndrome prémenstruel... En fait, il s'était fait mieux comme préliminaires!... si on pouvait appeler cela préliminaires d'autant plus qu'elle ne se gênait pas pour laisser aller quelques flatulences. Il y avait assez de gaz à l'intérieur de la tente pour créer l'énergie d'une bombe atomique. J'exagère à peine!!! Suite à cette aventure, je m'étais couché sur mon bord de matelas pour me détendre et saisir une autre occasion pour faire la connaissance d'un monde particulier. Il fallait que je me concentre. Je sortis mon walkman, mon baladeur. Je mis la cassette de Simon and Garfunkel pour écouter la chanson « The sound of Silence » dans mes petits écouteurs. Suite à cette détente j'étais prêt pour une autre expérience spéciale. Je décidai d'écouter la chanson des Beatles : « Because ». C'est à ce moment que je mis toute mon énergie et ma concentration sur mon troisième œil (endroit situé entre les deux sourcils). Je me visualisais sortir de mon corps.

Une sensation de flottement apparu. Je me voyais voler comme Superman. À l'instant même où je me prenais pour un Super Héros, un ami imaginaire m'est apparu. Il s'agissait de Richard Branson, 44 ans et 5 mois. Lui, il n'avait fait que passer. N'empêche que j'avais pu savoir qu'il fera fortune et réussira avec son entreprise : Virgin… dans les prochaines années. S'il fait de l'argent aussi vite qu'il est passé, ce sera payant pour lui!

Parmi mes autres amis qui sont passés, il y avait : Jack Dorsey âgé de 18 ans et 1 mois, Evan Williams, âgé de 22 ans et 9 mois, Christopher Stone, que j'appelais Biz Stone, lui, il avait 20 ans et 9 mois et Noah Glass, lui, il ne voulait pas dire son âge. Tous ces individus seront les créateurs et les fondateurs du réseau Twitter dans un avenir pas trop lointain…

Le soleil se levait. Dernière journée au club naturiste. Je sais pertinemment maintenant qu'il n'y a pas de voyeurisme et ni d'exhibitionnisme dans le naturisme. Je suis rassuré. La semence germe et fructifie et fortifie les fruits de son espèce. Tel père, tel fils.

A ma dernière journée au club naturiste, j'avais décidé de m'exprimer de toutes les façons et de m'entourer de beauté, de luxure et... d'une crème solaire. J'avais d'innombrables alibis pour mon vice. Si un homme est ce qu'il pense toute la journée et si les pensées qu'il

entretient ont tendance à se manifester physiquement...
j'avais tout un agenda qui m'attendait pour aujourd'hui!
On aurait dit que j'étais fidèle à une habitude... une
habitude d'être infidèle...Erreur! Il y avait changement à
l'horaire. Maman ne se sentait pas très bien, alors nous
quittâmes. C'est ça quand on couche les fesses à l'air
maman!

11

À LA PISCINE

Arrivés à la maison, Sandra et moi avions décidé d'aller chez Luc, le cousin à Sandra. Il y avait un B.B.Q. En arrivant sur les lieux, il y avait une atmosphère et une ambiance festive. On se serait cru au Festival Woodstock il y a vingt-cinq ans. Comme au festival, il y avait des rapprochements, ici aussi. Et même s'il manquait de gros noms au festival comme : The Doors, Led Zeppelin, Les Rolling Stones, Bob Dylan et les Beatles cela n'a pas empêché ce festival de passer à l'histoire. Alors, c'était à mon tour maintenant de passer à l'histoire...

La musique de Chubby Checker et son twist battait la mesure. Suivirent les chansons de Madonna : « Like a virgin et Like a prayer ». Et même Bon Jovi s'y faisait entendre avec son « Livin' on a Prayer ». Il y avait beaucoup de monde dans l'immense piscine carrée. Pendant que Sandra décida d'aller s'éclater dans l'eau... moi je décidai d'essayer de draguer et de m'amuser avec une parfaite inconnue dévêtue, (je devrais dire en petite tenue), dans les escaliers menant au sous-sol de la maison. Je savais que pour avoir du succès avec les filles, qu'il fallait posséder la bonne méthode, la bonne technique et pour moi, c'était primordial. Le problème était que je n'étais pas le seul à avoir eu cette idée. Je devais être le cinquième en attente dans l'escalier d'une douzaine de marches. Il y en avait même qui essayaient de dépasser pour arriver plus vite en bas de l'escalier. Le plus comique dans tout cela, c'est que ça me faisait penser aux spectacles extérieurs. C'était comme attendre ton chanteur préféré depuis des heures aux Plaines d'Abraham et soudainement une personne veut te dépasser prétextant que son amie l'attend en avant de toi...

quand on sait fort bien que 2 fois sur 3, cette personne-là veut simplement se rapprocher de la scène et de son artiste préféré. Alors, je pris mon mal en patience, me disant que la vedette instantanée, va sûrement se tanner... Ce qui fut fait... Mon tour arriva. En la voyant grisée par l'alcool, je savais qu'on pouvait lui faire avaler n'importe quoi comme mise en situation... Mon troisième œil me disait qu'elle avait fait ses preuves. C'était ma chance du moment. En sourdine, je pouvais entendre la chanson « Physical » d'Olivia Newton-John. Cela tomba à point.

Je la contemplais, c'était bandant, pendant qu'elle était sur le point de s'accaparer de mon machin avec sa bouche, et ce, sans discussion, sans qu'il y ait accord absolu... et d'une vitesse vertigineuse, ça y était. De but en blanc, directement sans préparation, elle empoignait ma queue, ma bite de zinc. Quelle spontanéité! Oublions les préliminaires! J'avais l'impression de servir de casse-croûte ou devrais-je dire de casse-graine... Heureusement, elle n'avait rien d'un casse-noisettes.

De fait, elle n'avait pas les mains oisives non plus, je vous le jure. Elle avait sauté sur l'occasion et pris mon mont du coït. Elle me faisait une pipe telle une carnassière! Une fille chaude comme celle-là, c'était du jamais vu. Je l'avais surnommé « Vénus » en l'honneur de la planète et surtout en l'honneur que c'est la planète la plus chaude avec ses 462 degrés C. Une fille chaude liée avec la planète la plus chaude : ça promettait. Il n'y avait pas de limitations pour elle. Ma sève montait. Je craignais sa réaction étant donné que lorsque l'on crache en l'air, ça nous retombe sur le nez souvent... Je savais que mes spermatozoïdes étaient entreposés dans l'épididyme, un par testicule et que ma glande de Cowper était pour sécréter et libérer le liquide préséminal vers l'urètre. Je sentais mon sperme venir et traverser le canal déférent et se diriger vers la vésicule séminale, la prostate et s'expulser...éjaculer...

Elle qui buvait au goulot, à même mon chalumeau, qui me faisait un coït buccal ne s'attendait sûrement pas à ce que je vienne aussi vite. Je n'ai pu contrôler mes muscles du périnée et vlan! C'était l'orgasme. Je venais! Je lui donnais plus de beurre que du pain. J'étais le plus heureux des hommes heureux. Une belle cuillerée à table de sirop s'expulsa de mon érable... Je ne savais pas son nom, encore moins son âge, mais elle devait avoir une carence au niveau du zinc, car j'avais déposé en elle un léger surplus... qu'elle but en petites lampées sans rouspéter... Elle s'en léchait les babines, cette spermophile! Spermophile comme dans celle qui aime les graines et non spermophile, l'écureuil!!! N'empêche, l'écureuil aime les glands également. L'utilisation du mot spermophile avait sa raison d'être. Peu importe.

Pour revenir à mon histoire, la fille s'était empressée de tout avaler. Mon troisième œil avait vu juste!

Je l'avais surnommée ma vamp qui devenait vampire car elle vidait les hommes de leur substance par plaisir. D'ailleurs, elle goûtait à ma liqueur génitale masculine, à mon élixir de longue vie et s'en régalait. Elle avait ingurgité mon liquide qui incidemment s'était dirigé directement dans son estomac. Elle avait été comme une fausse de sable, qui d'autant plus qu'elle avale d'eau, plus elle en veut avaler. Elle n'avait pas eu peur que je lui transmette un quelconque virus, car elle me disait que ses sucs gastriques étaient pour s'en occuper et les éliminer s'il y avait lieu. Fille d'expérience vous dites?

Elle avait fait un travail absorbant dans l'escalier avec moi pour enfin absorber et se désaltérer avec ma semence, ma crème fouettée. Mais quelle était la valeur nutritive de mon sperme, de ma liqueur séminale amoureuse? Dans quelles catégories alimentaires se retrouvait-il? Ayant bu à mon abreuvoir, cette jolie inconnue me remercia de l'avoir rafraîchie. Je lui ai remis le compliment en lui remerciant de m'avoir rassasié! Était-ce un amour de vacances à la sauvette avec cette universitaire ou cette collégienne?

Qu'aurait dit Sandra si elle m'avait vu? En fait, je lui aurais dit pour ma défense que c'est digne de l'homme d'établir des lois et de se complaire à les violer. Prônerais-je la loi du silence, les choses qu'elle ne sait pas ça fait pas mal. Moi, au contraire, ce sont les choses que je ne sais pas qui me font mal... alors je m'étais promis de me confesser ce soir-là.

L'aventure de l'escalier terminée, je me retrouvai aussitôt à l'extérieur sous un beau ciel étoilé. Croyez-le ou non, une deuxième aventure m'attendait dans une petite voiture d'une autre inconnue. Elle était belle, bien carrossée... sa Nissan. Pour ce qui était de la fille, elle avait connu et vu plusieurs sièges d'autos selon moi! Préjugés? Les sièges arrière en premier lieu. Préjugés? Je savais que les petites voitures rapprochaient les gens, mais pas à ce point! Ma foi! Ont-ils servi du "spanish fly" à tout ce beau monde? La règle qui dominait ici, était de n'avoir aucune règle! Je changeais de partenaire comme on change de chemise! L'agenda bouclé!!! Je n'étais pas docteur, mais j'opérais... J'avais un cœur d'artichaut, un cœur volage. En fait, l'abus, n'excluait pas l'usage. Je n'étais pas fait en bois tout de même!!! Même si mon pénis était dur comme du bois d'érable pour la deuxième fois de la journée. Le bois mou, je ne connaissais pas ça!!! Cependant, parlant de bois mou, du boulot m'attendait. Cette fille avait décidé de m'inviter à venir jaser avec elle dans son auto, discrètement, à l'abri des regards. Elle se confia et m'expliqua qu'elle craignait de perdre l'amour de son ami si elle lui exprimait ce qu'elle ressentait vraiment. Elle avait besoin de parler, de se faire écouter par quelqu'un. J'étais disponible pour elle. Elle avait une sexualité débridée, une vie monotone, asociale, avec des pulsions intérieures qui feraient blanchir le plus noir des Africains ou noircir le plus blanc des Canadiens. Elle n'était qu'un objet de plaisir sexuel pour assouvir les bas instincts de son ami de cœur. Elle était presque en colère contre son ami de cœur et me semblait en état dépressif. Je la voyais s'essuyer une larme sous ses lunettes lors de son plaidoyer, ou devrais-je dire lors de sa confession. Elle était myope. Comme moi. Elle portait ses lunettes tandis que moi, j'utilisais des verres de contact. De plus, elle était malentendante vu que je voyais ses prothèses auditives dans chacune de ses oreilles. Je lui avais dit que je connaissais le langage gestuel des sourds, le français signé. Elle m'avait répondu qu'elle utilisait le « LSQ », un langage gestuel quelque peu différent. Mais qu'elle n'utilisait presque plus ce langage car elle était capable de communiquer normalement comme elle dit. Ça m'en faisait de la peine! Moi, qui avais d'autres idées en tête. J'étais en train de discuter du langage gestuel…Mais je prenais la peine de l'écouter. J'étais rendu philanthrope. J'aimais le genre humain. Je cherchais à améliorer le sort de mes semblables et ce, de manière désintéressée. Désintéressé? Moi? Peut-être un peu moins. Mon but premier consistait à lui faire croire qu'elle n'était pas ma première conquête, mais qu'elle avait de grandes chances d'être la dernière... et par un quelconque geste maladroit de ma part, sachant que l'humour amène souvent une fille dans notre lit…je lui ai demandé :

- Quel est ton chanteur favori?

- Jordy

- Moi aussi, c'est dur... dur... bébé! Allusion, bien sûr, au succès de cette chanson il n'y a pas si longtemps.

On s'esclaffa de rire... et je m'étais laissé aller... Et à brûle-pourpoint, n'ayant même pas le temps de lui conter fleurette, cette bohème exprima sa pensée en termes non équivoques...

- Mets ta tuque mon ti-cass!

Je lui rétorquai.

- Connais-tu le concombre masqué? C'est moi!

J'étais sur le point de lui changer les idées. L'adage qui dit : « Femme qui rit à moitié dans son lit! » me permettait d'entrevoir de belles possibilités. Ma stratégie avait fonctionné. Quand le chat n'est pas là, les souris dansent et les garçons branlent la queue... Elle m'aguichait. Je sentais que j'étais pour m'élever, me dépasser, croître, avancer et m'aventurer pour atteindre les plus hauts sommets... avec cette inconnue... L'acrobatie sexuelle, et j'insiste sur le mot acrobatie, était sur le point de débuter avec cette fille moindrement belle. En fait, je me disais qu'une queue, ça pas d'yeux! Un trou, c'est un trou! Maillots de bain enlevés, je vis sa pilosité pubienne, était-elle atteinte de virilisme? Je n'étais pas là pour tondre le gazon quand même! Première phase: fallait ouvrir sa boîte à gants...Je parle bien sûr de sa boîte à gants de sa Nissan! La boîte à gants était fermée à clé. Qui ferme sa boîte à gants à clé de nos jours? Deuxième phase: aller chercher un condom dans la boîte à gants. La fille chercha ses clés dans ses poches de pantalons, qui étaient décidément par terre et les trouva. Elle débarra le coffre à gants et prit un condom, et même une cassette de musique des meilleurs succès de Joe Dassin et mit : L'Été indien pour faire une atmosphère, je suppose. J'aurais préféré comme musique : Love Bites de Def Leppard, With or without you de U2 ou bien Shout de Tears For Fears. N'empêche que ses clés étaient dans l'ignition et sa musique débuta... C'était maintenant à moi de faire partir le moteur, l'ignition. Ce fut fait, j'étais sur le piton. Mes bougies étaient prêtes à se faire aller. C'était au tour de la troisième phase : mettre le préservatif et s'enligner. Lorsque je l'ai vu sortir son Ramsès, je me suis dit : « Pourquoi appeler un contraceptif Ramsès lorsque Ramsès 2 a eu plus de 100 enfants? Ça me semblait illogique. Mais bon, je n'en étais pas à ma première interrogation. Et puis après, l'abeille pond bien jusqu'à 2000 œufs par jour et je n'en fais pas tout un plat!

Et parlant d'interrogation et de contraception, je me demandais comment le prodige, le virtuose et talentueux Jean-Sébastien Bach avait eu le temps de faire vingt enfants? 7 enfants avec une, et 13 enfants avec une autre. Vingt enfants, pensez-y? Il devait vivre   intensément son concerto pour deux violons en ré mineur...que j'aurais renommé : concerto pour deux corps en (r)ut mineur... Ce n'est pas pour rien qu'un de ces chefs-d'œuvre était « Jésus que ma joie demeure »... Je voulais vivre sa joie et non avoir une progéniture comme lui. Alors, après ces interrogations habituelles, nous nous étions mis à l'action. Ce fut fait, mais pas aussi facilement que j'aurais pensé. Nous avions décidé de faire nos rapprochements sur le siège avant, côté passager. Je rentrai mon wagon dans sa bouche de métro. Au même moment, les essuie-glaces partirent, les fenêtres électriques baissèrent, la lumière du plafond s'alluma, les phares d'en avant s'ouvrirent aveuglant les gens dans la piscine... Enfin, tout pour nous mettre à l'aise... et ce, au son de l'Été indien... Houston! On a un problème. Notre Apollo 13 fait défaut. Je ne sais pas c'est quoi son problème et loin de moi l'idée de penser à réparer cette foutue voiture qui faisait des siennes à cet instant fatidique. L'heure de vérité était arrivée. Rapidement, j'essayais de remonter les vitres, fermer la lumière de la voiture avant d'offrir un spectacle pour 18 ans et +, car, il faut le dire, déjà quelques voyeurs salivaient à l'idée d'assister à un Ciné-Parc XXX. Finalement, j'avais réussi à obtenir un peu d'intimité dans l'auto. Pauvres voyeurs. Ils n'avaient que la Grande Ourse et la constellation du Cygne comme prix de consolation à se mettre sous les yeux, et encore là, la pollution lumineuse détériorait la vue des astres dans le ciel. De notre côté, la fille reprit sa position assise en califourchon sur mon pistil. Nous étions à poil, bien entendu, et on recommença à s'envoyer en l'air pour ne pas dire les quatre pattes en l'air. On en était rendus à la phase quatre : la fusion! La marge de manœuvre était presque inexistante, y'avait pas grand place. J'évitais à tout prix les commutateurs de lève-vitres et les porte-gobelets. Je pris quand même mon courage à deux mains et je décidai de tirer sur le levier de réglage d'inclinaison du dossier du siège afin de le faire basculer par en arrière. Mauvaise idée car d'un coup vertigineux, nous étions tombés par en arrière. La pénétration dura quelques secondes, inutile de faire un dessin : le petit wagon s'étant détaché du petit train… De plus, la demoiselle en avait perdu ses lunettes…Nous étions sens dessus dessous. J'en avais même ses appareils auditifs autour de mon cou et pour finaliser le tout, l'index de sa main droite se retrouva directement dans mon œil gauche qui incidemment laissa échapper mon verre de contact par terre. Bordel à bord… Préliminaires inachevés! Ça sent la catastrophe. Au moins, la vue qui s'offrait à moi était délectable. J'avais son mont de Vénus à deux doigts de mes yeux. La situation était quand même comique. Je me prenais pour un malentendant lisant sur ses lèvres. J'étais dorénavant un disciple de l'oralisme. Abat le langage gestuel. Constat : elle ne me voyait plus et ne m'entendait presque plus et moi… je la voyais à moitié…Heureusement que mon phallus ne s'était pas retrouvé dans une des deux douilles d'alimentation…Je blague! Après quelques recherches, nus et à quatre pattes pour retrouver mon verre de contact et après avoir ramassé le range-monnaie, nous reprenions pour une autre fois notre accouplement. Cette fois-ci, je pris soin d'abaisser les accoudoirs avant de commencer. Les ceintures de sécurité étaient à l'écart. Qui aurait pensé d'être à risque de subir une blessure dans une automobile? Cependant, que l'on était à l'endroit ou à l'envers sur le siège, aucune position n'était satisfaisante, ce qui rendait le rapport sexuel, le compagnonnage de lit... oups... le compagnonnage de sièges difficile mais pas douloureux comme la dyspareunie. En fait, pour le confort ergonomique, on pouvait en reparler! Il faisait chaud, les fesses collaient sur les sièges de capitonnage en cuir souple. Malgré tout, elle s'occupait de mon shaft, mon bras de transmission, mon paquet d'amour. Elle y allait de son beurre. En fait, ça entrait comme dans du beurre. On dit souvent "grosse corvette, p'tite kékette", mais depuis cette journée-là on pouvait dire: "p'tite Nissan, gros devant". Car elle avait de belles grosses collines d'amour, et ce, sans silicone!

Malheureusement, elle n'était pas la fille la plus énergétique... J'y allais à la va comme-je-te-pousse. C'était comme si je faisais de la nécrophilie, avoir un rapport sexuel avec une femme morte. La fusion se faisait sans trop d'étincelles. Mon pénis marinait dans son vagin. Elle restait plantée là, pendant que je la plantais, comme une borne immobile attendant, je suppose, qu'un chien vienne lever la patte près d'elle. Ca dépassait les bornes... En fait, je me disais, pourquoi me contenter d'un strapontin quand il y a des places libres dans la salle. D'ailleurs, ma charité n'avait pas de bornes, je me donnais à tout le monde! Je n'étais pas le coq du village et encore moins la coqueluche, mais je me débrouillais quand même bien dans la basse-cour. Moi qui étais dans une automobile manuelle, je faisais du sexe automatique... Je la délectais à satiété, je faisais aller mon piston et en plein émoi, je jouis en lui donnant mon sirop de poteau, mon sucre blanc, mon miel. Malheur! Je pensais que le condom avait percé. Fausse alarme! Ouf! Parfois l'anxiété l'emporte sur la fébrilité en amour, ou plutôt en sexualité... Quant à elle, elle baillait; mais au moins, je lui avais enlevé sa colère. Petite pluie abat grand vent! C'est drôle comme une "p'tite chose" peut faire tomber une grande colère... J'avais su tirer de chaque instant qui passe, toutes les joies que j'avais pu trouver... et donner. (je n'osai pas lui dire que pendant nos ébats, j'avais fait une recherche d'étoiles formant la Croix du Nord, constellation du Cygne dans notre beau firmament). Malgré tout, cette fille tiède, un tantinet frigide, peu ardente en amour, ce bain-marie humain m'avait fait apprécier mon presto de Sandra. Y'a toujours un bon côté à tout. Avait-elle joui de ce moment? Affirmatif! Je lui avais fait une touche, une belle caresse manuelle. J'avais connu l'étincelle; on ne pouvait pas toujours vivre le feu d'artifice! J'avais fait preuve d'un bon esprit sportif comme le voulait si bien Pierre de Coubertin et ses Olympiques. Je me voyais déjà décerner la médaille d'or à Lillehammer, en Norvège dans la compétition : baise d'un soir, meilleur esprit sportif! J'avais connu la jouissance mais non l'extase. J'avais connu une éjaculation localisée et non un orgasme généralisé à tout le corps... Cette besogne sexuelle étant terminée, cette aventure sans lendemain déjà oubliée, il fallait maintenant que je fasse face à ma période réfractaire, cette incapacité de répondre à une simulation pendant un certain laps de temps après la jouissance. Les femmes, elles, les chanceuses n'ont pas cette période, elles peuvent avoir plusieurs orgasmes consécutifs... Cependant je préfère avoir ma période réfractaire que d'avoir leur période de menstruations... J'étais prêt à reprendre mon cycle de réponse sexuelle: Excitation, plateau, orgasme, résolution et l'autre que je viens d'expliquer. Je sortis de l'auto. Tiens, tiens! Les clignotants clignotaient...Oups! On les avait oubliés ceux-là? N'empêche, que j'étais bien dehors après avoir vécu de chauds moments dans l'auto. Mes glandes sudoripares s'étaient fait aller. Je décidai de me rafraîchir un peu en allant dans la piscine cosmopolite, et là, surprise! Hormis les quelques gens qui nageaient, les autres ne pratiquaient pas le crawl... De plus, j'avais l'impression que quelques-unes d'entre-elles n'avait pas inventé le bouton à 4 trous. Mais bon, ce n'était que de légers détails.

En fait, le comportement de chacun des membres était étroitement lié au comportement de tous les autres et en dépendait. Il y avait un excès, une surabondance, une orgie de sons discordants mixés avec une dissonance démentielle qui ne s'avérait finalement n'être qu'un summum cacophonique... le free for all somme toute! Cette piscine semblait corrompre la jeunesse... mais prend-on plaisir à s'avilir, à se pervertir? Peut-être que oui... Alors, près du lampadaire qui éclairait la piscine, je bombai le torse, je fis le fier et...

Je plongeai. C'était froid pour mon thermomètre, mon appendice. Je me sentais dans un cercle vicieux. La chasse était ouverte, le cheptel était droit devant. C'était le buffet à volonté. On « zignait » à qui mieux mieux. Les gibiers d'amour en attente. Il me semblait plus facile de gagner une fille ce soir-là que gagner à la Lotto. Pour moi, ce n'était pas la loto-Québec mais bien la lolo-Québec avec extra... bien sûr.

Avoir été dyslexique, j'aurais sûrement inversé quelques lettres pour que ça devienne : Loto-Qeubec... vu le grand nombre de sexe masculin dans la piscine. Et on savait tous que c'était pour finir en éjaculation. Donc, c'était les qualifications pour les séries...D'un côté, c'était l'éruption du Vésuve. De l'autre côté, on pouvait voir l'éruption de l'Etna... et au milieu de tout ce beau monde, l'éruption de Mark... se préparait. Mais quoi? Je ne voulais pas aller à contre-courant. Ce que je vivais était exaltant. Après l'aventure dans l'escalier, la mésaventure dans l'auto me voila rendu dans la piscine en quête d'autres sensations. Je vivais cela comme un pèlerinage à St-Jacques de Compostelle : étape par étape. Sandra, mon rayon de soleil, était au milieu de la piscine pendant que les autres étaient en orbite autour de Sandra. Le polonais Nicolas Copernic aurait été fier d'expliquer sa théorie de la révolution de la Terre de cette façon au milieu du 16e siècle. N'empêche que, directement dans la piscine, c'était comme le canon de Johann Pachelbel, ce musicien allemand. Je vivais le canon sexuel où, à plusieurs personnes, on répétait après un espace de temps fixe, réglé, le même geste; et ce même geste était répété par chaque personne... même ma Sandra y prenait plaisir! Le geste: se baisser et relever les culottes de son maillot de bain. Un acte en appelait un autre. C'était le jeu de la séduction. On se faisait de l'œil, des avances et on se donnait un avant-goût des plaisirs qui étaient pour arriver. Par la suite, il y avait des variantes au jeu... baisser et relever les culottes du partenaire de droite. Ces gestes répétés, redemandés plaisaient aux jeunes filles et jeunes garçons. Plus on était de fous, plus on riait! C'était l'abus des plaisirs. Chaque âge a ses plaisirs, son esprit, ses mœurs. De beaux jeux innocents. Celles qui portaient de menus bikinis n'avaient pas grand-chose à enlever, mais cela n'enlevait rien à l'érotisme du moment présent.

Les filles étaient tellement excitées, et moi donc, et impressionnées, qu'elles se sont laissées entraîner à perdre le contrôle de leurs émotions dans la masse au milieu des gens, ce faisant, elles emboîtaient le pas à la séance de déshabillage au complet. Quel courage! Ces dernières n'étaient sûrement pas des filles pusillanimes. Et dans un temps de le dire, je pouvais contempler les avantages des demoiselles, apprécier les beaux flotteurs dans mon champ de vision. J'avais un plat de "moules" devant moi et un plat de "saucisse cocktail". On aurait dit des nymphomanes et des érotomanes en train de flirter. Il y en avait   qui se prenaient pour des paons; ils se pavanaient, déployaient leur queue, leur fierté... J'avais envie d'un plat de moules... C'était la débandade totale des bandés! Un dédale de distractions extérieures était omniprésent. Des corps nus qui ondulaient lascivement un peu partout. Pour un B.B.Q. s'en était tout un. Un B.B.Q. pour Belle Brochette de Quéquettes! On m'a déjà dit, que certains lions pouvaient s'accoupler cinquante fois par jour...j'ai l'impression qu'ils sont tous ici, dans la jungle de la piscine.

Les saucisses "hot dog" dans les hamburgers, et changer de compagnie. C'était le « reel » du B.B.Q. Une forêt de pénis et de vulves à l'horizon. Il y en avait qui butinait de fleurs en fleurs. D'autres se comportaient comme des sauterelles! Des papillons allant de fille en fille. Chacun se débrouillait avec ce qu'il avait sous la main. Les gens essayaient plusieurs produits pour comparer et choisir. Ouf! C'était porte-ouverte, bar open; bar laitier libre-service. Tout un pique-nique, une beuverie, une partie de plaisir. Du sexe kaléidoscopique. Une orgie, un déluge de beautés sublimes, une orgie des sens pour le goûter, le toucher, l'odorat, la vue, l'ouïe. La félicité au rendez-vous.

C'était la partouse, la séance amoureuse de partousards et de partousardes. Je décidai d'avoir une vue spéciale de ce qui était pour s'en venir et pris la décision de plonger. Mais juste avant de faire le saut, j'humectai mon index avec ma salive pour découvrir de quelle direction venait le vent. Un vent léger du nord s'y amenait. Je décidai de plonger tête première dans une section de la piscine où il y avait moins de gens. Pourquoi? J'ai vite compris le pourquoi lorsque je rentrai dans la piscine. Cette section de la piscine ne pouvait pas avoir les chauds rayons du soleil de la journée étant donné les grands érables près de la piscine. Donc, l'eau était plutôt froide. On n'atteignait quand même pas le zéro absolu en frais de température! D'ailleurs, il y avait un mariage d'oiseaux sur les branches d'érables en ce moment-là, comme aurait dit ma grand-mère. Pour elle, lorsqu'il y avait un attroupement d'oiseau sur plusieurs branches, et bien, c'était la cérémonie du mariage… C'était poétique…Pour en revenir au concret, l'ombre occasionnée par les branches des érables éloignait les personnes de ce secteur. J'avais appelé ce secteur de la piscine : Le pôle Sud. Si un gars osait s'y aventurer, il n'aurait que lui à blâmer pour se retrouver avec un très petit scrotum… Bien sûr, l'eau n'est pas à -49 degrés C comme dans l'Antarctique, mais disons que je n'avais pas une génétique de manchots non plus. Et qui plus est, le manchot empereur peut rester sous l'eau pendant 18 minutes. Si je pouvais, je ferais un message suivant : Le prestidigitateur Harry Houdini demandé à la réception de la piscine s.v.p. Je répète, le prestidigitateur Harry Houdini est demandé à la réception de la piscine s.v.p. La magie… pour rester plus longtemps sous l'eau, pourquoi pas? Abracadabra! Abracadabra! Il fallait que je regarde tout. J'aurais voulu avoir le don d'ubiquité. Être partout à la fois.

Cette fois-ci, la musique de U2 résonnait à mes oreilles. « One » y jouait. C'est à ce moment que je mis mon masque autour des yeux, je plongeai avec mon petit scrotum assumé. J'avais décidé d'observer un jeune couple en train de se masturber sous l'eau. J'avais remarqué que la jeune fille avait un léger « genou varum ». Ses jambes croches trahissaient possiblement une certaine lacune au niveau de son système osseux. De toute façon, ce que je retenais davantage de ces deux amoureux étaient leurs gestes sensuels. Ces derniers me donnaient de petits frissons… et ce n'était pas à cause de l'eau froide! J'avais remarqué que la jeune fille masturbait son ami d'une vitesse vertigineuse et ce qui devait arriver, arriva. L'ami joui. Je voyais dans toute sa splendeur l'éjaculation sortir au ralenti; deux à quatre millilitres de sperme éjectés de leur lieu de résidence. On aurait dit le commencement de la Voie Lactée. Le début de la vie en apesanteur. Toute cette énergie libidinale perdue dans des litres d'eau chlorée. C'était définitif : le taux de natalité au Québec n'allait pas augmenter de cette façon! L'espion sous-marin que j'étais ne recula devant rien décida de faire un autre survol des lieux. Oups! Un survol? Je n'ai pas de périscope… Alors, je replongeai. Après le monstre du loch Ness en Écosse, j'étais le Nessie de Fleuri-des-Monts. Je pouvais voir l'étendue des actions posées sous l'eau. Constat : Un seul partenaire et même deux ne suffisaient plus. Je voyais au loin une fille en train de faire une fellation sous l'eau… (je l'avais surnommée la piranha) pas à un, ni à deux mais à trois garçons. Et si elle les mangeait pour de vrai? Les gars seraient dans le trouble. Nous, les hommes, on n'est pas comme les lézards. Notre queue ne peut repousser. Nous n'avons pas accès à l'autotomie. En fait, ces trois moineaux, je les avais nommés : les trois mousquetaires chanceux. Je voyais D'Artagnan bien manier son épée comme Zorro et Luke Skywalker. Athos, lui, était bien prêt d'atteindre le septième ciel. Quant à lui, Porthos jouait avec son jouet personnel en attendant son tour. Il ne manquait qu'Aramis. Mais, je pense que cette fille ne savait pas que les trois mousquetaires étaient en réalité quatre. Alors, je tentai ma chance en lui faisant signe sous l'eau. Je repris mon souffle en sortant ma tête et lui ai dit que je me nommais Alexandre Dumas et que j'aimerais bien jouer moi aussi à la pipe musicale? Comment faisait-elle pour sucer de cette façon? Je l'ignore. Je l'avais surnommée d'une autre façon : la piranha aspirateur aquatique, ou bien plus affectueusement : Calypso. Alors, je repris place sous l'eau. J'étais Poséidon, le dieu de la Mer. Je contemplais ma nymphe de la mer : Calypso, celle qui aimait les trois mousquetaires et … Alexandre Dumas. Je m'étais dit autant en profiter! Alexandre Dumas n'en demandait pas tant. Après m'être soulagé, nageant comme un poisson dans l'eau, je pouvais m'offrir quelques gâteries de plus et ce, d'une façon anonyme. Parfois, j'osais mettre un doigt dans un trou invitant. Parfois l'invité voulait en faire autant. C'était la simultanéité des changements de partenaires en direct. Les gens s'amusaient et goûtaient à tous les plats auxquels ils pouvaient déguster. On ratissait large. Pour ma part, j'avais une envie soudaine de manger des chocolats Smarties. Une envie comme une autre. Pas les « M & M » car ils n'avaient pas encore les « M & M » bleus et pour mon jeu, j'en voulais des bleus. Alors, Le seul hic dans cela, c'est que je voulais associer une couleur d'une Smarties à une fille portant un maillot de la même couleur pour ensuite l'embrasser. Étais-je prêt à passer à l'action? Oh que oui! La pêche était lancée. La chasse était ouverte. Alors, je me suis lancé à la recherche de maillot de bain de couleur jaune, orange, vert, bleu, violet, rose, brun et terminer avec un beau maillot rouge. Que de plaisirs ai-je eus! Qui aurait cru que des Smarties rapprocheraient autant les gens? En fait, j'étais influencé par la cavalcade de jeunes, une troupe désordonnée qui s'amusait là, dans la piscine, lieu où régnait la concupiscence, la licence, le libertinage... Le taux de dépenses énergétiques dans la piscine était énorme. C'était le baisodrome par excellence. Des guichets automatiques humains: retraits, dépôts, retraits, dépôts... alouette! Des pénis, des vagins imbriqués les uns dans les autres. Ils ne faisaient pas l'amour pour des raisons démographiques... Fini le mythe où les filles ne baisaient que lorsqu'elles étaient amoureuses. Chaque tigresse embrassait à pleine bouche son ou ses pilotes de brousse pour l'échange ultime de langue, de salive, de semence et, de fluide. En fait, les femmes étaient comme une fosse de sable : plus qu'elles avalaient et plus qu'elles voulaient en avaler. (il me semble que je me répète...) Cela n'avait pas un atome de bon sens. On aurait dû donner à tout ce beau monde des substances anaphrodisiaques, du camphre qui est réputé anti-aphrodisiaque pour les calmer un peu et pour donner une chance à ma Sandra, la chouchoute de cette piscine... close; elle qui était toujours prête à lécher les couilles, les castagnettes, les ballottes des autres... Cependant, elle s'occupait davantage des avantages d'un grand brun. Je l'avais surnommé Big Ben... bien sûr à cause de sa grande cloche. Celui de Londres, avait sonné pour la 1re fois le 31 mai 1859 et pesait 13.5 tonnes… Celui de Fleuri-des-Monts, se faisait aller les cloches aujourd'hui et je me foutais combien il pesait!

M'enfin. Il faut se ressembler un peu pour se comprendre, et il faut être un peu différent pour s'aimer. Il y avait plein de gens semblables et dissemblables dans la piscine... Moi qui pensais que la baleine bleue était le plus gros animal vivant de la Terre, c'était avant de connaître la grosse Bertha, surnom de la fille avec son gros, très gros, costume de bain qui venait s'échouer de temps à autre près de nous. Je n'avais jamais vu ça auparavant. Mais bon, elle avait droit d'y être elle aussi. Elle aussi, avait droit au plaisir dans la piscine du bonheur. D'ailleurs, sans mauvais jeu de mots, elle avait beaucoup, beaucoup d'amour à donner…Enfin, je n'ai jamais été du genre à médire sur les autres, ni de rire de quelqu'un et encore moins d'intimider une personne à cause de sa couleur de peau, sa couleur de cheveux ou bien de son physique. Cette fille, la moins mince de la piscine avait le dos large. J'entendais plein de choses méchantes à son sujet. Ah que le monde peut être bizarre parfois. La différence dérange. Alors, je décidai de m'occuper de mon corps. C'était bien assez. Je regardais autour de moi. Il y avait autant de personnes en euphorie qu'il y avait de lettres dans l'alphabet Grec. Je dois me confesser que la belle Alpha et l'énergique Gamma ne donnaient pas leur place avec leur fougue. Et que dire de la sensuelle Bêta et la plantureuse Delta : du bonbon! En fait, j'étais bien ici. Je ne voulais plus changer d'un iota. D'ailleurs, lorsque la belle Zéta et la non moins belle Oméga nagèrent près de moi, je voulus me présenter. Ce fut peine perdue. Elles étaient déjà parties se fondant dans la masse. C'étaient comme les feuilles dans une forêt, toutes dissemblables en leur ressemblance, les filles n'étant pas semblables mais avaient des caractères communs. Sur le terrain, il y en avait qui faisait le 69, communément appelé: faire le bout-ci, bout-là! D'autres couraient après leur queue, d'autres qui enfilaient en levrette, d'autres frottaient quelques boutons d'amour, quelques grains de café; il y en avait qui passait le doigt dans l'entrecuisse, l'entre-deux, le joujou de ces demoiselles d'honneur, tandis que d'autres femelles branlaient des gros manches avec de grosses veines bleues ou des p'tits trucs avec des testicules de bélier! Des piles AA aux piles D, toutes les dimensions des testicules étaient au rendez-vous. On ne savait plus à qui appartenait la main qui nous touchait. Nous étions rendus des pieuvres à sang bleu dépourvu d'hémoglobine. Trop de mains inconnues autour de nous. Mais la caresse du vent, du soleil sur les corps, prédisposait à cela... C'était le nec plus ultra du sexe. L'endroit idéal pour s'éclater et laisser aller le stress. Ici, le stress sortait par la bouche de nos canons. C'était l'éruption du Vésuve, de l'Etna...de Mark...etc...

En fait, que ce soit couché, debout, accroupi, sur le dos, sur le ventre, dessus, dessous, par-devant, par-derrière, à deux, en groupes, il n'y avait que de yeux pour le sexe, l'orgasme libre. Des quidams de toute espèce qui folâtraient avec les filles. N'importe qui! Je me souvenais d'une fille qui avait les yeux de Kermit la grenouille, pauvre elle. Quand tu sais que tes yeux ressemblent à deux balles de ping-pong... tu es plus que contente de rester sous l'eau avec ton masque et ce, aussi longtemps que possible. N'empêche qu'elle s'amusait quand même. Étant donné la chaleur, une p'tite molle ou une grosse dure aurait été apprécié par plusieurs qui aiment... la crème glacée! Néanmoins, pendant que j'étais en train de flatter les douze paires de côtes de Sandra, je m'apercevais qu'elle appréciait les douze paires de fesses se faire aller et bronzer en face d'elle. Elle a toujours été attirée par les arrière-boutiques, les arrières-charmes, le pont-arrière des messieurs. En effet, aussitôt que l'on parlait de croupion, de porte de derrière, de rectum Sandra était déjà prête à mettre le doigt sur le piton! En fait, complètement derrière la piscine, il y avait deux jeunes filles qui se faisaient bronzer. Elles avaient l'air affairées à s'occuper d'elles-mêmes et apprécier le farniente. Elles étaient en monokini. Elles étaient comme cul et chemise, inséparables. Je m'en souviens fort bien car la chanson de Prince reprise par Sinéad O'Connor « Nothing compares to you » y jouait.

L'une mettait de la lotion pour bronzage sur le corps de l'autre... et s'attardait vis-à-vis les seins, les avantages de son amie... leurs mamelons pointaient vers le sud-est... Je faisais semblant de regarder vers le sud-ouest. Finalement, je compris qu'elles voulaient leur intimité, et je les ai respectées... ces deux solitaires... Étaient-ce des misandres? Je les avais appelées Joséphine et Bellophine.

De l'autre côté de la piscine, il y avait quatre jeunes qui s'amusaient follement avec de la peinture à l'eau. Je les surnommais les caméléons. Je savais que les caméléons changeaient de couleur pour courtiser les femelles. Alors, il y en avait qui se peinturait sur le corps. Pour les besoins de la cause, je les avais nommés selon les trois couleurs primaires : Jaune, Bleu et Rouge.

Jaune et Bleu étaient de sexe féminin et les deux garçons étaient de couleur rouge.

Ce que je pouvais en conclure c'était que Jaune et Rouge avaient changé d'apparence depuis quelques minutes. Ils étaient rendus Orange tandis que Bleu et Rouge étaient devenus Brun. David Copperfield les avait-il changés? La magie semblait opérer.

Juste à côté, il y avait une fille flexible qui s'amusait à faire le grand écart. Naturellement, alcool aidant, elle était nue comme un ver. Étant donné son grand écart fait à merveille, je lui aurais donné une note parfaite de 10 aux Olympiques. J'étais heureux d'avoir pu apprécier cette Nadia Comaneci, nouvelle génération.

À gauche de la gymnaste, une fille nue sur l'herbe mangeait avec deux garçons habillés. Mario était habillé en rouge et Luigi était habillé en vert. Ses deux frères plombiers étaient sûrement plus frileux que la demoiselle. Ce paysage me faisait penser à la peinture d'Édouard Manet, intitulé : Le déjeuner sur l'herbe…Dans le temps, cette peinture fut controversée étant donné que seule la dame était nue… Aujourd'hui, Édouard Manet n'aurait que l'embarras du choix pour un nu intégral… et sa peinture s'intitulerait probablement : Le déjeuner en fumant l'herbe…

Un peu à la droite de la gymnaste, il y avait un garçon animateur. Il posait toutes sortes de questions. Une bonne réponse et tu avais droit à un billet pour une bière gratuite. Curieux comme je suis, j'y suis allé. En réalité, j'aurais dû dire : assoiffé comme je suis…j'y suis allé…

-Pourquoi un hibou est incapable de bouger ses yeux mais sa tête peut faire une rotation de 270 degrés?

-Pourquoi Alfred Hitchcock, le roi du suspense,   n'a jamais reçu d'Oscar?

-Pourquoi la guerre de Cent Ans a duré 116 ans?

-Pourquoi le mille pattes n'a pas mille pattes?

-Etc...

Revenu assoiffé du jeu... il était temps de préparer le coucher.

Tard la nuit, presque tout ce beau monde, ces as de la fornication, de la partouze, de ces jeux lascifs restaient à coucher. Pour les autres, je leur avais bien dit de se choisir un chauffeur désigné pour ramener quelques personnes. C'était bien beau de boire du café, d'ouvrir une vitre, de monter le volume de la radio, de chanter, de changer de position, de mâcher de la gomme et de parler aux passagers mais rien ne remplaçait un chauffeur qui n'avait pas bu. La leçon avait porté fruit.

Maintenant, c'était le temps de passer au lit. Sandra et moi couchions par terre près du lit de son cousin. L'heure était arrivée pour les confessions... La vérité est durable et même éternelle... Je déballe mes histoires d'escalier, de voiture et de moules... Sandra me raconte ses histoires de piscine qu'elle avait vécues; son fantasme de faire l'amour à un inconnu et que finalement elle s'était envoyée en l'air, s'était fait biter avec plusieurs personnes à la fois, se faisant inséminer non artificiellement par 4 à 5 personnes différentes me répéta-t-elle... Mais, ma foi, elle avait baisé sur le pouce! En réalité, elle avait affilé le bandage de plusieurs mâles et joué de la flûte sur plusieurs instruments, pas pour rire! Moi qui m'en faisais pour sa réaction! Elle s'était enfourchée avec quelques connaissances, même pas des amis! Elle me disait que l'appétit venait en mangeant!!! Elle avait cocufié avec l'équivalent des chiffres romains soit le : I, le V, le X, le L, le C, le D et le M ou si vous préférez, Ian, Vincent, Xavier, Louis, Charles, Danny et Mario. Je lui reprochai ce qu'elle venait de faire. On s'est disputé quelque peu. En fait, je l'accusais mais en même temps je l'absolvais. Il faut dire qu'on reproche aux autres souvent ce qu'on a honte de s'avouer soi-même... La morale de cette journée: l'esprit est prompt, mais la chair est faible.

Mon insécurité refaisait surface.

- Sandra, est-ce que tu préfères les hommes circoncis ou les non circoncis? Est-ce que les circoncis te font mieux l'amour que les non circoncis?

- Mark, pour répondre à ta première question, je préfère les hommes tout court, et spécialement l'homme avec lequel je parle en ce moment. Et pour ta deuxième question, c'est toi qui me fais le mieux l'amour... aucun doute là-dessus!

Elle avait encore joué au psychologue, sexologue et au psychiatre en me faisant croire que j'étais le meilleur... Et si elle disait vrai? D'ailleurs, le plaisir des disputes c'est de faire la paix. Nous nous étions entendus pour clore notre discussion en faisant l'amour. Et, étendus, nous nous sommes embrassés. Une trentaine de minutes plus tard, sans tambours ni trompettes pour ne pas réveiller son cousin et son amie, nous avons fait l'amour. Nous faisions partie des 200 millions de rapports sexuels quotidiens selon l'organisation mondiale de la santé. Très excitant de savoir que quelqu'un puisse se réveiller et vous découvrir en pleine action. Le hic, c'est que Sandra a de la difficulté à jouir sans bruit, elle en est incapable... et ce qui devait arriver, arriva, au moment même que je battais le beurre, que je barattais et à force de tarabuster, le cousin se réveilla au plus fort de notre combat amoureux. Finis les coups de croupe, les mouvements de reins, le jeu du cul. Pour nous, le quinzième round était remis pour ne pas déranger la maisonnée. Quel malheur pour mon inassouvissable libido!

À 2h15, j'ai dû aller au p'tit coin... prenant bien mes précautions pour ne pas faire du bruit... je marchais sur le bout des orteils, en catimini. Je vis une étoile filante en cette nuit étoilée. Ma grand-mère m'avait déjà dit de prononcer « Jésus, Marie, Joseph » avant que ne disparaisse l'étoile filante; cela faisait en sorte que je venais de sauver une âme du purgatoire et ensuite que je pouvais faire un vœu. Alors, sauvetage d'une âme ou réalisation de mon vœu? Altruiste ou égoïste? Je passai devant une chambre où un couple était en plein action d'un 69. Des cunnilinctus à leur meilleur. Je pouvais voir l'assistance que le majeur leur prête pendant leurs jeux libertins. C'était leur brigadier de l'amour, le remplaçant du patron. C'était beau à voir leur petit jeu saphique. Je n'en demandais pas tant. Étant allé au p'tit coin, (on sait tous que l'envie d'aller à la toilette passe avant l'envie de faire l'amour) je repassai et là, obéissant à mon insatiable curiosité, je reconnu mes deux solitaires du sud-est!!! En direct devant mes yeux : Joséphine et Bellophine. Je faisais presque du voyeurisme voire même de l'écouteurisme, cette manie d'écouter aux portes et de surprendre les conversions amoureuses. Je regardais. J'écoutais. Leurs hanches rondes étaient un ravissement pour mes yeux. Elles m'invitèrent à pénétrer dans ...leur chambre. Mon vœu se réalisait-il déjà? Elles avaient mis un godemiché, un pénis en caoutchouc chacune dans leur vagin respectif. C'était bandant de les voir faire le va-et-vient avec ces phallus artificiels, ces cylindres consolateurs, ces hommes à ressorts. Ça me donnait toute une sensation, une excitation, une griserie. Je sentis mon sexe se tendre dans mon caleçon. Elles appuyaient leur regard sur ma braguette. Tout se faisait sans paroles, nous communiquions avec des gestes pour ne pas déranger les autres individus de la maison. J'étais debout. Elles prirent mes deux bras et me menottèrent les deux mains, vis-à-vis les poignets derrière le dos. Elles s'étaient accroupies. Une paire d'yeux arrivait à la hauteur de mon pénis et l'autre paire d'yeux vis-à-vis mes fesses. En fait, en parlant de paire, elles avaient respectivement de très beaux lolos, de très jolis nénés. La fille avec les beaux pamplemousses fixait ma braguette. De sa main, elle tâta ma troisième jambe, mon sixième sens, ma bite au travers de mon pantalon. Elle me déculotta... Je lui dis: « Suce mon bijou naturel, ce sera meilleur qu'un bijou artificiel!" Je voulais qu'elle casse ma canne! Je ne savais pas comment elle prendrait la chose que je venais de lui dire, mais chose certaine, elle savait comment prendre ma chose! Néanmoins, c'était la fille avec les belles oranges qui amorça le siphon. J'étais on ne plus en érection. Je vivais une de mes fantaisies. Je frissonnais de partout. Il y avait accélération de mon rythme cardiaque et ma respiration était saccadée, haletante.

Le volume de mes testicules, mes gonades, mes noix augmenta, tandis que leurs mamelons se durcirent et leur clitoris se gonfla. Elles me flattaient le duvet, léchaient, suçaient et me mangeaient. Elles se délectaient de mon zucchini et de mes deux kiwis. C'était meilleur que leur dildo! Elles se rassasiaient de mon fruit monosperme, mon fruit qui ne contient qu'une seule graine. Elles, qui n'avaient pas ouvert la bouche de la journée, se reprenaient fort bien avec ma bite... Elles mangeaient ma viande de devant. Quel lunch pour elles! Mon pénis servait de métronome. Ce dernier était balancé de gauche à droite et de droite à gauche pour le mettre alternativement à la portée de la bouche de mes deux fellatrices. Moi qui pensais qu'elles étaient des prêtresses de Lesbos, des anandrynes pure laine, des lesbiennes assumées! Je devais me rendre à l'évidence que ces supposées siamoises étaient également des blanchisseuses de tuyaux de pines de premier ordre!

De plus, leurs petites lèvres s'entrouvrirent. Elles me forcèrent, (forcer était un bien grand mot) à me fourrer le nez dans leur bonnet à poil. C'était le temps de discussion entre ma bouche d'en haut et de leur bouche d'en bas. Je leur faisais l'amusette. Ensuite, je devais les pénétrer. J'utilisais mon aiguille pour la mettre au milieu du cadran de chacune d'elle; pour finalement me faire sucer avidement le sexe encore tout luisant de leur propre miel intime. J'étais leur esclave. Je devais obéir à leur ordre. J'étais absolument dépendant d'elles. J'étais en pleine séance de lichette, de soumission. Je devais m'agenouiller et dévorer et mordiller leur clito tout mouillé...

J'avais à satisfaire leurs caprices et avec ma langue de velours, je les faisais monter au septième ciel... dans ces cas-là, on pouvait dire qu'elles avaient atteint l'Everest et leur jouissance avait culminé à 8848 mètres d'altitude; la plus haute montagne du monde. Bien sûr, c'était une image... mais elle illustrait bien ce que je voulais dire.

Elles eurent plusieurs orgasmes successifs. Elles étaient racées, suaves... Parfois, j'étais pris en sandwich entre ces deux femelles... Deux bouches, quatre lèvres, deux langues qui t'embrassent le sexe, le machin en même temps... c'était l'exaltation, la félicité. Moi qui pensais pouvoir déposer mon sperme, ma manne céleste dans un des deux vagins, je dû jouir, répandre ma semence sur leur peau douce. Elles avaient extirpé de moi ma substance de la vie qui coulait et collait à leurs doigts. J'y étais allé d'un jet prolifique car une des deux filles avait eu l'idée d'obturer de façon intermittente mon méat au moment de l'éjaculation, ce qui prolongea la durée de mon sommet orgasmique. J'étais content d'avoir rencontré ces deux solitaires boulimiques de sexe qui, pour combler leur solitude, m'avaient invité dans leur intimité, leur porte de devant, leur rez-de-chaussée... et m'avaient fait sentir égal au prototype du séducteur masculin: Casanova ou bien le Marquis de Sade? Je m'étais trompé à leur sujet, elles n'avaient pas eu dédain de mon pénis et de mon éjaculation... Mea Culpa!... Elles avaient joué avec mon ça, mon ensemble de pulsions inconscientes. Et le plus drôle et comique dans tout cela, c'est qu'elles m'avaient donné une cerise à défaut de la leur avoir enlevée!!! Dans mon carnet, Joséphine et Bellophine étaient cataloguées: bonnes branleuses. Pour quelques instants, j'avais été leur amant, leur aide-mari!

De retour dans ma chambre, il était l'heure de communiquer avec mes amis imaginaires. Je m'installai dans mon lit. Mon baladeur était programmé pour y jouer : « A day in the life » et « Let it Be » des Beatles. Nu comme un ver. J'étais fin prêt à faire une entrée en transe profonde. Il fallait que je m'ancre dans ma nouvelle réalité sensorielle. J'avais cette sensation de filer à grande vitesse dans l'air. Cette sensation était semblable à celle que l'on a, étant plus jeune, en faisant de la balançoire lorsque l'on monte très haut avant de repartir en arrière. Ce sentiment d'abandon, de chute et de vertige était au rendez-vous. Cette fois-là, il y avait plein de nouveaux amis imaginaires autour de moi. Tous vêtus d'un sarreau blanc. Je me sentais comme dans un institut. Mes amis Ian Wilmut (50 ans et 5 mois) et Keith Campbell (40 ans et 7 mois) ne se doutaient sûrement pas qu'ils seront les premiers sur la planète Terre à cloner une brebis à partir d'une cellule adulte... et ce dans moins de deux ans... De plus, un autre passant avait fait demi-tour pour me rencontrer. Il s'appelait Reed Hastings. Il avait 34 ans et 2 mois. Il ne se doutait guère lui non plus qu'il était pour créer dans trois ans avec l'aide de mon autre ami Marc Randolph (36 ans et 8 mois) le réseau Netflix grâce à des films en flux continu sur internet.

8h00 du matin. Je me fais réveiller. Le cousin s'envoyait en l'air avec son amie sur le lit d'eau. C'était un lit à musique, ça y allait en cadence. Le couple battait la mesure. Ce n'était sûrement pas un anti-vague avec le raz-de-marée qui était en train de se produire. Il la calfeutrait, lui bouchant la fente, le trou, la brèche par son salsifis, sa limace, son pénis peu viril. Je faisais semblant d'être toujours dans les bras de Morphée sachant fort bien que la position du missionnaire s'exécutait près de moi. De les entendre, ça m'excitait... Le cousin semblait bien manier son archet sur son alto. Il faisait du pizzicato sur les seins de sa douce moitié. Je me demandais si le cousin trouvait cela difficile d'essayer certaines positions dans un lit d'eau. Ce n'est pas toujours évident de garder le tempo. Je n'avais rien dit de mon épopée de la nuit à Sandra. Toute vérité n'est pas bonne à dire. Il est des gens que la vérité effraie. Les excuses rappellent la faute plus certainement qu'elles ne l'atténuent. Qui s'excuse, s'accuse! D'ailleurs, j'ai le mensonge en abomination et je préférais faire le pénitent en moi-même que d'altérer la vérité en lui disant une quelconque menterie. Enfin, je commençais à les apprécier de plus en plus les gens de la maison. Des gens bien dans leur peau, qui avaient le sens des responsabilités et une recherche de leur soi. Ils respectaient l'environnement, réussissaient dans leurs entreprises et étaient non violents. Ils avaient cette flamme intérieure qui leur permettait de jouir de la vie.

12

LA RENCONTRE DU 3ème ÂGE

Qui sait si nous serons demain... autant en profiter tout de suite... Ce leitmotiv, du vivre au moment présent était l'apanage d'un couple d'âge mûr, Marcel et Rolande que j'avais rencontré lors d'un voyage organisé à New-York. C'était drôle à dire, mais la dame me faisait penser à Jaimie Sommers (de son vrai nom Lindsay Wagner), la femme bionique. Celle qui avait deux jambes, un bras et une oreille bionique. Et vous ne me croirez pas si je vous disais que son mari était le sosie de Steve Austin (de son vrai nom Lee Majors); l'homme de six millions. Les circonstances ont fait que nous devions partager une chambre d'hôtel pour 4 personnes. Sandra et moi n'avions aucune objection de partager notre intimité étant donné les coûts énormes d'une chambre pour 2 personnes. Cependant, nous avions peur que le couple soit trop âgé et ne puisse suivre la cadence du groupe. Je les voyais mal escalader les 102 étages de l'Empire State Building ou bien visiter les deux tours jumelles du World Trade Center. De toute façon, je ne pensais pas visiter les deux tours étant donné l'attentat du 26 février 1993. Cependant, C'était mal les connaître. Dans ma tête un couple de vieux écoutait des émissions de télévision comme « Les Belles Histoires des Pays d'en Haut », « Soirée Canadienne » et la messe du dimanche matin! Un petit couple de vieux pour moi ça représentait également la découverte de la sexualité par le catalogue Sears... autres temps, autres mœurs. En les voyant, je croyais qu'ils étaient dorénavant plus excités par la récolte d'argent Canadian Tire que leur propre libido. C'était mal les connaître de nouveau. Alors, ce fut les présentations. Nous étions avec Marcel, 62 ans et Rolande, qui gardait secret son âge prétextant que ça ne servait pas à grand-chose de divulguer son âge et que ce n'était pas une question de vie ou de mort pour elle. Je la respectais dans sa conviction. C'était vrai, à quoi bon de savoir l'âge d'une personne sauf rassasier sa propre curiosité.

On dit qu'avec le temps, la passion des grands voyages s'éteint, mais ce n'était pas le cas de Marcel et sa dulcinée. Ils nous avaient pris en affection. Ils avaient bien vu notre réaction lorsque nous les avions vus pour la première fois.

-Vous savez les jeunes, ce n'est pas parce que nous avons dans la soixantaine que nous sommes devenus paresseux et que notre cerveau ne sert plus à rien. Saviez-vous que le plus vieux président des États-Unis a été élu à 69 ans et 349 jours.

-Ah non! Qui était-ce?

-Et bien, c'était nul autre que l'ancien acteur Ronald Reagan. Un républicain.

-Écoutez-nous, on ne voulait pas insinuer quoi que ce soit par rapport à votre âge. On avait seulement peur que vous ne puissiez suivre la cadence. Tant mieux si ce n'est pas le cas. On va avoir du plaisir.

Nous discutions assez ouvertement et nous nous sentions tous à l'aise... comme si nous nous étions connus dans une autre vie, une autre dimension... Les hommes parlaient d'un côté et les femmes de l'autre. Le sujet? Bien sûr... on parlait de sexe, quoi d'autre?

- Mon cher Mark, autrefois, lorsque je voulais avoir des aventures avec ma belle Rolande, les attouchements et les satisfactions spontanés nous amenaient souvent à la confesse.

- Quoi, voulez-vous dire que si vous touchiez à Rolande d'une façon intime, cela était considéré comme un péché?

- Exact mon Mark! Dans notre temps, la religion avait une mainmise sur nos comportements et on nous avait appris très jeunes à freiner nos pulsions viscérales et en nous imposant des craintes et des interdictions quant aux touchers sexuels en soit. Cela pouvait être considéré comme un péché véniel ou mortel.

- Oh la la! C'était tout un péché..., il devait y avoir une "gang de pécheurs"... Je vais dire comme vous, autres temps, autres mœurs! En fait, Marcel, je me pose une question; dans votre temps, pouviez-vous vous caresser au moins?

- Sur ce point, je te dirai que la masturbation était considérée comme un péché véniel...

- Un péché véniel?

- Oui, cela voulait dire qu'on pouvait se faire pardonner pour un tel geste comparativement au péché mortel où là, il n'y avait pas de pardon... De toute façon, lorsque l'on pensait sexe, il y avait un combat constant entre la présence de Dieu et la présence du Diable en nous! C'était pénible à vivre. Nos organes génitaux étaient communément appelés nos parties honteuses! Pourtant, on faisait tort à la nature dans ce temps-là car la nature n'avait et n'a rien fait de honteux à ce que je sache! On découvrait tout par nous-mêmes, d'ailleurs le comportement des animaux en période de rut nous en apprenait un peu sur la sexualité. Pour la masturbation, l'instinct nous guidait. Tu sais que dans notre temps, un enfant naissant venait des sauvages ou des limbes, le croirais-tu?

La discussion entre Marcel et moi continuait à battre son plein, tandis que les femmes ne s'en laissaient pas imposer pour autant... Tu sais ma chère Sandra, lorsque tu auras mon âge, tu découvriras d'autres facettes de la sexualité. Autrefois, on jugeait les hommes par leur performance et les femmes par leur soumission. La femme était traitée en maintes occasions comme un bien sexuel envers lequel tout était permis. Nous étions vulnérables et victimes des circonstances de ce temps-là. Je connais des femmes qui n'ont découvert que tard dans leur vie, la fonction sexuelle du clitoris. Tu t'imagines? La suprématie et l'autorité de l'homme étaient privilégiées. Qu'une femme prenne les devants en matière sexuelle dans mon temps, c'était presque la quadrature du cercle, quasi irréalisable et celles qui osaient, étaient perçues comme des filles faciles... Cela a bien changé depuis. Je sais qu'à ton âge la performance est très importante tandis que pour nous, Marcel et moi, nous mettons plus l'emphase sur l'affection, la tendresse, la communication. L'orgasme n'est pas un ingrédient essentiel à notre satisfaction sexuelle. N'empêche que nous aimons encore le sexe et le fait de rester actifs sexuellement retarde notre processus de vieillissement, j'en suis convaincu. Pour cela, question de me rassurer, je n'hésite pas à vérifier le bon état de la marchandise en faufilant mes doigts dans son caleçon le soir venu. D'ailleurs, la femme associe souvent l'érection de son homme à son degré de séduction. Fais bien attention à cela car plus vieille tu ne te sentiras plus aussi désirable si tu attends la levée du drapeau en temps voulu.

- Et c'est comment Rolande, côté sexualité à votre âge?

- C'est bien, mais il faut s'ajuster à certains détails. Premièrement, Marcel prend plus de temps pour parvenir à l'érection; il faut dire que son sexe a cessé d'être un jouet tout neuf!

- De ce côté-là, Mark n'a pas de problème.

- De plus, l'érection de Marcel est moins spontanée et n'est plus aussi pleine, ni aussi gonflée, ni aussi ferme qu'à 20 ans! Mais au moins, il n'a pas de dysfonction érectile et si c'était le cas, je ferais sûrement une neuvaine pour qu'on trouve un médicament qui pourrait pallier le problème.

- De ce côté-là, Mark n'a pas non plus de problème

- Par la suite, l'éjaculation demande plus de temps et elle est moins puissante qu'avant et le volume de son éjaculation diminue avec l'âge... Le sperme s'écoule plutôt qu'il ne jaillit... Il me dit souvent: "Mea Culpa!"! Marcel m'a même dit qu'il ne sentait pas toujours la venue de son éjaculation, la sensation de non-retour comme avant.

- Moi, mon Mark, il l'a ressent cette sensation...

- En fin, après l'éjaculation, l'érection de Marcel est plus lente à revenir.

- Est-ce que cela est déjà arrivé que votre mari ne puisse atteindre l'érection?

- Ah, bien oui! Et ce n'est pas dramatique... comme je te l'ai déjà dit, on s'ajuste à ce genre d'événements. Dans l'impuissance, on trouve d'autres points d'appui. Lorsque cela arrive, ça n'affecte que le coït vaginal et on peut très bien faire l'amour autrement. Vieillir, c'est comprendre ses limites. Un pénis ne doit pas être forcément en érection pour éprouver du plaisir. La génitalité mène à l'orgasme, la sexualité mène au bonheur de vivre à deux. Tu comprends ce que je veux dire Sandra?

- Ah oui!

- De toute façon je te parle depuis tantot de Marcel,

mais à mon âge, il faut se rendre à l'évidence qu'il y a l'affaissement des seins qui à notre grand dam lorgnent vers le pôle sud, quelques bouffées de chaleur, l'alourdissement de la taille, la lubrification vaginale est réduite et j'en passe. C'est peut-être un peu de ma faute tout cela. Mon passé est peut-être en train de me rattraper. D'ailleurs, j'ai beau travailler mon muscle pubococcygien avec les exercices de Kegel, j'ai souvent des problèmes avec mon plancher pelvien. Mais que veux-tu, c'est l'âge et l'âge me rattrape!

- Je comprends!

- Ah oui! Il faut que je te dise également que les femmes peuvent se sentir moins féminines lorsqu'elles ont été obligées de subir l'hystérectomie, l'ablation de l'utérus; c'était comme si tu enlevais les testicules chez l'homme.

-Est-ce que ça été votre cas?

-Dans un sens, oui. Mais je m'en suis sortie grâce à Marcel. Lui, pouvait comprendre comment il se serait senti sans testicules. Il m'a été d'un grand soutien. De plus, j'ai déjà songé à la chirurgie esthétique pour supprimer mes bourrelets adipeux et mes tissus affaissés, mais j'ai changé d'idée. On doit s'aimer comme on est si la santé n'est pas compromise. Comme tu vois, dans le couple, les deux individus doivent négocier avec ces changements. On dit que l'érotisme n'est plus pour notre âge... Pardon! Les personnes du 3eme âge ne sont pas asexuées à ce que je sache! Marcel me dit souvent de petits mots d'amour, me dit qu'il aime mes rides, qu'il adore jouer dans mes cheveux gris, qu'il prend plaisir à caresser mes mains, mon visage, me pincer une fesse, m'embrasser une oreille. Il me donne du plaisir et me fait sentir libre, utile et, je me sens aimée. Sa présence physique, spirituelle et son intimité prouve que j'ai un très grand besoin d'appartenance envers lui. Il aime érotiser notre environnement; il est un disciple de l'érotophilie, il aime l'érotisme. Il partage tout: son vécu émotionnel, ses caresses, son regard, ses étreintes, ses désirs, ses rêves, ses fantasmes etc... Le plaisir d'être touché, ce second langage de la sexualité, cette expérience sexuelle, sensuelle et sensorielle peut aider à faire accepter le corps ou des parties du corps. Cette tendresse, cette proximité physique amène une dimension tout à fait aphrodisiaque. Nos cheveux sont peut-être grisonnants, mais la neige sur le toit n'est pas toujours indice d'une absence de feu dans la cheminée. Cependant, ça informe des précautions prises pour conserver la chaleur au-dedans. Tu sais Sandra, on est peut-être plus vieux en âge que beaucoup de gens, mais c'est dans la perception de soi, l'estime de soi que se trouve la source de jeunesse. Nous ne cessons pas d'avoir du plaisir parce qu'on est vieux; cependant, on peut devenir vieux si on cesse d'avoir du plaisir. Pour ma part je ne dis jamais fontaine je ne boirai pas de ton eau. Le principal organe sexuel humain, est le cerveau... Tu sais, le sexe tu peux le voir comme une promenade sur la Seine, fait avec douceur ou comme une descente à rafting sur une rivière Jacques-Cartier très agitée…

Sandra faisait toujours son écoute active. De l'autre bord, Marcel en avait long à raconter également...

- Mark, chaque âge a ses plaisirs, et plus je vieillis et plus je dirais que l'amour est d'autant plus intense qu'il s'approche de la mort car quand je fais l'amour, c'est comme si c'était la dernière fois.

- C'est plutôt morbide comme réflexion, ne trouvez-vous pas?

- Mais, c'est une façon de voir les choses. Vous autres les jeunes d'aujourd'hui, vous avez des relations sexuelles pour le plaisir, nous c'était seulement pour se reproduire et le plaisir venait en second lieu. Même la masturbation était mal vue. On la diabolisait. Maintenant Rolande et moi on en profite. On est complices. Premièrement, un couple qui fait chambre à part fait souvent après un certain temps, ville à part... Tu comprends? Alors, on fait bien attention sur ce point. Deuxièmement, il n'y a pas de crainte que Rolande devienne enceinte. Troisièmement, je me crois un meilleur amant parce que je prends plus de temps pour être stimulé, ce qui me permet de me concentrer sur le plaisir de ma belle Rolande. Quatrièmement, nous sommes seuls à la maison, donc nous pouvons faire l'amour à n'importe lequel moment de la journée; et finalement, l'amour et la sexualité c'est trop merveilleux à tous les âges pour être l'exclusivité de vous, les jeunes. Nous, Rolande et moi, avons la ferme conviction qu'à n'importe quel âge, on doit être libre de faire ce qu'on a envie de faire et non ce qu'on croit devoir faire! Vous, Mark et Sandra, vous êtes aujourd'hui, ce qu'autrefois nous fûmes...

- Est-ce un compliment?

- Bien sûr! En fait, nous avons composé dans notre jeunesse, l'homme et la femme mûrs, les personnes âgées que nous sommes; et nous croyons avoir bien réussi jusqu'à ce moment. Tu sais, les femmes se plaignent souvent que, nous les hommes, ne faisons pas de préliminaires, de préparations, que pour nous, les fameux préliminaires sont aussi captivants que de regarder une partie de golf à la télé, que nous sommes trop préoccupés avec les stimulations génitales, que l'on presse leurs seins comme des citrons, que l'on ronfle immédiatement après avoir fait l'amour, que nous ne sommes pas romantiques, que nous jouissons avant que notre partenaire soit prête, que nous sommes toujours pressés, que nous touchons à notre compagne que lorsque nous voulons du sexe, qu'il n'y a pas de passion, que nous utilisons toujours la même position et que finalement nous n'écoutons pas ce qu'elle veulent... et bien Mark, crois-moi, il y a une part de vérité dans ces faits. Si tu veux réussir en amour et du côté sexualité, fais attention à ce que je viens d'énumérer. L'attitude, c'est un petit rien qui fait souvent toute la différence. Le désir du plaisir ou bien le plaisir du désir est essentiel à ta libido. Tu sais, faire jouir les autres est une expérience formidable, mais faire l'amour est encore mieux.

C'était l'heure de la sortie. Souper arrosé de vin. Je ne me souviens plus si c'était un Bordeaux, un Bourgogne ou un vin de Champagne, peu importe, et   promenade sur la 5ème avenue. Le temps était à la détente. Tout en se promenant, Marcel donnait libre cours à ses fantasmes. Il cédait plus volontiers aux impulsions du cœur qu'aux remontrances de la raison... et me dit qu'il aimerait faire des avances et goûter à la chair fraîche d'une jeune fille semblable à Sandra mais qu'il ne croyait pas cela possible. Il avait peur de promettre plus de beurre que du pain.

Néanmoins, cela n'était pas tombé dans l'oreille d'un sourd. Mon récipient de souvenir n'allait pas mettre cette requête à l'oubli. Donc, je mis tout en branle pour satisfaire son démon du midi... ou devrais-je dire son démon de midi et demi étant donné son âge...

Sandra et moi en avions parlé et cela ne nous déplaisait pas de baiser avec l'expérience. Nous voulions balayer les préjugés qui disent que les époques déteignent sur les hommes et les femmes qui les traversent... Le sexe était pour eux aussi. A partir de leur âge, on ne choisit plus tant ses amis que l'on est choisi par eux... et c'était devenu des amis. Avancer en âge, c'est s'enrichir d'habitudes. Nous voulions connaître leurs habitudes sexuelles. Rendus à la chambre d'hôtel, le plan consistait à inviter Marcel et

Rolande à venir se baigner, et par la suite prendre un bain sauna. Ils avaient accepté. Marcel n'avait pas besoin de casque de bain, il n'avait plus un poil sur le caillou! Il était déplumé. Cela excitait Sandra. En fait, le corps ne ment pas et sous l'eau, Sandra pouvait apprécier l'érection de Marcel qu'il tentait tant bien que mal de dissimuler de même que Sandra avec son maillot de bain de couleur blanc, laissait transparaître ses mamelons érigés. Il n'en fallait pas plus que nous nous étions retrouvés nus dans le sauna à nous faire sécher. La proximité de nos corps nus nous faisait sentir bien à l'aise, comme de très bons amis. Marcel et Sandra montèrent par l'ascenseur pour se rendre à la chambre; mais Marcel bloqua l'ascenseur et décida de passer à l'action, et à brûle-pourpoint embrassa Sandra. Sandra, surprise, en avait les cheveux redressés sur la tête. Il brûlait d'amour pour elle.

Sandra remarqua que la fermeture éclair de Marcel était ouverte. Il lui dit en souriant: "un oiseau mort ne peut pas tomber de son nid". A ces mots, Sandra se rendait compte que la libido de Marcel n'allait pas decrescendo! C'était l'ascension de son pénis dans l'ascenseur! Son King Kong faisant l'escalade de l'Empire State Building. Elle réussissait à lui redresser le membre ciblé. Il savait fort bien qu'à son âge, il y avait dix femmes pour quatre hommes statistiquement parlant. Et il en profitait... Il en prenait goût. Lui qui avait une intégrité personnelle à toute épreuve, il éprouvait quelques accrocs. C'était peut-être ça la réalisation de la sagesse!!! Il lui mordit les seins, les coussins et il en démordait pas. Il ouvrit ses lèvres, regardant son sexe tout mouillé. Il lui faisait des grimaces dans son sexe, sa fourche, sa parenthèse. Un rien le contentait. Sur le fait, une série de souvenirs s'éveillait dans son imagination car son vice était là, devant lui. Quant à Sandra, elle se rendait compte que la p'tite chose de Marcel, sa petite queue, son pieu ne voulait pas mourir, se cramponnait à la vie de toutes ses forces. Pour

Sandra, elle appréciait l'expérience d'un homme d'âge mûr... On sait que la curiosité chez les jeunes est dévorante et réclame sans cesse de nouveaux aliments sexuels. Sandra était comblée... Quant à lui, Marcel la dévorait comme un loup affamé. Orgueilleux comme il est, il s'énorgueillait de son sexe. Mais son pénis usé jusqu'à la corde était sur la corde raide. Il avait une semi érection et semblait manquer de carburant érotique. On pouvait dire qu'elle tenait et tentait de s'occuper de sa tour de Pise. Il ne voulait pas faire chou blanc et rester l'oreille basse. Il ne voulait pas perdre la clé de son dressoir. Elle ne voulait pas qu'il meure debout, en plein activité, dans l'exercice de ses fonctions. Bien sûr, qu'à son âge, il rugit moins, mais mieux vaut un chien vivant qu'un lion mort.
En fait, à cet âge, on connaît mieux le rendement après impôt de nos différents types de placements que le rendement de notre sexe; tout comme on connaît les risques associés à d'autres types de placements particuliers, i.e. le pénis dans le vagin...

Néanmoins, elle savait par quel bout le prendre! Sandra avait du pain sur la planche. Elle mettait la main à la pâte pour faire lever la pâte. Son four était chaud. Elle s'affairait sur son petit capuchon rouge en sachant fort bien que ça ravigote toujours un homme cette façon de faire. Elle attendait son levain. Elle lui tenait son bâton de vieillesse. C'étaient peut-être les privilèges que conférait l'âge...Et, aussitôt la langue sur son gland, elle savait qu'elle lui avait touché la corde sensible. Elle voulait qu'il devienne raide comme une corde de violon. Cependant, il fallait qu'elle lui donne un coup de main pour ne pas dire un coup de poignet... A cet âge, les actions sont à la baisse plus rapidement... Sa bougie avait baissé mais elle éclairait encore! Les batteries n'étaient pas encore à terre. Elle voulait battre le fer pendant qu'il était encore chaud.

- Venez quand vous voudrez, susurra-t-elle a Marcel.

Elle en avait l'eau à la bouche à l'idée qu'il vienne.

- Vous serez toujours la bienvenue de venir... renchérissait-elle.

- Ne vous gênez pas, faites-vous aller le patrimoine!
Il avait le pénis tendre. C'est vrai que l'on devient plus tendre en vieillissant! A force de bander, il y avait une peau vers le haut qui se retirait contre son ventre. C'était de bon augure!

Sandra, quant à elle, appréhendait une ouverture des portes de l'ascenseur. Et soudainement, il est devenu raide comme une corde de violon. Il se pâmait et aboutit; le stradivarius de Marcel émit un son exceptionnel. Son andouille à col roulé, son chalumeau distillait le sperme... Elle en avait la bouche pleine car elle ne l'avait pas vu venir! Elle touchait et goûtait à la crème des hommes d'un certain âge pour ne pas dire d'un âge certain. Il avait atteint le plus haut degré de l'excitation sexuelle, le point culminant du désir, l'acmé. Il avait « scoré ». Dans son for intérieur, il était le Wayne Gretzky du hockey. C'était pour lui l'équivalent d'un 802e but au hockey, en carrière, dépassant ainsi le légendaire Gordie Howe...

Il avait pris son pied! Il avait failli s'évanouir sous l'effet de la jouissance. Elle avait pressé l'éponge, l'orange, le citron. Elle lui avait soutiré tout ce qu'elle pouvait au compte-gouttes. Immédiatement après sa jouissance, elle lui donna un tendre baiser pour lui remettre ce qu'elle avait si bien reçu. Marcel n'avait jamais si bien goûté un tel moment. Elle était pour lui son élixir de jeunesse, d'immortalité. Il avait connu l'éphémère exaltation de la liberté amoureuse. De fait, Marcel était à sec. Il avait trop joui. Sandra avait senti que Marcel avait besoin de se rassurer sur ses performances sexuelles et de reconquérir sa masculinité en se lançant dans une aventure avec une femme de beaucoup plus jeune que lui. Bien sûr, il ne pouvait comparer ses érections à celles dont il était capable il y a 30 ans. Dire que Marcel appartenait à une génération où l'expression de la sexualité ne devait pas franchir le seuil de la chambre à coucher, il avait goûté à l'attrait de la nouveauté... du sexe dans l'ascenseur. Ah, cette expérience qui permet de faire de nouvelles bêtises au lieu de s'en tenir aux anciennes. Ils avaient appris qu'il ne faut rien tenir pour acquis et qu'il était primordial de cultiver son jardin secret.

En fait, de mon côté, Rolande me paraissait quelque peu contrariée d'être seule avec moi. Alors, je me suis couché sur le banc à ses côtés... Nous avions amené une petite radio transistor pour écouter de la musique. Connaissant ses goûts pour la musique, j'y avais amené la chanson « Hey Jude » des Beatles. Je savais que j'avais sept minutes et onze secondes pour profiter d'elle. La plus longue chanson numéro 1 des Fab Four avait tout pour amadouer ma chère Rolande. C'était là ou jamais. Le temps était propice aux rapprochements. J'ai joué dans ses cheveux grisonnants et clairsemés... Elle ne voulait pas aller trop loin et trop vite en affaire. Elle me disait qu'elle n'était vraiment pas la personne dont je pensais qu'elle était. Rolande ne voulait pas me décevoir. N'empêche que nous étions prêts à nous rapprocher. L'état d'excitation s'empara de nous; on s'enlaça jusqu'à satiété. La bûche n'attendait que l'étincelle pour enflammer le brasier. C'était l'étreinte du début d'une belle aventure. Je sentais que nos pulsions sexuelles étaient au paroxysme. Et que dire des pulsations! J'auscultais son cœur. Vite, un cardiologue! Je ne savais pas comment estimer sa fréquence cardiaque maximale mais disons que j'avais peur qu'elle s'évanouisse à même nos préliminaires. On m'avait déjà dit un truc pour connaître le summum de battements de cœur par cette formule : 220 moins l'âge de l'individu. Mais c'est bien beau tout cela mais Rolande ne divulguait pas son age!!! Finalement, c'est peut-être une question de vie ou de mort de savoir l'âge de quelqu'un... me dis-je. Avais-je devant moi une adepte de la tachycardie? Nos cœurs battaient la chamade. Alors, j'essayais tant bien que mal de prendre son pouls pour m'assurer que Rolande survivrait à nos ébats. Je savais que le pouls s'accélérait proportionnellement à l'intensité de l'activité physique pratiquée mais je n'étais pas capable d'arriver à mes fins. Advienne que pourra... Je décidai de poursuivre ma conquête. Je touchais à ses aréoles. Je caressais ses seins cherchant à toucher le muscle qui permettrait l'érection de ses mamelons. Mon pouce et index titillait le mamelon. J'y allais avec mes deux mains sur ses deux seins. Je voulais trouver la bonne fréquence. Je la prenais comme une radio. Comme celle qui jouait à nos côtés. Comme on tourne les boutons d'une vieille radio pour avoir notre canal et notre fréquence, je me disais que je pourrais faire pareil. Était-elle une femme « fm » ou une femme « am »? Je tournais mes doigts à droite en étirant ses mamelons; elle frémissait mais sans sons. Je tournais mes doigts à gauche toujours en étirant ses mamelons; elle gémissait, ce qui impliquait une belle sonorité. Constat : Rolande était du type « fm ». Donc, pour la séduire et me mettre en symbiose avec elle, il fallait que je bande « fm ». Il y avait de la belle énergie entre nous deux. J'essayais Elle accepta enfin l'idée que j'ouvre son intimité; l'intimité se présente sous de multiples visages, de multiples formes... Je la faisais rire en disant que j'allais bientôt lui enlever ses toiles d'araignées et que j'espérais que la rouille n'avait pas rongé le métal.

Elle éprouvait une satisfaction à me faire plaisir et à se faire plaisir. Notre moment de détente était fondé simplement sur la tendresse. Dire que la société considère la sexualité comme étant l'apanage des jeunes et des biens portants. J'appréciais que la liberté sexuelle ne soit pas refusée aux gens âgés. Je trouvais que je lui faisais redécouvrir sa valeur et son pouvoir personnel d'attraction, elle avait besoin d'être étreinte, câlinée. J'adorais ce tendre, cet intime mutuel abandon. En fait, elle ne cachait que son âge... Je lui trouvais des vertus cachées...son puits était loin d'être resté sec!!! Malgré qu'elle avait les seins flasques et pendants, la vue de ses besaces me stimulait. Je voyais en plus, de petits filets violacés sur ses cuisses mais ses vergetures ne me tracassaient point. De fait, je promenais mes doigts sur cette carte routière humaine.

Pour sa part, elle s'occupait de mon vase spermatique, de mon réservoir, de mes accessoires.

Quant à moi, je m'occupais de flatter son pubis, sa houppe et de scruter son mille-feuilles. J'étais sur le point de m'occuper de sa grotte Chauvet, de son beau vagin expérimenté. Mais...ma foi, avais-je besoin de mes verres de contact? Mes lunettes? Il n'y avait pas de grotte bordel de merde! Pas de vagin expérimenté. Voyant ma réaction, elle me dit :

-Je te l'avais dit Mark! Je n'étais pas la personne que tu pensais!

-Quoi? Vous n'êtes pas correct de m'avoir caché cela. Vous êtes un homme?

-Mark, ne me juge pas pour ce que je suis. La transexualité est très méconnue du public et en plus, c'est très tabou. Il y a un certain temps, j'avais débuté le processus de passer d'homme à femme. Mais en cours de processus, j'ai mis fin au traitement. Par la suite, j'avais décidé de m'habiller en femme et avec mes seins, on ne percevait pas qui j'étais vraiment. De toute façon, Marcel a toujours accepté l'individu que j'étais... et je dois te faire une confidence, Marcel est bisexuel. Donc, je suis pour lui, du deux pour un. Ah!

Ah! De plus, je dois t'avouer mon secret. Mon vrai nom vient de l'anagramme de Rolande.

-Qu'est-ce qu'une anagramme?

-C'est de faire un mot différent avec les mêmes lettres

-Alors, c'est quoi ton vrai nom Rolande?

-C'est Léonard!

Alors, après cette mise à jour un peu déconcertante, Rolande ou Léonard, je ne sais plus quoi penser, voulait manger ma Grosse Pomme. (les influences de New-York, je suppose) J'étais entre ses mains... J'essayais d'être à la hauteur de la situation. Je me disais que les personnes âgées ont des coutumes fondées sur des traditions...??? Et que finalement ces traditions peuvent être transmises oralement également... Alors, j'avais à confronter un autre tabou : faire du sexe avec un transexuel. Qui l'eût cru? N'empêche que je ne voulais pas que ce moment finisse en queue de poisson. Donc, je me fermai les yeux afin   qu'ELLE savoure mon sexe et qu'IL reprenne le temps perdu de sa jeunesse... Elle préférait que je la traite comme Rolande et non comme Léonard.   J'avais saisi le message. Rolande était comme un poisson-clown qui nait mâle et devient femelle...C'était une première pour moi. Rolande qui avait toujours vécu dans l'ombre de son mari commençait à s'émanciper. Il n'est jamais trop tard pour apprendre à un vieux singe de nouvelles grimaces. Elle était ma Zira et moi son Cornélius. C'est Pierre Boulle, qui serait content! Lui, le concepteur de La Planète des Singes. Que Dieu ait son âme. Elle qui venait de dépasser le cap de la soixantaine, changea de cap pour mettre le cap sur mon teuquap! Elle sauta sur l'occasion et de sa bouche, goba mon entrejambe et joua avec mon muscle magique. Elle était habituée aux relations bucco-génitales et je la trouvais délicate, pleine d'attention. Je me souviens encore du moment où, à brûle-pourpoint, elle décida d'enlever sa prothèse dentaire... oui, oui, son dentier pour mieux me satisfaire. Quand je vous disais qu'elle était tellement bonne dans les p'tits détails et que cela faisait une grosse différence quant à notre rencontre immédiate, c'est ça que je voulais dire. Elle dégustait mon membre viril et ses deux valets, ses adjoints, ses suivants. Elle s'abreuvait à ma fontaine de jouvence. Elle retrouvait l'ardeur de sa jeunesse. De mon côté, j'étais subjugué par les dents artificielles placées devant moi qui avaient l'air à me dire : Aie! Puis-je servir à quelque chose? Enfin, ses yeux d'une limpidité voulaient me voir me masturber, m'amuser tout seul, un cinq contre un! Elle voulait me regarder me servir de ma main pour me soulager. À vos ordres lui dis-je. Pendant ce temps, Rolande se masturbait avec son clitoris bionique...Enfin, elle ouvrit la bouche espérant que je jouisse près de ses lèvres... ce que je fis. Toute une aventure.

Ils avaient découché, fait chambre à part. Ils avaient sauté la clôture. Rendus dans leur chambre d'hôtel respective, les deux couples se réunirent.

Marcel et Rolande s'étaient trouvés dévergondés en relâchant leurs mœurs. On pouvait lire un désappointement sur leur visage que ce plaisir éphémère qu'ils avaient vécu et tant désiré n'eut pas été plus grand.

La bassesse de certains désirs qu'ils avaient eus et dont le souvenir les écœurait et qui était omniprésent faisait en sorte que la joie n'éclatait plus sur leur visage, il laissait place à quelques larmes... Des larmes signifiant le regret, des larmes signifiant qu'ils refusaient de dire Adieu à un âge pour entrer dans l'autre. Le temps s'échappe et fuit pour Marcel et Rolande.

Étaient-ils atteints du syndrome de Peter Pan? Ils se culpabilisaient et étaient obsédés par la pensée que leur propre vieillissement impliquait invariablement la mort de leurs parents respectif. Ou bien, c'étaient des larmes de joie et que le point positif dans tout cela, c'est que leur imagination s'était enflammée de nouveau, comme autrefois. Cette expérience, les avait fortifiés, vivifiés et que cette dernière incartade avait été tout de même profitable à leur relation maritale car cette nuit-là, comme dans leur jeune temps, ils s'étaient souhaités une fois le bonsoir et deux fois le bonjour!!! Cela avait été pour eux, un mélange de frivolité, de sagesse; un chapitre venait de se terminer, le rideau était tombé et la cloche avait sonné. N'empêche que je leur ai donné quelques menthes poivrées pour les récompenser. "Nous n'avons pas que l'oreille dure à notre âge..." disaient-ils. De toute façon vous comprendrez assez vite mes p'tits jeunes car on commence à vieillir dès la naissance... et le temps passe vite... Qui joue des reins en jeunesse, tremble des mains en vieillesse dirent-ils. Le four est souvent chaud mais la pâte n'est pas toujours levée. En fait, nous basons notre vie sur notre chanson préférée d'Édith Piaf, surnommé la Môme : « Non, je ne regrette rien »! Retenez cela mes jeunes : Les regrets vous tueront à petit feu. Vivez votre vie, riez, dépensez... ça ne sert à rien d'être la personne la plus riche du cimetière! Il vous faut chanter cela à la fin de votre vie : Non, rien de rien, non, je ne regrette rien... Sinon, que de regrets vous aurez... et que d'amertume...

Somme toute, les gens du 3e âge ressemblent à un coucher du soleil. Ce dernier se couche lentement. On a le temps de le voir descendre. Et une fois à l'horizon, le soleil nous envoie encore longtemps ses rayons. Marcel et Rolande avaient rayonné sur nous... Bien que 150 millions de km séparent la Terre du Soleil, le rayon se rendra tôt ou tard à nous et il lui faudra 8 minutes et 19 secondes pour nous atteindre. C'est ça qui est important.

C'est le cycle de la vie. C'est à mon tour maintenant de labourer, semer, arroser. Il ne me restera qu'à récolter le fruit de mes semences... au temps opportun. Somme toute, ultérieurement, j'aimerais récolter et donner de l'amour comme la grandeur de Central Park de New-York; donc, l'équivalent d'environ 700 terrains de football. Imaginez l'être d'amour que je serais. C'était bon de rêver.

Suite à cette aventure, il ne me restait plus qu'à communiquer une autre fois avec mes amis imaginaires. Il fallait me coucher et me détendre. Je mis mes écouteurs pour écouter la chanson « Come Sail Away » du groupe Styx. C'est quand même spécial que Styx signifie un des fleuves des Enfers. Comme s'il y avait plus qu'un Enfer... et comme si l'Enfer existait. Et si tel était le cas? Mon âme était-elle préparée? Bon, fallait cesser ces interrogations qui grugeaient mon esprit. Je devais me préparer pour mon dédoublement... La sensation de m'élever dans un univers me donnait l'impression d'être un être intemporel et immortel. Cette fois-ci, je fis la rencontre de plusieurs hommes. J'étais sûrement sur l'autoroute de l'au-delà. David Filo, 28 ans et 8 mois et Jerry Yang, 26 ans et 1 mois furent les premiers rencontrés. Ces derniers avaient réussi à inventer en janvier de cette année un annuaire Internet nommé Yahoo! De plus, quelques minutes plus tard, j'ai pu parler avec Steve Ballmer, 38 ans et 8 mois. Ce dernier, deviendra dans presque 4 ans, président de la société Microsoft de son bon ami Bill Gates. En 2000, il en sera le PDG. Il sera aussi à l'origine du développement de la Xbox. Les milliards l'attendent. Un autre que j'ai pu rencontrer se nomme Michael Dell, 29 ans et 10 mois. Cet informaticien a été le fondateur et PDG de l'entreprise informatique Dell et ce, depuis 1984. Lui aussi, les milliards seront au rendez-vous. C'était la soirée pour rencontrer plusieurs amis imaginaires. Carlos Slim Helu, 54 ans et 11 mois, homme d'affaires mexicain dans les télécommunications; il deviendra l'homme le plus riche du monde dans environ 13 ans. Effectivement, j'étais sur l'autoroute des gens riches. Amancio Ortega âgé de 58 ans et 9 mois était de la partie aussi. Cet homme d'affaires espagnol se doutait peut-être un peu qu'il deviendra un des hommes les plus riches de la Terre grâce à ses nombreuses entreprises de vêtements. Je continuai mon chemin sur l'autoroute des milliardaires en devenir. À un certain moment, je me suis rendu compte que plusieurs empruntaient l'autoroute mais comble de malheur, disparaissaient aussi vite qu'ils étaient venus... Néanmoins, ce n'était pas le cas des frères Charles et David Koch. Pour Charles Koch, 59 ans et 2 mois et David Koch, 54 ans et 7 mois, ils feront leur fortune avec les produits pétroliers de Koch industries. Deux autres frères sont passés me voir également. Il s'agissait des frères Wallace McCain, 64 ans et 8 mois et Harrison McCain, 67 ans et 2 mois. Ces deux hommes sont déjà riches car il y a 37 ans, ils ont été fondateurs de McCain Foods et leurs frites surgelées... Qui l'eût cru! Un autre passant, Sheldon Adelson, 61 ans et 5 mois, fera sa fortune en vendant son salon informatique « Comdex » l'année prochaine. Il sera aussi promoteur immobilier et deviendra propriétaire de plusieurs casinos. Quant à monsieur Li Ka-shing, 66 ans et 5 mois, les milliards l'attendent dans l'immobilier. Incroyable. Je ne fais que rencontrer des hommes riches... Ah oui, il y avait l'exception à la règle. Madame Liliane Bettencourt, 72 ans et 2 mois. Cette française fait déjà fortune avec l'industrie cosmétique (L'Oréal). Un autre français, Bernard Arnault, 45 ans et 9 mois, passait par là. Il deviendra milliardaire grâce aux parfums et la haute couture. Quant à l'homme d'affaires suédois Stefan Persson,

47 ans et 2 mois, il m'a raconté qu'il avait pris les commandes de l'entreprise H et M et ce, depuis 12 ans. Un autre milliardaire. Inutile de dire que j'étais estomaqué de ma fin de soirée. Il fallait bien mettre un frein à cette sortie du corps. Mais je devais parler à Warren Buffet, 64 ans et 4 mois. Cet investisseur américain et homme d'affaires sera l'un des hommes les plus riches du monde. Enfin, Christy, Jim, Alice et Samuel Robson Walton passèrent à mes côtés. Fondateurs de Wal-Mart (depuis une trentaine d'année) ces derniers prenaient plaisir à me dire qu'ils seront très fortunés pour les prochaines années. Une fortune colossale les attendait. On parlait ici de milliards de dollars. Alors, pourquoi ces futurs milliardaires ne m'avaient-ils pas invité dans leur conquête de beaux dollars dans le futur? Dis-je ironiquement!

13

SANDRA ET L'ÉTERNEL MATELOT...

Maintenant Sandra et moi demeurons ensemble en concubinage. Sandra voulait avoir une part permanente dans mon logement. Elle trouvait que c'était un bon placement parce qu'elle avait certains intérêts composés envers moi... Cependant, avant d'en arriver là, il avait fallu que j'emprunte ou achète cette idée, ce nouveau régime de revenus et de vie. Étais-je fin prêt à vivre en couple? Étais-je fin prêt? La réponse n'avait pas tardé. J'avais décidé qu'il en était temps. Dans le fond, et sans obligations de ma part, j'avais accepté son plan financier, son plan de vie à deux sans coup férir. Néanmoins, il fallait que j'évalue son bilan personnel avant de m'investir à fond dans une planification à long terme avec elle. En fait, Sandra a toujours été une fille à bon rendement, une fille d'actions et d'action... toujours prête à négocier... quelques baisers! Enfin, me disais-je, pourvu qu'elle s'occupe de ma bourse, nous allions faire un bon marché car avec son actif et son passif, c'était tout un gain en capital pour moi. Mon indice boursier était pour être à la hausse assez souvent. Somme toute, ce pacte de vie à deux faisait de nous un jeune couple sérieux qui voulait un rendement maximal de ses avoirs pour le futur tout en étant complices de son passé.

D'ailleurs, plus tard, lorsque les affaires vont baisser, que la bourse faiblira, que j'aurai moins de placement, l'investissement avec Sandra vaudra son pesant d'or et va fructifier, car la complicité   et la fidélité entre deux individus ne s'achète pas... L'amour vrai ne se blase point. Il faut transformer en atout ce qui peut être perçu comme une limitation. La fidélité a ses atouts.

Lorsque Sandra se couche et qu'elle dort, je me

couche près d'elle et je lui fais des suggestions. C'est une autre de mes idées. Les idées sont inutiles si elles ne sont pas utilisées. En fait, l'inertie physique favorise la passivité et rend l'esprit plus réceptif à la suggestion. Bien sûr, chacun de nous réagit à la suggestion particulière qui lui est faite. Certaines personnes réagissent différemment à la même suggestion. Pour ma part, j'espère que mes idées suggérées soient entretenues, acceptées et mises à exécution un de ces jours. Je vous laisse deviner ce que je dépose dans le subconscient de Sandra!...

Présentement, les jours que j'ai passés avec Sandra furent des jours remplis d'amour et d'humour, de caresses et de tendresse, d'attachement et de dévouement, de compréhension et de pardon, de fidélité et de sincérité, de discrétion et d'attention, de confiance et de patience, d'affection et de collaboration, d'intimité et de simplicité, de bonheur et de douceur.

Sacré menteur! me dirait-elle? Avec un petit sourire complice.

Le succès se trouve dans l'amour de ce que l'on fait et non dans des bonheurs transitoires. Je donnais trop d'importance à mes besoins d'ordre sexuel au détriment d'un autre besoin fondamental celui d'aimé et d'être aimé. Nous essayons de nous faire honneur des défauts que nous ne voulons pas corriger.

Où étaient mes mœurs?... disparues, oubliées ou bien je les trouvais démodées? C'est peut-être que j'avais décidé de les mettre de côté pour me donner moins de contraintes et plus de plaisir. C'étaient finies les abstinences sexuelles, les tabous, dorénavant, je m'éclatais!!! J'étais captif de mes passions. Je me jetais à corps perdu dans ces mêmes passions... Je n'étais jamais descendu aussi bas; c'est vrai que je descendais en moi-même pour mieux me connaître. En fait, ces idées de sexe m'étreignaient parce que je leur en donnais la force... J'avais connu des filles vierges habituées de la fellation, des filles déflorées mais qui n'avaient baisé qu'une seule fois; j'avais connu des professionnelles, des bisexuels et des bisexuelles, des gais et des lesbiennes, des transexuels, des hétérosexuels et des hétérosexuelles, des sadomasochistes et j'en passe... Je me disais: "tout l'monde le fait bien, pourquoi pas moi?" Moi aussi je voulais le faire pour mon bien! Je ne discernais pas trop le bien du mal. Je répondais aux pressions de la société.

À posteriori, devrais-je balbutier des excuses? Des excuses à mon pape Jean-Paul II, le dirigeant de mon Église. Celui-là même qui était venu nous rendre visite au Québec en 1984, il y a dix ans. Devrais-je faire un acte de contrition envers Dieu pour mon salut? Devrais-je châtier mon corps? J'avais un désir d'expiation. Je ferais tout pour apaiser la colère céleste.

On m'a déjà dit que les lutteurs de sumo lançaient une poignée de sel sur la zone de combat en signe de purification... Je me voyais déjà me promener un peu partout avec ma salière pour me purifier.

Qu'aurait dit le philosophe chinois Confucius…sur mon éducation et sur ma morale… J'aime autant ne pas y penser.

Selon l'Église catholique, il y a sept péchés capitaux : l'orgueil, l'avarice, l'envie, la colère, la luxure, la gourmandise et la paresse. J'avais la ferme conviction que j'en avais fait la collection. Bingo! J'ai eu les sept péchés capitaux. Quel était mon prix?

Devrai-je faire les douze travaux irréalisables d'Hercule pour expier mes péchés? Devrais-je écouter en boucle la chanson de Debby Boone « You light up my life » pour élever mon âme?

La statue du Christ rédempteur qui domine la ville de Rio de Janeiro sur le mont Corcovado me pardonnera-t-elle mes faiblesses charnelles? En fait, dans mon chemin de Damas, dans ma conversion, j'avais lu quelques passages de la Bible. À vrai dire, j'avais tout lu la Bible. Ce livre le plus vendu au monde avec ses quarante-six livres de l'Ancien Testament et ses 27 livres du Nouveau Testament, m'avait fait réfléchir. En lisant ce livre sacré, je me suis senti comme Moïse sur le mont Sinaï en Égypte recevant de Dieu les 10 nouveaux commandements; à la différence près que je n'étais pas à 2285 mètres d'altitude, moi.

C'était mon acte de contrition. Les passages comme "Lévitique" chapitre 18 versets 6, 19 à 29 et chapitre 20 versets 10 à 21 tout comme "Exode" chapitre 20 versets 14,17 m'ont fait prendre conscience que le sexe pour le sexe n'avait rien de gratifiant.

L'homme vicieux n'aime point, il convoite, il a faim et soif de tout. Moi, j'avais la convoitise de la chair. A ce jour, j'ai été capable de percevoir et d'accepter mes faiblesses, mes travers humains comme un enrichissement de mes capacités modernes.

Néanmoins, j'ai toujours une appétence sexuelle, un désir sexuel, mais je ne recherche plus les aventures de peur de me retrouver seul. Je veux dorénavant vivre en couple pour mon équilibre affectif et non pour un remède à ma solitude. C'est fatigant de ne jamais trouver ce qu'on cherche. La modération a bien meilleur goût. Je ne prône pas l'abstinence quand même! Ni la béatification, ni la canonisation. Pour moi, « La divine comédie » de Dante au 14e siècle : L'enfer, le purgatoire et le paradis…c'était peut-être pour moi. Le plaisir d'avoir ne vaut plus la peine d'acquérir. Fini de vivre dans la dissolution des mœurs. L'oisiveté n'engendre que tristesse et ennui. Finies, les relations d'un soir; pas pour une question de morale mais bien plus pour une question de sécurité. Cette mode du sexe pour le sexe était devenue pour moi obsolète, désuète et caduque.

De fait, la passion corporelle fait chavirer trop de vies. Comme le navire vient à l'appel de son ancre et qu'il tourne de manière à se placer dans la direction de la chaîne, j'avais décidé d'être l'ami, l'amant, le compagnon de jeu, le protégé, le héros de ma Sandra... mais j'avais quand même peur que je n'enterre jamais ma vie de garçon et que je sois et que je reste... un éternel matelot. Car ce que la bouche s'accoutume à dire, le cœur s'accoutume à le croire; d'ailleurs, je me rappelle, ou devrais-je dire, je me souviens (comme la devise de mon coin de pays) de mon poème intitulé :

L'éternel matelot

Moi, quand je regarde par bâbord,
L'amour m'attend à tribord,
Car mon navire se laisse aller,
Par les vents de la timidité.
Face aux vagues de l'amour, je me vois comme l'esquif,
Qui en tout moment le soir comme de jour mon bateau peut chavirer de chagrins explosifs.
Qui tient le gouvernail de mon insécurité, si ce ne sont mes mains, si ce n'est pas mon cœur?
Alors qui me guidera vers la volupté, vers le bonheur, dites-le moi, je suis en pleurs.
Je vogue vers le nord, le vent est au sud,
Point de remords, plein d'incertitude,
Je vogue dans l'amertume de la solitude.
Je vogue, je n'ai pas peur, la girouette a tourné,
Je vais comme le vent, il est agité.

Je vogue aujourd'hui, je reprends mes quelques nœuds de retard,
Et des glaces et des icebergs je ferai fi, je ne suis que la lumière de mon phare.
Qu'il est bon d'embarquer dans mon bateau,
De larguer les amarres, de lever l'ancre pour un temps,
Un tant soit peu pour hisser les voiles,
Un tant soit peu pour prendre le large,
Qu'il est doux ce temps de paix, je suis comblé.
La croisière est débutée.
Un jour, dans les eaux troublantes de l'amour,
Moi, le navigateur je jetterai l'ancre à l'eau,
Pour m'accoster, me stabiliser et aimer sans détour,
Rêve, utopie, je suis un éternel matelot.
Alors, bâbord? Tribord? Ou Chambord?

Vite, que l'on m'attribue immédiatement « Le prix Nobel de la littérature ». Avec ce poème, rien n'est plus inatteignable!!! … Ironie quand tu nous tiens!

Somme toute, si je me remémore les souvenirs de pleine lune, je pourrais dire que ma vie sexuelle fut des plus agréables. Que d'expériences mémorables. Heureusement que j'avais ma Sandra pour m'accompagner tout au long de mes aventures. Ce qui le fut autant, c'est l'opportunité que j'ai eu de rencontrer et ce, d'une façon non habituelle, mes amis imaginaires. J'étais heureux de pouvoir rehausser mon énergie au même point, à la même fréquence que ces derniers. Je ne sais pas si mes amis imaginaires réussiront dans le futur comme prévu mais une chose est sûre, je suis convaincu que la plupart de mes amis avaient de belles âmes ayant à cœur l'évolution de l'être humain. Mes amis imaginaires étaient dans une classe à part. J'aimais bien vibrer au même diapason qu'eux… Au moment même que j'écrivais cette phrase, une chose étrange est arrivée. Une entité nommée Zélépoune Gala (étrange nom également) vint à ma rencontre. Elle me dit qu'une rencontre exceptionnelle était pour se faire sous peu. Une rencontre au sommet avec tous les amis imaginaires de mes aventures.

-Et pourquoi? Lui demandais-je, complètement abasourdi et déboussolé car je n'étais pas en transe… du moins, il me semblait!

-Mark, je veux qu'ils entendent ce que j'ai à dire.

À ces mots, mes amis imaginaires arrivaient dans un monde parallèle:

Steve Chen (11 ans et 4 mois), Chad Hurley (12 ans et 5 mois), Jawed Karim (10 ans et 2 mois), Bill Gates (37 ans et 9 mois), Paul Allen (40 ans et 6 mois), Mark Zuckerberg (8 ans et 2 mois), Dustin Moskovitz (9 ans et 2 mois),), Eduardo Saverin (11 ans et 4 mois), Chris Hughes (9 ans et 8 mois),   Andrew McCollum, Jeffrey Bezos (30 ans), Larry Ellison (50 ans et 4 mois), Larry Page , Serguei Brin, Mike Lazaridis (33 ans et 9 mois), Destiny Hope/Miley Cyrus (2 ans et 1 mois), Justin Bieber (10 mois), Stefani Joanne Angela/Lady Gaga (8 ans et 9 mois), Taylor Alison Swift/Taylor Swift (5 ans), Katheryn Elizabeth/Katy Perry (10 ans et 2 mois), Elon Musk (23 ans et 6 mois), Eric Schmidt (39 ans et 8 mois), Harry Styles (11 mois), Liam Payne (1 an et 4 mois), Zain Malik (1 an et 11 mois), Niall Horan (1 an et 3 mois), Louis Tomlinson (3 ans), Steve Jobs (39 ans et 10 mois), Steve Wozniak (44 ans et 4 mois), Ronald Wayne (60 ans et 7 mois), Richard Branson (44 ans et 5 mois), Jack Dorsay (18 ans et 1 mois), Evan Williams (22 ans et 9 mois), Christopher (Biz) Stone (20 ans et 9 mois), Noah Glass, Ian Wilmut (50 ans et 5 mois), Keith Campbell (40 ans et 7 mois), Reed Hastings (34 ans et 2 mois), Marc Randolph (36 ans et 8 mois), David Filo (28 ans et 8 mois), Jerry Yang (26 ans et 1 mois), Steve Ballmer, Michael Dell, Carlos Slim Helu, Amancio Ortega, les frères Charles et David Kock, les frères

Wallace et Harrison McCain, Sheldon Adelson, Christy, Jim, Alice et Samuel Robson Walton, monsieur Li Ka-shing, madame Liliane Bettencourt, Stefan Persson, Bernard Arnault et Warren Buffet. Près d'une soixantaine d'amis imaginaires écoutaient Zélépoune Gala. Elle nous demanda d'écouter attentivement ce qu'elle avait à dire. Elle voulait qu'ils comprennent que leur avoirs, leur argent dans leur futur pourraient avoir une incidence directe quant à la pérennité de la Terre. 60 ans! C'est ce que Zélépoune Gala criait tout fort. Effectivement, dans une soixantaine d'année, tout pourrait basculer. Comment sauver la Terre? Nous avions soixante ans pour essayer de trouver différentes façons pour la sauver... mais nous n'avions pas soixante solutions pour y arriver. Je me sentais très seul... Zélépoune Gala nous montra un parchemin sur lequel était indiqué noir sur blanc l'année fatidique : 2054... Pour elle, ce nombre représentait ni plus ni moins l'année limite pour sauver le monde : le 20/05/54, à 20h54 minutes, un mercredi soir de pleine lune: La Terre imploserait d'elle-même ou exploserait... La fin du monde était à nos portes pour le 20 mai 2054. L'hécatombe! Elle n'a pas voulu expliquer davantage cette future catastrophe.

J'étais loin de la fin du monde dans mon bilan... Je n'osais pas y croire. C'était comme du domaine de l'imaginaire, dans ma tête, comme mes amis. C'est alors que je continuai mes écrits au sujet de mes amis imaginaires en oubliant Zélépoune Gala et sa fin du monde. En réalité, je m'étais toujours demandé pourquoi avais-je la visite d'amis imaginaires suite à mes souvenirs de pleine lune? Quels étaient les liens unissant ceux-ci avec Zélépoune Gala et mes aventures? Serait-ce la fin du monde, le lien?

N'empêche que si tout se concrétise pour mes amis imaginaires dans le futur comme prévu, je ne demande qu'une seule chose : qu'ils puissent régler avec leurs avoirs et leurs compétences les problèmes auxquels nous serons exposés, nous, les humains de la planète Terre dans un monde du futur, s'il y a lieu. Est-ce que ma demande est trop gourmande? Peut-être... J'en conviens! En fait, si on pouvait posséder le un millième des avoirs à venir de mes amis imaginaires, donnerions-nous ces millions de dollars pour sauver notre planète? Notre agriculture? Personnellement, j'ose répondre par l'affirmative.

Alors, pourquoi ne suis-je pas capable de voir mon propre futur? Pourquoi? Cela diminuerait mon anxiété. J'aimerais bien canaliser cette énergie monétaire à venir de mes amis imaginaires et devenir un pourvoyeur de fonds pour des sans-abri, sans domicile fixe. J'aimerais bien devenir chercheur et financer plusieurs recherches pour découvrir de nombreux vaccins et vaincre toutes les maladies... J'aimerais bien éliminer toute pollution sur la planète...J'aimerais bien offrir la capacité de lire, d'écrire et de compter pour tous... D'ailleurs, j'avais déjà lu un petit texte d'un auteur inconnu qui ressemblait à ceci : J'aimerais bien être un électricien pour rétablir un courant chaleureux entre des gens qui ne se parlent plus et ne se regardent plus; j'aimerais bien être un opticien professionnel pour changer et modifier le regard des gens autour de nous; j'aimerais bien être un artiste de talent pour dessiner les plus beaux sourires sur tous les visages des humains, de toutes classes sociales, des plus riches aux plus pauvres; j'aimerais bien devenir un maçon pour construire et bâtir une paix définitive entre toutes les nations et régions sur la Terre; j'aimerais bien être un concierge pour balayer tous les préjugés et finalement, j'aimerais bien devenir un enseignant de mathématique pour apprendre et nous réapprendre à compter les uns sur les autres. Suis-je utopique?

Enfin, j'aimerais bien utiliser mon argent pour enrayer toutes guerres, toutes iniquités sociales tout comme j'aimerais bien anéantir toute famine dans le monde mais je ne peux sauver le monde entier par moi tout seul. Et mon âme? Qui voudra sauver mon âme? Alors que je termine mon bilan de vie sexuelle, je me rends bien compte que j'aurai besoin de quelques indulgences du grand juge pour que mon âme s'élève et se sorte de ce cercle vicieux que sont les pensées et les gestes lubriques. Nonobstant cela, d'autres bilans de vie s'inscriront dans mon agenda. L'année 1995 se montre le bout du nez. Il y a tant de choses à faire.

Je me rends compte que d'autres souvenirs pourraient refaire surface, d'autres jardins secrets pourraient se laisser découvrir si je me laissais aller sur la face cachée de la lune… pour d'autres souvenirs de pleine lune… au grand dam du grand juge! On ne peut le nier, tout tourne autour du sexe et le sexe tourne autour de nous… et l'Homme pris dans cet engrenage tourne sur lui-même. En astronomie, on appelle cela une rotation ou bien une révolution. J'y vais pour la révolution sexuelle virtuelle.

Sur ce, le temps du décompte de fin d'année se fera dans une vingtaine de minutes…

Bon, il est temps d'aller me coucher…et communiquer avec un autre ami…Je suis couché sur mon lit, les bras allongés le long du corps, les mains à plat. Je commence donc à respirer profondément pour me relaxer. J'ai mis comme musique la chanson « Dream on » d'Aerosmith. Puis, je m'imagine que je sors de mon corps. Comme une feuille entraînée dans les courants d'air, je me laisse flotter. J'ai pleinement conscience du bruit de ma respiration. Je suis dans un état de confort et de bien-être. C'est à ce moment-là que je fais une autre rencontre…

-Salut, que fais-tu ici?

-Salut. J'ai décidé de venir te voir moi aussi. Tu sais, je veux te préparer à ce qui s'en vient dans les prochaines années. Je veux que tu saches que dans une trentaine d'années, il y aura malheureusement des pertes importantes sur Terre.

-Comme quoi?

-Toi comme tous les humains, surveillez vos gorilles, ils seront en voie d'extinction en 2023… peut-être disparaitront-ils pour toujours…

-C'est seulement dans trente ans!!!

-En effet! Mais commencez à prévoir tout de suite. D'ailleurs, surveillez également vos éléphants, ils seront en voie d'extinction en 2024… peut-être disparaitront-ils eux aussi… Surveillez-vous! La première cause de mortalité chez l'humain sera la dépression nerveuse en 2030. Les maladies du cerveau seront deux fois plus présentes qu'aujourd'hui comme la démence, le Parkinson et la maladie d'Alzheimer…

-Est-ce que tu prévois d'autres choses aussi optimistes? Dis-je en signe de dérision…

-En 2016, le premier vaccin contre le VIH sera disponible.

En 2017, un nouveau traitement contre le cancer de la prostate arrivera et en 2019, un vaccin pour prévenir l'obésité vous connaîtrez.

-Merci pour ces informations. Et quoi d'autre?

-Dans le futur, on y construira une Station spatiale internationale. On y fera des recherches pour développer une technologie afin de pouvoir explorer et coloniser d'autres planètes. L'Homme voudra établir une base lunaire habitée et permanente et il y aura même des missions habitées sur la Lune dès 2020… Cette Lune deviendra une halte routière pour les Terriens avant de se diriger vers Mars et autres planètes…

- En 2021, vous pourrez essayer des yeux bioniques, artificiels. Vous pourrez communiquer par la pensée en 2022. Il y aura des pilules anticonceptionnelles pour les hommes en 2023. De plus, la majorité des véhicules seront électriques en 2029 et jusqu'à 85% des véhicules en 2052. Je veux te dire aussi qu'en 2033, les couples mariés seront une minorité.

-Tu en sais des choses!

-En 2034, le chocolat se fera de plus en plus rare. En 2035, les hommes iront finalement sur Mars. De plus, en 2038, les robots auront complétement remplacé les humains dans les entreprises. Dans cette même année, vous pourrez connaître immédiatement l'ADN d'une autre personne, ses caractéristiques héréditaires ceci dans le but de trouver un conjoint ou une conjointe compatible à vos yeux. Enfin, la cryogénisation sera beaucoup plus populaire dans une quarantaine d'années. On congèlera des corps en état de mort clinique dans l'azote liquide à une température de près -196 degrés Celsius en espérant que les avancés technologiques futures permettront de les ressusciter.

-Est-ce terminé?

-Non, je dois te dire que dans environ 45 ans, les gens pourront utiliser l'autoroute automatique (le véhicule pourra gérer lui-même sa vitesse, calculer les distances et éviter les obstacles). De plus, en 2052, des fermes verticales verront le jour dans les centres urbains ; ce sera des tours vivantes. Les nanotechnologies permettront de modifier des aliments en augmentant leur valeur nutritive, de modifier leur texture ou leur goût à volonté dans environ 40 ans. Aussi, avec le réchauffement climatique, les stations de ski seront presque disparues d'ici 60 ans. Les glaciers vont encore régresser de 30 à 70% d'ici 2053.

-Ah non! C'est déplorable! Quelle horreur!

-De plus, il y a une forte probabilité d'épuisement des réserves de poissons d'ici 2053 également. Dans une trentaine d'années, les abeilles seront en voie d'extinction.

-C'est d'une tristesse! Le futur me semble morose…

-Je peux t'affirmer que l'argent liquide n'existera plus en 2035. Le clavier aura disparu lui aussi de nos vies; le clavier d'ordinateur, le clavier du téléphone… d'ici 2032. De plus, le CD de même que le DVD (que tu connaîtras dans un an) seront voués à une mort certaine autour de 2022. Finalement, le courrier papier est voué lui aussi à une mort prochaine, d'ici une quarantaine d'année. Le journal papier pourrait disparaître en 2024 suite à la popularité des tablettes tactiles que tu connaîtras.

-Des tablettes tactiles? D'où sors-tu ces informations?

-Ne pose pas trop de questions. Je peux aussi te dire que dans une vingtaine d'années, on pourra utiliser des écrans pliables de tablette ou d'ordinateur. Les clés comme tu les connais seront remplacées par des systèmes biométriques plus fiables en utilisant la rétine ou l'iris, les empreintes digitales ou les veines de la main. Tu sais, chaque personne possède des empreintes digitales uniques, même les jumeaux. Vous serez en 2034.

-Cela me semble irréaliste.

-Peut-être. Si je te dis qu'en 2036, tu pourras communiquer dans toutes les langues populaires avec ton système de traduction automatique combiné avec ta reconnaissance vocale, me croirais-tu? Il pourrait y avoir des puces savantes qui pourraient être implantées dans votre cerveau pour vous faciliter la tâche. De plus, le courriel que tu n'utilises pas encore sera sur son déclin dans 30 ans. Les gens vont lui préférer les réseaux sociaux ou le SMS... des termes que tu vas utiliser ultérieurement. Dans 55 ans, nous pourrons vivre dans un monde virtuel. Il y aura la fin du pétrole autour de 2050. Et finalement, le plus inquiétant, c'est que les hommes pourraient ne plus pouvoir produire de spermatozoïdes d'ici 2054. C'est la survie de l'espèce qui est menacée.

-Es-tu en train de me dire comme Zélépoune Gala que la fin du monde est à nos portes? Qu'est-ce qui nous attend dans le futur? Une guerre nucléaire? Une guerre bactériologique? Une épidémie? Une famine? Une attaque extra-terrestre? Alors, pourquoi me dire toutes ces choses la veille du jour de l'an? Pourquoi n'ai-je pas accès à ces informations-là? Peux-tu me répondre?

-Je te dis ceci afin que tu sois guidé pour les prochaines décennies. La Terre, n'est pas éternelle et ni virtuelle. Il faut lui faire attention. Tu viens d'écrire un bilan de fin d'année mais à quand le bilan de l'Homme, de l'humanité?

-Je ne sais pas.

-Grâce à ton bilan sexuel, il y en a qui le liront et par le fait même voudront eux aussi en faire autant : écrire leur bilan. Tu seras un exemple à suivre. Et grâce à toi, ils apprendront que la seule façon de sauver l'humanité sera justement par le sexe! Et indirectement par l'amour également.

-Par le sexe? Il faut que tu m'expliques…

-Écoute Mark, en 2054, les gens vivront en majorité sur des ondes basses, négatives et cela amènera son lot de cataclysmes, de maladies, de guerres etc… L'énergie autour de la planète Terre sera très nocive pour nous actualiser, nous, les humains.

-Et que devrons-nous faire pour essayer de remédier à ces ondes négatives qui vont empoisonner notre corps énergétique?

 -Les gens ne sont pas encore au courant, mais lorsqu'ils jouissent, le sentiment de bien-être qui vient pendant et juste après la jouissance est un moment propice à la guérison.

-À la guérison de quoi?

-Quand les gens se rendront compte du pouvoir de l'après-jouissance, ce sera une révolution sexuelle. Par exemple, tu as une amie qui est malheureusement atteinte d'un cancer. Lorsque tu jouiras la prochaine fois, lorsque tu auras atteint le plateau, c'est à ce moment que tu devras visualiser la guérison du cancer de ton amie et cela augmentera les chances de survie de cette dernière car ce sentiment de bien-être pendant et juste après la jouissance est le plus près de l'énergie divine. Le contact est plus facile. Bien sûr, si tu crois en cette énergie.

-Bien sûr que j'y crois.

-Alors, tu me vois venir. Si tous les adultes se donnent le mot et qu'ils décident de jouir tous en même temps, tout le monde autour de la Terre jouissant à l'unisson, au même moment et que tout le monde demande et visualise la paix, l'amour, la guérison, peu importe, à ce moment-là, un rehaussement de l'énergie positive est très possible. Ils sauveront peut-être l'humanité par la radiation orgasmique universelle. C'est possible, tu sais!

En fait, c'est pour cela que tes amis imaginaires sont venus te voir car c'est peut-être eux, directement ou indirectement qui, un jour, pourront changer le monde. Et si les choses tournent mal, c'est peut-être pour cela que Zélépoune Gala t'a informé qu'en 2054, il sera peut-être trop tard…à moins que… et c'est là que tes amis imaginaires ont et auront leur utilité… ils sont et seront connus à travers le monde, du moins ceux qui seront encore vivants; ceux qui seront décédés seront remplacés par leurs descendants. Pourquoi seront-ils utiles? À cause de leur fortune! D'ailleurs, parlant de fortune, il y aura encore toute une inégalité au niveau du partage des richesses sur la Terre. Tu verras qu'environ 1% de la population mondiale détiendra la moitié des richesses… Il faudra que ça change… Tes amis imaginaires pourront faire la différence. En fait, toutes ces personnes feront office d'agent de liaison pour dire aux gens du monde entier : faites l'amour, le 20 mai 2054 à 20h54… et nous vaincrons la charge négative qui était en train de détruire cette Terre. Les membres de l'Organisation des Nations Unies seront avec eux. Tes amis imaginaires partageront ensuite leur fortune pour sauver toutes les nations au niveau des besoins primaires et essentiels à la vie. Un jour nouveau sera au rendez-vous. Mais pour cela, nous aurons besoin de tous et chacun pour nous sauver… en fait pour vous sauver…

-Mais, pourquoi ne t'inclus-tu pas…

-Il faut que je te dise que dans une vingtaine d'année, soit en 2014, je quitterai la Terre…

-Ah non! Papa, reste parmi nous …

-Sache mon garçon, que je serai avec toi pour les prochaines années. En fait Mark, pour répondre à ta question, tu n'as pas accès à ton futur car nul ne peut voir sa propre destinée à moins d'être initié par son père. L'initiation se fait la plupart du temps lors du 25e anniversaire de naissance… Alors, c'est pour cela le club sélect : les 300. Tu dois avoir vu 300 pleines lunes afin d'avoir le droit de me demander la permission que je te transfère cette faculté de voir dans ton futur dans l'au-delà. Ça s'en vient pour toi. Je serai heureux de te transmettre ce pouvoir et ce, de génération en génération. Cependant, pour accéder à ce niveau, tu dois y croire sinon, c'est impossible d'y accéder.

-J'ai déjà hâte. Et oui, j'y crois, la preuve c'est que je suis en train de communiquer avec toi.

-Sache également qu'en 2014, à chaque soir, avant d'aller au lit, tu n'auras qu'à regarder la lune et te dire que l'astre au-dessus de toi veillera sur toi. Je serai et j'irai où tu voudras que je sois. Alors, continue à dormir mon garçon. Tu es en train de rêver dans ton sommeil léger. Tu sais, la réalité peut devancer et rejoindre la fiction. Surveille tes amis imaginaires dans les prochaines années et tu comprendras. Prenez soin de la Terre. Elle commence à souffrir. Les prochaines années seront cruciales pour son bien-être. Sur ces mots, je me souviens d'être tombé dans un sommeil très profond. Ceci mettait un terme à mon bilan du 31 décembre 1994.

… Suite de mes souvenirs…

Aujourd'hui, je me réveille dans une autre année. Je veux profiter du 1er jour de l'année 1995 pour aller dire un beau et grand « Je t'aime » à mon père de vive voix. À partir de cet instant, je sais qu'en 2014, je ne regarderais plus la lune de la même manière.

Et si vous étiez à ma place, voudriez-vous être membre du club sélect : les 300? Savoir tout de votre avenir, vous rendrait-t-il plus heureux? J'ai 48 pleines lunes pour y penser. Et mes amis imaginaires? Que feront-ils de leurs avoirs? Mettront-ils leur fortune colossale au service de l'humanité pour tenter de sauver la Terre? Seul l'avenir pourra en témoigner. Le futur s'en chargera et on verra.

Et mon bilan sexuel? Je crois qu'il est inachevé…

Enfin, après avoir fêté le nouvel an et mon anniversaire avec mes parents, le soir venu, je décide de célébrer le 25e anniversaire de la chanson de David Bowie : « Space Oddity » en me fermant les yeux tout en écoutant le décompte du chanteur et ce, en me visualisant flotter comme si j'étais sur un nuage…

Le hic, c'est que je me sens trop bien pour revenir parmi le monde normal. Je préfère le paranormal.

« Commencing countdown, engines on…
Five, four, three…

Bonjour, mon nom est Mark. J'ai maintenant vingt et un ans et zéro mois. J'ai soixante ans pour sauver le monde. M'aiderez-vous?

"Check ignition and may God's love be with you… Two,
one…LIFTOFF"

Cher(e) terrien(ne),

Bonjour,

Je suis une belle petite créature de l'espace. Je me suis transformé dans le livre que vous tenez présentement et je suis en train d'avoir des relations sexuelles avec vos doigts.

Je sais que vous aimez cela car vous souriez...

Si vous riez, c'est peut-être que vous avez atteint l'orgasme...

S.v.p. passez-moi à une autre personne car je suis encore en érection...

(un lunien)

SOUVENIRS DE PLEINE LUNE
Voici les aventures d'un jeune adulte canadien, québécois, qui, un soir de nouvelle lune, en l'an mille neuf cent quatre-vingt-quatorze, décide d'écrire ses mémoires de pleine lune dans son journal intime. Vous vivrez à travers lui, à travers ses écrits, sa découverte de sa sexualité, son initiation, ses premiers plaisirs, son premier amour, sa première passion, son ambiguïté et son ambivalence vis-à-vis sa sexualité. En fait, il vous laissera découvrir son monde intime et celui des gens autour de lui.

Osez lire : « **SOUVENIRS DE PLEINE LUNE** ». Sa truculence, son humour, son côté sulfureux et son langage coloré feront sûrement vos délices. Prenez un moment et replongez-vous, il y a vingt ans, dans la tête de Mark. Ce roman à saveur érotique, pour **adultes avertis**, agrémentera votre temps de lecture avec ses aventures, ses orgasmes et faux orgasmes tout au long du récit... Alors, bons **SOUVENIRS DE PLEINE LUNE**!

À PROPOS DE L'AUTEUR
Monsieur Pierre André Paquet est titulaire d'un baccalauréat en enseignement de l'adaptation scolaire et détenteur d'un certificat en gestion prospective de travail. Il a enseigné depuis ces vingt-cinq dernières années à des élèves en difficulté d'apprentissage au niveau primaire et secondaire. Né dans la belle région de l'Estrie, et ce, un lundi soir de pleine lune, ce Sherbrookois d'origine publie son tout premier roman à saveur érotique en y allant d'un contre-emploi qui pourrait en surprendre plusieurs.

www.ingramcontent.com/pod-product-compliance
Lightning Source LLC
LaVergne TN
LVHW050901200726
843508LV00011B/2070